KB239205

돌의 말

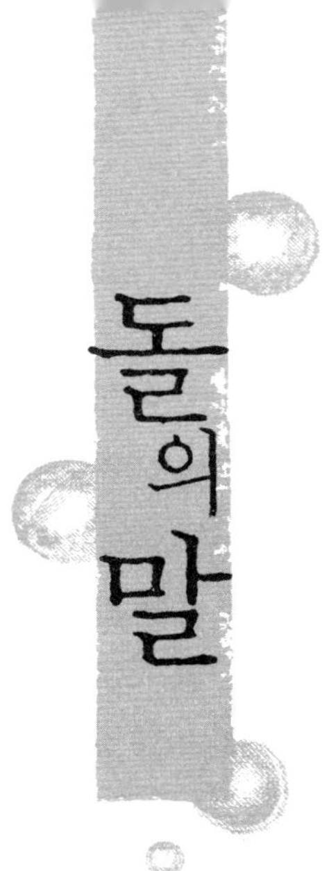

돌의 말

오수연 장편소설

문학동네

차례

문이 열렸어. 이제 돌아와.

……하늘에 해와 달이 두 개씩 뜨고 초목과 금수가 말을 하며 사람이 물으면 귀신이 답하는 혼란의 시대가 있었다…… 송진을 뿌려 초목과 금수의 입을 막아 말을 못하게 하고, 귀신과 인간을 저울로 달아 백 근이 넘는 것은 인간으로, 못한 것은 귀신으로 보냈다.

— 제주도 무가 〈천지왕 본풀이〉

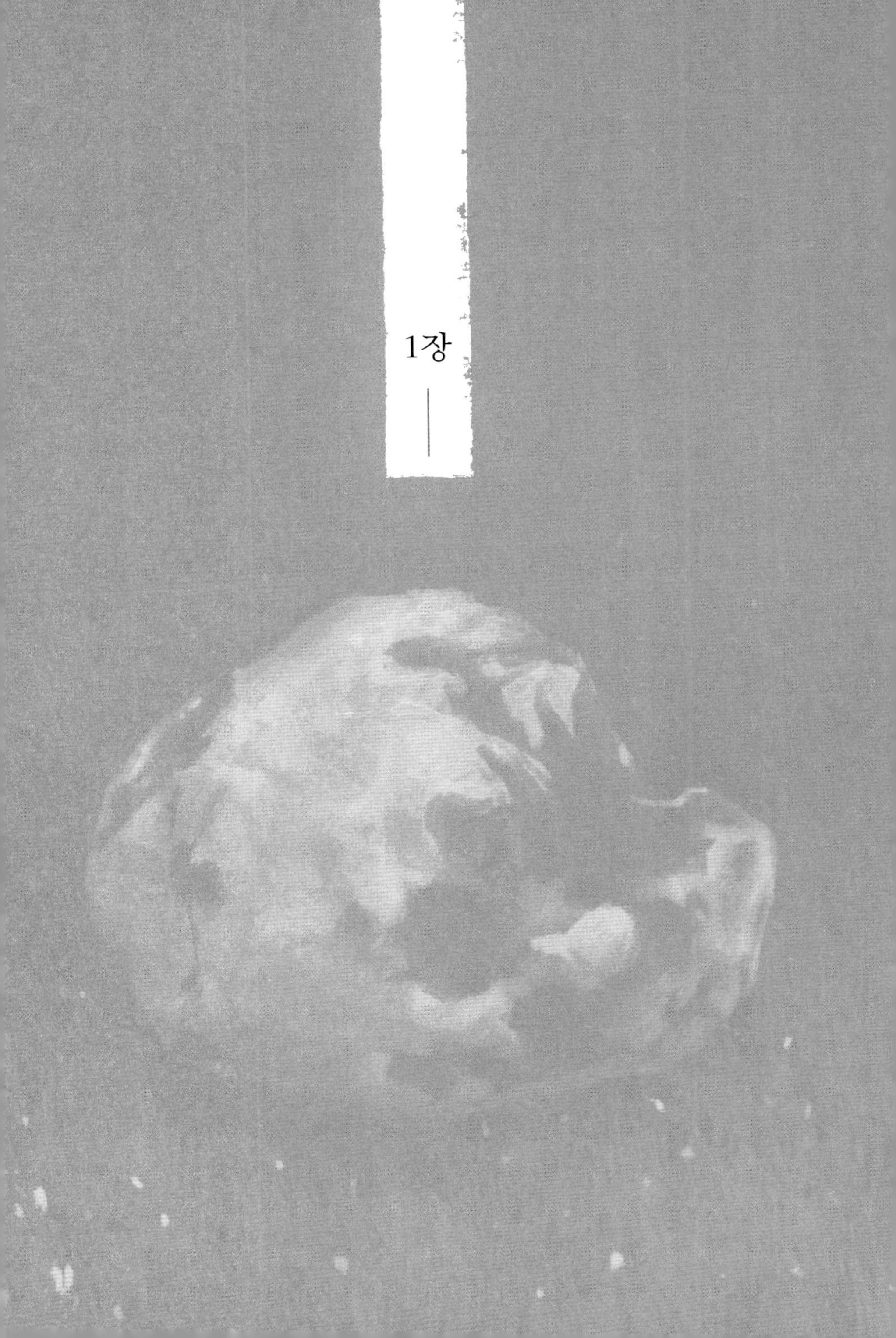

1장

그것은 생각보다 컸다. 가까이 갈수록 끌어당기는 것 같고, 반대로 밀어내는 듯도 했다. 그 앞에 서니 눈과 피부가 시원했다. 바로 따가워졌다. 실내에 찬 냄새 때문이었다. 방금 켠 가스난로의 덜 탄 가스 냄새에 담배 냄새와 물감 냄새가 섞인 악취. 기(氣)가 아니었다. 그것한테서 소방 용수처럼 뿜어져나온다는 기는 전혀 감지할 수 없었다. 오늘이라고 갑자기 될 리가 없었다. 선미는 손을 뻗어 그것을 만져보았다. 거칠고 차가웠다.

사람 손 안 간 원석이라니 믿어지지 않았다. 그것은 가운데가 깊이 파여 말굽 모양이었다. 조각 전시장에 세워놓고 '무제(無題)'쯤으로 제목을 붙여놓아도 될 듯했다. 뒤로는 불룩하고 앞은 평평한 편인데 오른쪽 날개가 약간 짧고 더 벌어졌다. 왼쪽 날개는 끝이 뭉툭하게 구부러졌으며 구부러진 부분에 소주잔만한 홈이 하나 있었다. 흙물 든 자국 남아 있는 그 홈이 과연 눈처럼 보이고, 그렇게 보면 전체적으로 머리를 왼편으로 향한 동물의 옆모습 같기는 했다. 꼬리 짧은 다람쥐. 목 두꺼운 오리? 가운데 급히 꺾인 곡선 밑으로 층층이 나 있는 결을 자세히 살피노라면, 사람이 아무리 재주가 좋다 한들 이렇게 자연스럽게 만들기는 불가능하지 싶기도 했다. 그것이 길쭉하고 뜨거운 반죽 상태였던 아득한 옛날, 어떤 강력한 힘이 양 끝을 동시에 쳐서 단번에 휘는 장면이 떠올랐다.

뒤에 서 있는 정숙 때문에 뒤통수가 근질거렸다. 난롯가에 다리를 꼬고 앉은 이 장소의 주인이자 정숙의 남동생인 정호의 눈길도 뺨 언저리에 느껴졌다. 그악스럽게 짖어대던 바깥의 개들마저 시치미 떼듯 잠잠했다. 선미는 한쪽 다리에 실었던 체중을 다른 쪽으로 옮기며 팔짱도 끼어보았다. 좀더 서 있다가 돌아설까, 그냥 돌아설까. 이 돌덩이 보러 오밤중에 왕복 네 시간. 뭘 어쩌라고? 그런데 제 자신도 실망스러웠다.

정숙은 새로 산 차에 가족보다 먼저 그녀를 태웠고, 이사 갈 집을 보러 다닐 때는 밥 사줘가며 데리고 다녔다. 그래야 앞으로 그 차가 사고를 당하지 않고, 그녀가 아무 생각 없이, 절대로 생각하지 말고 느끼는 대로만 고르면 명당을 찾을 수 있다고 했다. 용하다는 점쟁이한테는 안 가보고는 못 배기면서도 정숙은 신당을 꺼림칙하게 여겨 시간 맞춰 그녀를 동반했다. 도깨비 점을 치는 데에 들어갈 때는 그녀의 소매가 구명줄이라도 되는 양 부여잡았다. 남편이 비행기 타러 갔는데 비가 많이 온다든지, 미국에서 사건이 났다는 뉴스를 보다가 미국 사는 시누이네 식구들이 생각났는데 시차 때문에 연락을 해볼 수는 없다든지 해도 그녀에게 전화했다.

"이상하게 심장이 두근거려."

"커피 너무 마신다니까요."

아마도 땅딸한 체구에다 치켜올라간 눈꼬리, 무뚝뚝한 말투 때문에 선미는 기가 세 보인다는 말을 많이 듣긴 했다. 그러나 음양(陰陽)이 엄연하건만 여자인 그녀를 정숙이 모든 사기를 억누를 정도로 양명하다고 여기는 이유는 달리 있었다.

꿈이었다. 먹자골목에서 한 아주머니가 주전부리를 팔았다. 살집 적당하며 눈매 단정하고 콧대가 선, 예쁘다기보다는 잘생긴 아주머니였다. 정수리로 곧게 탄 가르마가 푸르도록 희었다. 선미는 어쩐지 그 아주머니가 되게 무서워서 떡볶이를 사 먹을 엄두를 못 내고 멀찍이 서서 바라보기만 했다. 특이하게도 아주머니가 벌여놓은 판에는 똑같은 음식들이 왼쪽과 오른쪽에 한 벌씩, 두 벌이었다. 손님들은 지나가다 자기에게 가까운 쪽에서 음식을 사 먹는데 아무도 왜 같은 메뉴가 다른 쪽에도 있느냐고 묻지 않았다. 아주머니는 판 안쪽에서 양편을 오가며 장사했다.

그리고 그녀는 좁은 방에서 밥상에 둘러앉은 사람들 틈에 끼어 한자리 차지하고 있었다. 그 아주머니가 큰 찜통을 들고 와서 뚜껑을 열었다. 김이 천장까지 피어오른 후 그녀는 기웃하고 찜통을 들여다보았다. 노란 기름이 둥둥 뜬 국물 안에 잠겨 있는 것은 두 마리 새끼 용이었다. 머리에 난 두 뿔은 가느다랗지만 가지가 갈라지기 시작했고 양쪽 입가에 수염이 있었다. 그러나 힘차고 유연했을 수염은 익어서 돌돌 말렸으며 애처롭게도 배를 헤집고 내장이 튀어나와 있었다. 눈은 꽉 감겨 있었다.

아주머니는 크고도 빈틈없는 동작으로 연거푸 그릇에 국을 퍼서 밥상에 올려놓았다. 사람들이 알아서 국을 돌려 그녀에게도 한 그릇이 돌아왔다. 다들 먹기 시작하여 콧등에 땀이 맺히고 대화는 즐거웠다. 그녀는 먹기 싫은데도 꼭 먹어야만 할 것 같았다. 한 숟가락 떠서 입에 넣고 억지로 삼키니 그보다 많은 눈물이 눈에서 후드득 떨어졌다. 그녀는 숟가락을 놓고 두 손을 모아, 정작 자신은 먹지 않고 한쪽으로 물러나 있는 아주머니에게 용들을 살려달라고 빌었다. 익을 대로 익어버린 그 용들을 아주머니가 허락만 하면 살릴 수 있다는 듯이.

아주머니는 팔을 늘어뜨리고 편안히 앉은 채로 그녀를 보고만 있었다. 별 표정이 없건만 그녀는 점점 더 간이 졸아들어 나중에는 와들와들 떨릴 지경이었다. 이윽고 아주머니가 살짝 고개 돌려 외면하자 아뜩했다. 자기는 끝났다고 생각했다. 그런데 아주머니는 찜통에 국자를 담가 둘 중 작은 용을 건져내었다. 국자에 늘어진 용은 뒷다리 한 짝이 떨어져나가고 없었다. 아주머니는 구겨진 비닐봉지에 용을 쏟고 다시 찜통을 휘휘 저었다. 다음으로 국자에 걸려 올라온 뒷다리를 들여다보고는 도로 담가 저었으니, 그건 큰 용의 뒷다리였다. 그녀는 눈을 질끈 감았는데 그 순간 방 전체가 깜깜해졌다. 그녀가 눈을 감음과 동시에 전깃불이라도 꺼진 것 같았다. 작은 용의 뒷다리가 봉지 속 몸통 위에 털썩 얹히는 소리가 났다. 그녀는 눈을 떴고 방이 그전대로 밝아졌다. 아주머니는 봉지를 그녀에게 내주고는 찜통 뚜껑을 닫아버렸다. 큰 용도 살려달라는 말을 그녀는 감히 할 수 없었다. 아주머니가 작은 용의 뒷다리를 찾느라고 국자로 휘저은 탓에 꺾이고 부서졌을 큰 용을 찜통에 남기고 그녀는 돌아섰다. 골목길의 가로등이 가물거리며 꺼져가고 있었다. 그럼 그때 누가 서서히 눈을 감고 있었던 것일까? 그녀는 봉지를 들고 힘없이 걸어갔다. 봉지 속의 작은 용이 많이 아프기는 하지만 살아 있어서 돌봐주러 어딘가로 데려가는 것처럼. 봉지에서 국물이 새나와 길바닥에 점점이 떨어졌다.

이 농장의 주인은 수석에 취미가 있어 신세 갚으려는 사람에게서 이 돌을 선물받았다. 돌을 집 안에 들여놓은 날부터 노모가 앓더니 기어이 비몽사몽중에 검은 그림자가 "이제 가자!"며 손목을 잡아끄는 일을 당했다. 버리기는 아까워서 농장 주인은 농장 창고에 돌을 갖다놓았다. 농장을 임대해서 복숭아 과수원을 하는, 사실 그건 핑계고 버려진 개들을 모아서 돌보는 하선생은 정호가 창고를 화실로 개조하여 이사 온 지 보름이나 지나서야 그 말을 해주었다.

"여, 여긴 끄떡 어, 없어요."

개 오줌에 절고 개집에 치여 귀신을 쫓을 여력은 별로 없어 보이는 복숭아나무들을 선생은 뿌듯하게 둘러보았다.

"거 왜 사람들이 돈 들여 공해를 만들어갖고서는! 그건 옷걸이로 쓰고 있으니까 걱정 마십쇼, 어르신."

정호는 동네 구멍가게에서 이미 들었으며 괘념치 않았다. 그런 사연이 아니라도 애초부터 돌이 거치적거렸으나 놔뒀다. 돌덩이는 그것만으로도 무게가 엄청난데다 역시 돌로 만들어진 근사한 좌대까지 있어서, 화실 밖에 내놓으려면 돈 내고 지게차를 불러야 했다.

인건비를 아끼려고 화가가 손을 다쳐가며 스스로 창고를 수리한 그로서는, 돌에서 드라큘라가 튀어나올지언정 돈 달라고만 안 하면 상관없었다.

왕년에 유물론자였고 요즘은 명상이 주업인 친구가 놀러 와서는 또 진지하게 충고했다. 돌을 돌려놓으라고. 그 친구가 기를 '만져' 보니 돌의 앞면에서는 뱅뱅 도는 해로운 기가 현기증이 나고 속이 메스껍도록, 뒷면에서는 맑고 따뜻한 기가 소방 호스에서 나오는 물처럼 세차게 나온다는 것이었다. 앞뒤로 상반된 기가 나오는 물건은 수련 십여 년 만에 처음 보며 앞으로도 연구해보고 싶은데, 하여튼 이전의 불상사는 돌의 방향이 잘못되었기 때문이라고 했다. 이대로 정호가 해로운 기를 계속 쐬면 십이지장염, 불면증, 원형 탈모증 같은 지병이 악화되고 작품은 될 턱이 없으며, 심지어 정신병이나 암에 걸릴 수도 있다는 둥. 돌을 반대로 돌려놓고 좋은 기를 쐬면 그 반대로……

"차라리 내가 담배를 끊겠다."

정호는 내나 콧방귀도 뀌지 않았다.

"여기 주소가 뭐라구? 여보세요?"

김치를 싸들고 온 정숙은 남동생에게 듣자마자 이삿짐센터에 전화했다.

"야!"

두 눈썹이 꿈틀하며 달라붙는 남동생에게 등을 돌리면서 정숙은 그가 아침에 문자메시지로 보냈던 주소를 이삿짐센터에 알려주었다. 클 때부터 그녀가 발동 걸리면 누구도 막을 수 없었다.

텁 때문에 미리 불행한 표정으로 온 인부들은 덕담을 남기고 물러갔으며, 돌덩이는 위험스런 면은 왼쪽 벽에 바짝 붙이고 바람직한 면만 보이게 되었다. 뿐만 아니라 화실에서 움직이는 정호에게 최대한 넓은 폭으로 좋은 기를 방사하기 위해 원래 있던 자리보다 안쪽으로, 벽 한가운데까지 진입했다. 오른쪽 벽 너머 안채에 사는 하선생과 마당의 개들은 물론, 개 사료를 훔쳐 먹으러 오는 쥐와 새들까지 정신병과 암의 위험으로부터 해방되었다. 왼쪽 벽 너머에서 뱅뱅 도는 기를 쬘 산비탈의 작은 생명들이야 어쩔 수 없었다. 먼지를 닦아내고 새로 앞이 된 돌의 평평한 면을 찬찬히 살펴보다가 정숙은 짚이는 바 있었다. 전율이 일었다. 선미가 학원 수업중인지 전화를 받지 않자 메시지를 남기고 초조하게 기다렸다.

"우리 주변에서 왜 이런 일이 일어나겠니?"

"또 흥분하셨네."

"네가 한번 와서 보라니까! 너도 보면 놀랄걸?"

"근데 그렇게 되면 어떻게 되는 건데요?"

"나야 모르지, 네가 시작한 일인데. 일단 와봐!"

선미가 이번 주말에는 약속이 있다는데도, 정숙은 자기가 차로 데려가고 데려다줄 테니 그 약속 후에라도 후딱 왔다가자고 고집했다.

"답답해서 어떻게 한 주를 미루니. 너도 궁금하잖아?"

그리고 몸속에서 부드럽게 울려나오는 까르륵. 그녀의 창자에는 틀림없이 방울이 하나 굴러다녔다. 기를 연구하는 사람도 신기해한다는 돌덩이가 선미의 그 꿈에서 살아난 용이라고 그녀는 거의 확신했다. 제 눈앞에 있는 돌의 특이한 생김새가 확연히 용이라 했다.

그런데 그녀의 확신을 증명해야 했으며 실패한 사람은 꿈을 꾼 장본인, 선미였다.

"눈 보면, 돼지 못 잡아요."

용꿈을 꿨으면 로또를 사야 했다는 논평으로 시작된 정호의 사설은 제 친구의 돼지꿈과 잇따른 횡재, 자기가 직접 본 돼지 잡는 장면을 거쳐 돼지의 맑고 까만 눈동자에 이르렀다.

"얘는, 돼지만 그러니? 다 그렇지."

"닭은 눈이 안 예쁘잖아! 돼지는 속눈썹도 얼마나 길다구요. 본 적 있어요?"

그는 말을 가로챌 염려가 있는 제 누나를 경계하면서 선미에게 집중했으며, 그녀가 주의를 딴 데 팔지 못하도록 간간이 뻔한 질문을 해댔다.

"아뇨."

"1센티나 1.5센티는 되고 위로, 요렇게 싹 고부라졌어요. 파마한 것처럼. 요즘 여자들은 속눈썹까지 파마하나보대요? 그래봤자 소용없어요. 세상에서 눈이 제일 예쁜 동물은 돼집니다!"

정호는 눈에 힘을 주고 선언했다.

"속눈썹 파마하는 여자가 얼마나 된다구? 너 꼭 이 자리에서 담배 피워. 아무래도 다를 거다. 내가 너한테 이런 건 해줘야지, 어쩌겠니. 그저께 너보고 얼마나 철렁한 줄 알아? 눈이 번뜩거리고 말할 때 입이 비뚤어지려고 하는 게, 벌써 좀 야릇하더라."

"내가 언제 입이……"

"오늘 보니 돌아왔어. 우리 민기도 여기 가끔 데리고 와서 좋은 기를 쐐줘야지!"

정숙은 너도 슬쩍 끼워주겠다는 의뭉한 미소를 선미에게 보냈다. 불편한 생각은 안 하는 그녀의 재능은 오늘 눈부셨다. 누나 노릇을 제대로 한 것만으로도 만족스러워서 그 외는 잊은 것 같았다. 그녀는 수맥 차단 동판 장판, 육각수 정수기, 수정 등도 계속 사서 효과를 못 본 적은 없고, 다만 다음 걸 쓰느라고 이전 걸 쓸 새가 없을 뿐이었다. 옆에서 보는 사람 정신없고 덩달아 좇아하다간 병 찔 우려가 있었다.

"가져가! 쓸데없이 들락거리려면 네 집에나 갖다놔!"

정호가 한 손을 쳐들어 젓히는데 마침 그녀는 눈을 지그시 감으며 한 손을 제 배에 얹었다.

"속이 더부룩하던 것까지 싹 내려갔네!"

선미가 난생처음 와보는 화가의 아틀리에는 추웠다. 온기는 가스난로 앞뿐으로 등짝이 시렸다. 그리고 화방 같았다. 그림이 없었다. 캔버스는 두 벽 전면에 짜놓은 선반에 옆으로 촘촘히 세워져 있는 데다, 이사 온 지 얼마 안 돼서인지 대부분 흰 종이로 싸여 있었다. 이젤은 접혀 있고 그 다리 부근에 몇 개의 캔버스가 뒤집혀서 나무틀을 보이고 있었다. 정숙의 말로는 정호가 상업성은 없어도 꽤 알아주는 작가라는데, 봐도 모를 불청객이 오기 전에 그가 굳이 뒤집어놓았다는 생각밖에 안 들었다. 선반 아랫단에 몰아넣어져 있는 잡동사니들도 작은 것까지 똑바로 놓은 손길이 느껴지고, 버리려고 모아놓았을 담뱃갑들마저 지금 탁자에 놓여 있는 것과 같은 오직

한 종류로 각을 맞춰 쌓여 있었다. 그들이 둘러싸고 앉아 있는 어중간하게 위치한 돌덩이는 선미가 보기에도 이곳의 재앙이었다. 선반의 줄에서 캔버스가 포장 안 되고 앞의 것과 틈이 벌어진 탓에 보이는 그림 귀퉁이를 감상한다고 오해받을까봐, 그녀의 시선은 그 근처에서 또 튀었다. 정호의 손가락 사이에 끼워진 채로 타들어가는 담배에서 매캐한 생 연기가 요상하게 꼬이며 피어오르고 있었다. 목 늘어진 티셔츠 따위로 인해 그를 다른 데서 첫 대면했다면 털털한 사람인 줄로만 알았으리라는 게, 그녀는 약간 끔찍했다. 그는 그녀의 관심을 붙들고 있다가 제 관심을 옮기고는 그녀에게 무신경했다. 옆얼굴이 냉정했다. 재미있다고도 할 수 있는 그의 너스레는 상대방이 누구건 일방적으로 퍼붓는, 실은 무례한 짓이었다. 그는 걱정할 필요 없었다. 선미는 여기 다시 올 의향이 없으니.

지금 학원 강사를 잘하는 것도 아니지만, 몇 년 전 초등학생 독서그룹 지도교사로서 그녀는 최악이었다. 교육상담이랍시고 하다보면 흥분하여 제 제자를 비난하고 있었다. 그 문제 많은 학생 민기의 어머니 정숙이 제 자식이나 그에게 필요한 훈련이나 훨씬 잘 알아도, 제 자식이라서 못 시킬 뿐이었다. 민기만큼은 그녀가 육각수 정수기처럼 하루아침에 어디 처박아버리지 못했다. 한 말 또 하면서 둘은 커피를 한 주전자 마시고 또 녹차를 마시곤 했다. 냉장고에서 뭔가가 끊임없이 나왔다. 정숙은 어린애 머리통만한 사과나 배를 가죽보다 두껍게 껍질을 깎아 5분의 1은 도려내었다. 부엌은 흰색 일색이며 조리 도구는 스텐 세트, 희한하게 화장실에서 짤막한 서양난이 잘 크고 있었다.

"선생님은 보통 사람이 아니시구나!"

용국이랄까, 용 두 마리가 찜통에 고아진 꿈 얘기를 정숙은 "아이고!", "세상에!" 같은 추임새를 넣으면서 듣고는 결론지었다. 그리고 보일 듯 말 듯 고개 저으며 눈만은 뚫어지게 선미를 쳐다보았다. 하지만 안타깝다, 그냥 먹었으면 대길몽이 됐을 것을 안 먹어서 망쳤다, 여의주를 두 개나 얻을 수 있는 꿈이었건만! 특히 용을 죽인 이가 양, 하늘, 남자 아닌 음, 땅, 여자라는 점은 꿈의 결정적인 하자이니, 양중의 양, 순양((純陽)인 용은 하늘에 속하기 때문이다…… 그때만 해도 정숙의 꿈 해몽은 소박했다. 꿈은 현실의 반대라든지, 꿈에서 이빨이 빠지면 부모가 아프다든지 하는 고전적인 공식에다 주역, 사주 명리, 풍수, 민족주의 사학 등 여러 경로로 배우고 독학한 다양한 지식을 뒤섞어서 독특하고 제법 그럴싸했다.

요즘 같으면 어떻게든 꿰맞추고 도리어 뻥튀기도 할 것이다. 이를테면 선미가 뛰어들어서 잔치를 훼방 놓음으로써 혼선을 해결했으니 그 꿈은 더욱 의미가 크다든지. 그녀의 해몽은 점점 더 복잡하고 거창해졌는데 선미 생각에는 전보다 못했다. 그때는 그나마 기대할 거라도 있었다. 비록 실수였을지라도 당신이 살려준 꿈속의 용이 은혜를 갚아 현실에서 기적 같은 일이 한 번은 일어날 것이다, 당신의 인생에서 가장 중요한 순간에! 제발 그러기를, 뭐라도 통쾌한 일이 생기기를 선미는 속으로 간절히 빌었다. 제 인생에서 가장 중요한 순간은 바로 그때였다. 대학 졸업하고 2년이나 취직시험에서 내리 떨어지다 임시라는 기분으로 초등학생 독서 지도를 하고 있으나 딴 수가 있는 것도 아니었다. 그게 직업 아닌 직업이 되리라는 생각이 들면 미칠 것 같았다. 로또를 왜 안 샀겠나. 그 꿈꾼 다음 날 사봤는데 꽝이었다. 창피해서 그 말은 정숙에게 못했다.

둘 다 아버지가 술꾼이었다. 고등학교 시절 학교에서 자율학습 마치고 밤늦게 귀가하다보면 이따금 아버지가 앞에서 비틀거리며 걸어가고 있었다. 둘 다 멀찍이 거리를 두고 따라가서 아버지가 집에 들어간 후 뜸을 들이고는 초인종을 눌렀다. 예전에는 포마드가 유행이었다지만 머리카락이 떡 져서 갈라진 아버지의 뒤통수, 길바닥에서 동전을 찾는 듯 구부정한 등, 충분히 마셔서 집에 갖고 가봤자 마시지도 못할 소주 한 병 담겨 축 늘어진 비닐봉지, 뒤꿈치부터 꾹꾹 찍는 걸음걸이. 골목에서 불어오는 바람에 후줄근한 옷자락이 박쥐 날개처럼 벌어지고. 아버지들은 다 그랬는지. 돌아가신 병명이 다르다 해도 술병이었다.

가끔 말이 끊어지면 선미가 다시 포크를 들든지 정숙이 접시를 선미 쪽으로 밀었다. 아파트 위층 복도에서 구둣발 소리가 울릴 때, 창밖에 멀리 보이는 산 위로 비행기가 지나갈 때, 세탁기가 탈수를 하느라고 덜컹거릴 때, 특별한 이유 없이도, 둘은 각자 생각에 잠기기도 했다. 식탁 옆에는 십자가가 걸려 있었다. 시어머니 때문에 교회 나가는 것만은 아닌, 정숙은 기도 열심히 하는 기독교인이기도 하므로 그 집에는 곳곳에 십자가가 있었다. 그 시어머니는 봉사활동을 다니느라 며느리만큼이나 바빠서 집에 있는 날이 거의 없었다.

끄덕끄덕하던 선미의 고개가 오른쪽으로 기울었다. 역시 좋은 기를 쐰 덕분에 그녀는 나른하다 못해 졸고 있었다. 그런데 고개가 뒤로 벌렁 젖혀졌다가, 왼쪽으로 해서 한 바퀴 돌고는, 턱이 가슴에 닿도록 꺾였다. 유일한 청자를 잃고 자기들끼리 주거니 받거니 하던 남매가 조용해졌다. 다시 한번 크게 돌아가는 고개를 따라 그녀는 상체까지 출렁거렸다. 어, 뭔가 되나봐! 반갑고도 겁이 났다. 정숙이 벌떡 일어나 가스난로를 벌겋게 타는 채로 과감히 밀어내고 선미의 손에서 찻잔을 빼냈다. 너무나 재빨라서 찻잔을 가져간 게 먼저일 수도 있었다. 자신의 빈 손바닥을 내려다보는 선미에게 당혹감이 밀려왔으며, 어느새 뒤로 돌아간 정숙이 접이식 의자를 잡아당기자 그녀에 대한 원망으로 바뀌었다. 기어코 여기까지 끌고 와갖고서는! 어지간히 인상 쓰며 의자를 따라 물러앉는 선미를 정숙은 옅은 웃음을 물고 지켜보다가, 등받이를 한 번 더 쥐었다 놓음으로써 보다 편하도록 배려하는 티를 냈다. 그리고 제자리로 돌아가서 앉지 않고 서 있는 그녀의 두 눈은 난로 못잖은 열기로 달아올랐다. 오늘 방문의 목적을 잊지 않았고 포기한 적도 없음이 분명했다. 선미는 무릎에 팔을 괴고 골치 아픈 듯 손바닥으로 이마를 감쌌다.

건듯 그녀의 머리가 들리려고 했으나 본인의 의사가 아니었으므로, 두 팔이 움칠 안으로 당겨지면서 등이 더 수그러졌다. 그리고 그 저항에 대한 잇따른 저항으로 팔은 반대로 벌어졌다가 스르르 밑으로 처졌다. 선미가 찌무룩이 얼굴을 들었다. 난로에 대거나 할 위험 없이 마음껏 해보라는 조치까지 취해진 마당에 뭔가는 해야 했고 그럴 참이었다. 한 팔을 가슴 앞에 가로질러 방어태세를 취하고 눈동자를 굴리는 정호가 어처구니없어서, 그녀는 눈을 감아버렸다. 등 양쪽 견갑골에 붙어 있는 근육이, 평소에는 거기 그런 게 있는 줄도 몰랐던, 불끈 부풀어 어깻죽지가 들렸다. 머리끝부터 근육들이 자잘한 것들까지 순차적으로 펄떡거렸으며, 손발 끝으로 경련이 빠져나가자 사지가 누가 건드린 듯 한차례씩 덜렁였다. 몸의 윤곽 밖에서 안으로 강한 힘이 밀려들기 시작했다. 무릎, 팔꿈치, 뒷목, 손가락 마디 같은 관절에서 쏴아아 미세한 공기 방울이 피어올랐다. 그리고 자글자글 끓던 정수리가 뻥 뚫리면서 고개가 격렬하게 휙 돌아갔다. 휙, 휙, 휙. 짧은 머리카락이 뺨을 때리고 뺨과 입술이 이리저리 쏠렸다.

"당신은, 용입니까?"

정숙이 외국인에게 하듯 크고 또렷하게 물었다. "잠깐만요!" 선미는 외쳤으나 혀가 굳어 말이 나오지 않았다. 고개가 천천히 멈추었다. 한껏 숨을 들이쉬어 배가 부풀었다가 숨을 내쉬면서 잦아들고 고개도 푹 수그러졌다. 그런데 내쉬는 숨 끝자락이 목젖에 감겼다.

"아……"

또 고개가 한 바퀴 돌다가 천장을 향해 숨이 터져나가면서 소리는 최고조로, 비명에 가깝게 올라갔다.

"아!"

그다음에는 두 음의 중간.

"아아……!"

그리고 세 음의 두 중간 음.

"아!"

"아아."

또 다섯 음의 중간 음들. 아! 아! 아! 아! 선미에게 밀려든 힘이 그녀의 머리를 레이더 삼아 돌리고 입으로는 다채로운 음을 송출하면서 발신 실험이라도 해보는 것 같았다. 선미는 소리를 지를 때마다 내장이 빨래처럼 비틀리고 앉아서 무용하느라 뼈가 우두둑거렸다. 입은 형편없는 곡조로 끈질기게 독창을 하는 반면, 몽롱한 머릿속 한구석으로는 '왜 이래?', '웃기네!', '재밌잖아!' 따위의 갖가지 생각이 줄지어 지나갔다.

"당신은 용이에요?"

정숙이 다시 물었다. "그만! 하지 마!" 이번에도 선미의 말은 제 입에 전달되지 않았다. 다른 회로가 입에 이어지고 제 회로는 끊겨버렸다. 비웃는 듯 상체가 왼쪽으로 수평까지 기울었으며, 이어서 앞으로 접혔다. 머리가 호를 그리면서 아래를 향해, 머리카락이 길다면 바닥을 쓸 뻔했다. 그쯤하고 상체는 허리부터 서서히 일어나 꼿꼿이 섰고, 다시 고개가 푹 꺾였다. 후후후, 입에서 길게 숨이 빠져나가는데, 또 끄트머리에 한 음절이 따라 나왔다.

"……예…… 에……"

제 목소리이긴 하나 어딘가 달랐다. 목이 쉰 듯 약간 거칠고 아주 쓸쓸했다. 순간 선미의 머릿속 대사가 뚝 끊겼다. 누가 꺼버린 듯이. 그녀는 두려움을 느꼈다.

"용, 되살아난 작은 용 맞……?"

정숙의 말소리도 점점 더 높고 가늘어지다 끊겼다.

"……예에……"

단 한마디지만 정중하면서도 순진무구했다. 이주 똑똑한 어린애, 혹은 초탈과 치매를 오락가락하는 노인의 답변 같았다.

"만나서, 반가워요!"

정숙이 울먹였다. "언닌 뭐야!" 선미는 코웃음 쳤건만 고개가 들렸다가 깊이 수그러지며 입이 공손히 답했다.

"……예에."

"이제부터 우리가 함께 있을게요."

"예에……"

"서울 갈래요?"

"아! 아! 아! 아! 아……"

실험이 다시 시작되었다. 선미의 입은 다양한 높이와 크기로 같은 음절을 여러 번 발성해보았다. 그리고 마침내 발음했다.

"아……니이이……요오……"

"아!"

정숙이 낮게 신음했다. "아!" 선미는 속으로 신음했다.

"큰 용을…… 살리지 못해서, 미안해요."

선미의 얼굴이 차갑게 굳었다가 옴팍 일그러졌다.

"예……에."

극심한 고통에 버금가는 통렬한 감정이 선미의 온몸에 번져갔다. 슬픔의 비가 내렸다. 그 비에 하늘이 녹고 땅이 녹아 곤죽이 되었다. 모든 것이 녹아버렸다. 형체 있는 것들은 흐물대다 사라지고 여백은 순도를 잃고 물들어갔다. 세상은 슬픔만으로 꽉 차버렸다. 움직임도, 호흡도, 생각도 중지. 끝. 그 너머에서 소리로 들리지 않는 외침이 동심원들의 파문으로 배어나왔다. 너무도 애절한, 한 이름. 그녀의 모든 세포가 각기 최대한 진동했다. 그리고 끝내 과열되어 부드러운 조직부터 해체되어갔다. 동심원을 이쪽에서 응시하는 눈알마저 녹아 뜨거운 진물로 흘러내려버렸다. 그녀는 눈물과 콧물을 고스란히 흘리며 울었다. 손을 들어 얼굴을 가려야겠다는 생각조차 들지 않았다. 복받치는 통곡에 숨이 막혀 끅끅대며, 오로지 우는 데만 몰두했다. 여태까지 도대체 무슨 짓을 하면서 살았단 말인가. 내가 태어난 이유가 이것이었는데, 목 놓아 울기 위하여. 내가 할 일이라곤 원래 이것밖에 없었는데.

"미안해요, 정말 미안해요."

정숙도 흑흑 흐느껴 울며 되뇌었다. 그러자 선미의 입은 그 지경에도 대답을 하려고 애를 쓰는 것이었다.

"……예……에에……"

"우린 몰랐어요. 요즘 사람들은 아무도 몰라요."

"예……에."

"어쩌면 이럴 수가 있는지, 대체 어디서부터 어디까지 잘못된 건지!"

선미에게는 작은 용을 살린 탓에 대길몽을 망쳤다더니, 정숙은 제 기분에 젖어 부르짖었다.

"예에."

정숙의 타령에 꼬박꼬박 대꾸해주다 선미는 진 빠져 고꾸라져버릴 것 같았다. 제 입을 놀려 말하는 무엇인가는 생략을 몰랐다. 정숙의 말에 반드시 답했고, 답하기 전에 선미의 머리를 한 바퀴 돌렸으며, 돌리기 전에 두어 번 고개를 끄덕거리게 했다. 순서를 바꾸거나 건너뛴 적이 없었다. 선미의 고개가 끄덕이다가 돌아가는데 정숙이 질문했던, 처음의 절차를 고지식하게 반복했다.

"네가 물어봐. 난 더이상 생각이 안 난단 말이야."

정숙이 난데없이 말짱한 목소리로 빠르게 말했다.

"싫어."

정호는 말짱하다 못해 차디찼다.

"좀!"

"웃기지 마!"

한 옥타브 낮아진 정호의 목소리에는 혐오감마저 묻어났다.

"저어, 그럼, 우리 다시 만나요."

"예에."

"안, 안녕히 계세요."

하아, 정숙은 미진해서 숨을 끌었다.

"옛!"

선미는 의자째 뒤로 넘어갈 듯 몸이 젖혀졌다가 그 반동으로 앞으로 접혀 무릎 사이에 얼굴이 처박히면서 답했다. 정호가 쥐어짜는 목소리로 제 누나에게 뇌까렸다.

"너, 출입금지야! 김치 필요 없어."

보름달이다. 지구와의 거리를 반쯤은 이동해온 듯 달은 크고 밝다. 밤하늘 한가운데가 동그랗게 도려내진 것 같다. 인적 없는 벌판에 흰 달빛이 쏟아진다. 선미는 벌판에 누워 달을 바라보고 있다. 언제부터 이렇게 누워 있었는지 모르겠지만 알고 싶지도 않다. 언제까지나 이렇게 있고만 싶다. 갑자기 달에 잘게 금 간다. 달빛에 푹 젖은 벌판에서는 자기를 비롯해서 모든 것이 바닥에 찰싹 달라붙어 있는 듯한데, 하늘에 떠 있는 달에 비늘무늬 져서 한쪽으로 가볍게 밀려간다. 또다시. 달의 표면이 바람결을 따라 일렁이고 있다. 달이? 달의 가장자리를 긁는 자잘한 그림자는 흔들리는 나무들이다. 달에? 그녀는 얼핏 어지럽다. 공중에서 뒤집히는 놀이기구를 탄 듯 위아래가 바뀐다. 그녀가 바라보고 있는 것은 달이 아니라 달빛이 반사된 커다란 호수다. 달은 그녀가 누워 있는 쪽 어딘가에 있다. 그쪽 벌판이 밤하늘이다. 그녀는 밤하늘에 누워 울창한 숲으로 둘러싸인 지상의 호수를 내려다보고 있다. 바람 잦아들어 호수는 도로 고요하다. 밤하늘을 숱하게 가로질렀던 어느 달이 저렇게 크고 완전무결할까. 달을 비추는, 저 거울 같은 호수.

한 사람의 흐릿한 얼굴이 지나간다. 남자인지 여자인지 불분명하다.

사.

한글이 지나간다.

4.

아라비아숫자가 지나간다.

四.

한자가 지나간다.

동그라미와 고불거리는 물결 모양의 겹선이 섞인, 낯선 부호가 지나간다. 선미는 그 부호가 숫자 4를 의미한다는 걸 안다.

정숙은 잠들지 못했다. 새벽에 잠자리에 들어서도 전날 밤의 감동이 가시지 않아 뒤척이는데, 단전에서 뭔가 불쑥 솟구치더니 옆구리로 갔다. 신우염을 앓은 적 있는 신장이 뜨겁게 달아올랐다. 단전에서 나온 뭔가가 신장을 치료하고 있음을 그녀는 느꼈다. 다음에 그것은 치올라왔다. 배에 손을 얹어보니 그것이 움직이는 부위가 뚜렷이 불거지면서 주변 살이 푸들푸들 떨렸다. 옆에서 자는 남편이 깼다가는 또 어디 가서 사이비 요법을 받고 왔느냐고 호통칠 터이므로 그녀는 이를 악물고 참았다. 출산을 반대 방향으로 하는 것 같았다. 그것은 아침까지 몸 안을 속속들이 헤집고 다니며 치유하고, 어루만지고, 탁하게 뭉친 덩어리들과 내장 벽에 붙은 더께들을 녹여냈다. 전신의 피부가 화끈거리다 못해 따갑고 땀이 물처럼 흘렀다.

2장

정숙은 남동생의 화실에 출근하다시피 했다. 돌덩이 앞에 앉으면 선미가 꿈에서 보았다는 호수가 떠올랐다. 밤하늘에서 똑바로 내려다본 달빛 가득한 호수의 이미지가 그녀는 마음에 들었다. 아름다웠다. 하루는 그 호수에 자연의 순리마저 작용하여 달이 지고 해가 떴다. 달빛에도 눈이 시리도록 환한 호수에 햇살이 퍼부어지자 그녀는 눈앞과 함께 의식이 하얗게 탔다. 구타에 가깝도록 그녀의 팔다리를 거칠게 주무르면서 정호는 돌을 깨부수든지 물감을 뒤집어씌우겠다고 협박했다. 실행하지는 못했다.

그녀는 찾아내고야 말았다. 인터넷 검색창에 '달'과 '호수'를 치니 검색된 건수가 블로그 5만, 웹문서는 10만이었다. 달이 비치는 호수란 말하자면 술집이나 숙박업소 근처 호수였다. 검색에 걸린 글줄들은 대개 호숫가 술집과 숙박업소 선전문구들이거나 그와 그다지 다르지 않은 고객들의 회고담이었다. 검색어에 '거울'을 추가

했더니 수면이 거울 같아서 이름에도 거울 경(鏡) 자가 들어간다는 강릉 경포대, 술잔과 님의 눈동자 등에 들어 있는 다섯 개의 달들. 경포대? '하늘'을 '거울'처럼 비추는 '호수'에 관한 웹문서는 170만 개, 또한 상호나 필명으로 걸린 것들이 많았다. 거론된 실제 호수라면 일단은 유명한 호수들이었다. 러시아의 바이칼, 티베트의 남쵸, 스위스의 루체른, 또 남미의…… 우리나라 사람들이 세계적으로 유명한 호수에 다녀와서는, 밤에는 거기 머물 수 없거나 해서, 거울처럼 맑은 물에 푸른 하늘이 비치더라고 한결같은 감상문을 남기기 때문이었다. 한반도에서는 백두산 천지와 한라산 백록담. 모든 유명한 호수는 하늘을 거울처럼 비추고, 호수의 유명도와 검색 해당 건수는 비례했다. 검색하는 보람이 없었다. 그리고 전국의 별로 유명하지 않은 호수와 최근 만들어진 인공 호수, 웬만한 연못과 저수지들까지 죄 떴다. 각 도청과 군청, 지역 단체 사이트 들이 제 고장에서 가볼 만한 물가를 소개하면서 상투적으로 그렇게 표현하므로. 하늘과 거울과 호수는 전국 공통의, 아마 만국 공통의, 한 세트였다. 기계적으로 검색 페이지를 넘기다가 정숙은 컴퓨터 의자에서 머리를 떼고 모니터를 노려보았다.

'바위에 길게 패인 홈이 용이 승천할 때 용트림을 한 흔적이라고……'

마찬가지로 상투적인 한 줄이었다. 그녀는 페이지를 되돌려 도청과 군청의 관광 안내 창들을 띄워보았다. 어디나 공무원들이든지 관공서 웹사이트를 만들어주는 용역업자들은 비슷한 성싶었다. 제 고장의 연못이나 저수지 소개 문구 말미에 거기서 이무기가 용이 됐다거나 되려다가 막바지에 실패했다는 전설이 있다고, 매우 머쓱해하며 달아놓은 인상이었다. 하긴 발이나 담글 물웅덩이만 되어도 어려 있기 마련인 흔하디흔한 용 전설이 그녀는 불현듯 전설로 여겨지지 않았다. 우리나라에서는 세트에 하나가 더 들어갔다. 용. 하늘을 거울처럼 비추는 호수와 용. 천경림(天鏡林)이었다! 신라시대에 이차돈이 절을 지으려고 없애버렸다는 재래 신앙의 성지. 그간 용에 대해서도 찾아보다 알았는데 고대에 용 신앙, 용을 신으로 모시는 신앙이 있었다. 불교 도입 이전까지 신라에서는 용 신앙이 가장 강했다 한다. 이차돈이 없애버린 성지는 필시 용 신앙의 성지였을 것이다. 선미가 꿈에서 본 호수는 그 성지, 지금으로부터 1,500년 전쯤에 사라진 하늘의 거울〔天鏡〕이었다.

그녀는 컴퓨터를 끄고 일어나 욕실로 가서 거울에 비친 제 모습을 바라보았다. 멍해 보이고 눈은 충혈되어 있었다. 도대체…… 생각하면 아찔했다. 남동생 정호가 화실을 하필 하선생의 농장으로 옮기지 않았다면, 그전에 돌이 선생의 농장에 와 있지 않았다면, 또 수년 전에 아들 민기와 동갑내기 딸을 둔 같은 아파트 단지의 여자가 제게 전화하지 않았다면, 이 일은 일어날 수가 없었다. 아이들 독서 지도교사라면서 선미가 너무 긴장하여 부루퉁하게 아파트 현관에 들어서는데 자기는 실없는 웃음이 나왔다. 왠지 잘해주고 싶었다. 인간은 아무도 모를 때부터 용의주도하게 추진되어온 기획이 있었다. 더 전에, 또 그 이전에…… 돌이 하선생의 농장에 오기까지 거쳐왔던 장소들과 이전 주인들의 얼굴이며 자세마저, 마치 본 것처럼 정숙의 눈앞을 역순으로 소급되어 스쳐갔다.

가장 끝, 최초의 장면은 천천히 돌아가는 영상 같은 것이었다. 높이로나 폭으로나 한없이 큰 흰 벽의 한 지점이 불거지기 시작한다. 틈이 벌어지고 부스러기가 떨어져내리다가 불쑥 돌이 솟구쳐 나온다. 돌은 작은 구멍을 남기고 이쪽으로 직통으로 날아오며, 뒤에 있는 흰 벽은 돌 때문에 뚫린 구멍으로부터 사방으로 걷잡을 수 없이 금이 가서 소리 없이 무너져내린다.

붙박이장을 열어 여행용 세면도구를 챙기고, 안방 화장대로 가서 기본 화장품을 챙겼다. 남편은 늦는다 했으니 집에서 저녁 먹을 사람은 아들과 시어머니뿐이고 시어머니께서 알아서 하시겠지만, 냉장고 냉동실에서 고기를 꺼내두었다. 냉동실에는 냉동만두 등이 그득하여 일부러라도 며칠은 장을 보지 않고 소비해야 했다. 옷을 든든하게 입고 선미에게 덧입힐 점퍼도 하나 옆구리에 끼고, 마지막으로 털모자를 가방에 쑤셔넣었다. 현관문을 나서기 전에 텅 빈 집안을 한번 둘러보았다. 친정의 가까운 어른이 임종 직전이라는 연락을 받고 경황없이 나왔다고, 식구들에게는 둘러댈 셈이었다. 임종이면 상까지 치러야 할 가능성이 다분하니까. 내일 새벽에는 돌아오겠으나 혹시 모르는 일이었다. 하나만은 분명했다. 이 집에 다시 들어설 때, 자기는 이 여행에서 보고 듣고 겪은 바를 식구들에게 한마디도 할 수 없을 것이다. 어머니, 저 다녀올게요. 아무에게도 말할 수 없으리. 선미와 자기가 앞으로 몹시 외로우리라는 생각이 들었다.

막상 차 운전석에 앉으니 머리가 그럴 수 없이 맑았다. 지방에서는 신용카드만으로는 불안하므로 우선 현금을 충분히 찾아둬야 하고, 장시간 운전에 대비하여 약국에 들러 인공누액을 사고, 점심은 고속도로 휴게소에서 간식거리를 사서 때운다. 해 떨어지기 전에 목적지에 도착하려면 휴게소에 앉아서 점심 먹을 새는 없었다. 내일 아들의 소아정신과 상담 예약은 미루는 게 낫겠고, 만약 일정이 길어져 속옷과 양말이 필요해진다면 현지에서 산다. 그녀는 지체 없이 출발하여 운전하면서 손등에 자외선 차단제를 짰다.

"네."

그녀가 어깨로 받쳐 귀에 대고 있는 휴대전화에서 응답이 나왔다. 밤늦게 퇴근하는 선미는 아직 자고 있을 시간이라 깨서 전화받으려면 좀더 걸릴 줄 알았건만.

"나 그쪽으로 가고 있어. 한 시간이면 도착할 거야."

"어디요?"

"너희 집!"

"나 학원인데?"

"벌써? 그리로 갈게. 천경림이야! 국사책에 나온 천, 경, 림. 기억나?"

그녀는 유턴하기 위해 차를 옆으로 밀어붙이면서 설명했다.

"『삼국유사』에 이차돈이 숲을 벴다고 했지, 호수를 메웠다고는 안 했을 텐데요?"

제가 하는 말이라면 허점부터 짚어내곤 하는 선미지만 그녀는 이번만큼은 거슬렸다.

"숲만 있으면 어떻게 하늘을 비추니? 가운데 거울 경은 뭐야? 넌 『삼국유사』에 남자라고 씌어 있지 않은 사람은 다 여자라는 거야?"

"그 얘기하러 학원에 온다구요?"

"가야지, 우리가! 홍륜사지에. 이차돈이 천경림 자리에 홍륜사를 지었잖아."

"내 수업은 어떡하구!"

"수업이라……"

운전대를 쥔 손의 잔등에 찍혀 있는 흰 크림이 눈 밑에서 알짱거렸다. 이 판국에 수업? 아무리 꿈을 꾸는 선미와 평소에 우는소리하고 한 푼에 발발 떠는 선미는 완전히 별개라 해도.

"그럼 너 수업 끝나고 밤에 출발해서 내일 오후, 수업 전에 돌아오면 되잖아."

그녀는 꾹 참고, 그래도 어쩔 수 없이 볼멘소리로 대꾸했다. 속으로는 가면 암만해도 하루 만에 돌아오게 될 것 같지가 않았다.

"오늘 밤에는 내일 수업 준비해야 되는데? 근데 언니는 왜 가는데요?"

전화기에 대고 있는 그녀의 뺨을 선미의 마뜩찮은 말소리가 밀어내는 듯했다. 바뀌는 신호를 놓쳐 차는 건널목 가운데 서버렸다. 뒷차가 붙어 있어 후진할 수도 없고 양편 보도에서는 사람들이 밀려왔다.

"나랑 같이 가는 게 싫으면 너 혼자 갔다 와. 여행 경비는 대줄 테니."

싸늘하게 응대하면서 그녀는 차 앞을 눈총 주며 지나가는 중년 여인에게 저도 모르게 제 손의 휴대전화를 눈짓해 보였다. 애들이란, 선미가 정말 어린애는 아니지만, 하여튼! 속 좁은 선미는 제 특별한 체험을 그녀와 나누기가 아까운 것이다.

"아니, 언니가 외박해도 괜찮은가 해서……"

선미는 찔끔하여 얼버무렸다.

"걱정해줘서 고마운데 난 이 일이 굉장히 중요하거든? 이거 너 혼자만의 일 아니고, 너랑 나만의 일도 아니거든?"

"그럼요? 또 누구의 일인데?"

말문이 막혀서 눈을 깜박이다가 그녀는 둘러댔다.

"그거! 불러내놓고 어떻게 할 거야? 네가 불러냈잖니."

"……겨헝주까지 가서 뭘 하려구요?"

선미도 말문이 막혔다가 '경주'가 '겨헝주' 되도록 한숨을 섞었다.

"어젯밤에 꿈 안 꿨니?"

"나요? 또 나?"

"일단 가면 알게 돼! 지난번에도 그랬잖아. 넌 알 수 있어! 흥, 륜, 사, 지!"

그녀는 선미 안의 진짜 선미를 일깨우기 위해 힘주어 말했다. 흥륜사지에서 다음 힌트를 알아내고 또 다음으로, 다음으로……

"언니! 재미 들렸어요?"

역효과가 났다.

"우리가 거기 가본다는 데 의미가 있는 거지이."

그녀는 백 보 물러나며 설레발을 치고 까르륵, 아양까지 떨었다. 밸이 꼴려도 할 수 없었다.

"이번 주는 주말도 없어요. 다음주도 안 돼요. 신학기라 정신없다구요! 나 지금 복사물 만들어야 해요."

"네 맘대로 해!"

그녀는 전화기를 접어 옆 자리에 던졌다.

"작작 해라."

어렸을 때 어머니가 교통사고로 돌아가시고 연달아 아버지 사업도 망한 후로 그녀는 우울증을 앓았다. 요즘에야 아이도 우울증에 걸릴 수 있다는 걸 알고 정신 상담을 받게도 하지만, 그땐 어른일지언정 미쳐 날뛰지 않는 한 정신병을 앓는다는 개념마저 없었다. 학교에도 가지 않고 집에 누워 있으면 숨이 막혀왔다. 어린 그녀에겐 어머니의 빈자리, 희디흰 공백으로 여겨지는 죽음이 덮쳐왔다. 아버지가 죽으면 어떻게 하나, 옆에서 징징대다 잠이 든 정호가 죽으면 어떻게 하나, 내가 죽으면…… 지금껏 시시때때로 도지는 미래에 대한 불안증은 그때 시작되었다. 어린 그녀는 동생을 끌고 도망치는 상상을 했다. 동생이 다리 아프다고 투정해서 업고 걷고, 나중에는 등에서 내려 세워두고 혼자 갔다.

"누나가 저어기 가서 보고 올 테니까 넌 여기서 기다려. 어디 가면 안 돼?"

가고, 가고, 계속 가면 무한정 큰 흰 벽이 나왔다. 우주의 끝. 그 무렵 학교에서 우주에도 끝이 있다고 배웠으므로. 더이상 도망갈 데가 없었다. 어린 정숙은 손톱 하나로 그 벽을 긁어보았다. 학교 교실의 벽과 똑같이 석회 칠이 손톱 끝에 묻어났다.

커서 알고 보니 그건 반쪽도 안 되는 우주였다. 우리가 경험하는 유형의 세계 이면에 무형의 세계가 있다. 현상 세계 너머에 이치의 세계가 있다. 둘을 합쳐야 진짜 우주이다. 이쪽 현상 세계는 저쪽이치의 세계의 드러남, 화현(化現)에 불과하고 실은 저쪽이 우주의 본체다. 우리가 하늘 혹은 하느님이라 하는 것이 그 보이지 않는 본체이며, 현상 세계의 주재자이기도 하다. 쓰나미처럼 한순간에 밀어닥쳐 모든 것을 쓸어버린 운명의 정체는 저쪽 세계였다. 죽어서 간다는 천국이나 극락도 좋지만 그녀는 살아서 온전한 세계를, 진실을 알아야 했다. 훨씬 더 중요한 저쪽이 있는데 이쪽이 전부인 줄 알고 산다면 어리석지 않은가. 모르니까 당하지 알면 저쪽의 이치를 이쪽의 현실에서 무리 없이 구현하는 조화로운 삶을 살 수 있다.

그녀는 미래에 대한 대책을 세우고 싶었다. 신통력 있다는 일과 사람들을 순례하기 반평생, 돈도 적잖이 쏟아부었으나 가장 신빙성 있는 사례는 선미 덕분에 제가 직접 겪은, 단전에서 뭔가 솟구쳐 배 속을 돌아다닌 제 체험이었다. 그리고 제 바로 곁에 있어서 자기가 지켜볼 수 있었던 선미였다. 선미의 꿈에는 보이지 않는 세계가 형상화되어 보였다.

초등학교도 입학하기 전에 선미는 제 아버지도 아닌 남자를 따라가서 모자간인지는 모를 여자와 남자애하고 마주 앉는 꿈을 반복해서 꾸었다. 두 어른은 자기들이 그 안에 들어 있는 선미의 꿈이 까맣다고 할 것인가 하얗다고 할 것인가 상의했다.

"꿈이니까 까매야죠."

어느 쪽인가 말하면 그들이 마주 앉아 있는 플라스틱 탁자와 머리 위의 파라솔, 그들 자신, 뒤로 지나치는 행인들, 건물들이 모조리 새까매지고 배경의 하늘과 사람들의 눈만 하얘졌다.

"꿈이니까 하얘야 하지 않겠어요?"

다른 쪽이 말하면 모든 형체들이 하얗게 되고 하늘과 사람들의 눈은 까매졌다. 두 어른은 밤새 상의하고도 결론을 내리지 못했다. 밤새 선미의 꿈은 하얘졌다 까매졌다 했다. 정숙에게는 명백했다. 만약에 그 꿈의 두 어른이 "꿈이니까……" 대신에 "현실이니까……"로 말한다면 어떻게 될까? 아직도 주역을 모르고 관심도 없는 선미가 코흘리개일 때 꾼 그 꿈의 출연자들은 음양의 화신이었다.

고등학교 때인가는 그녀가 꿈을 시리즈로 꾸었으니, 경찰이나 깡패가 쳐들어오고 집 안의 벽과 천장에서는 그녀는 모르지만 자기들은 그녀를 안다는 무리들이 쏟아져나와서 양편이 난투극을 벌였다. 매번 벽에는 달력이 걸려 있으며 달력의 크기, 펼쳐져 있는 장, 하단에 찍혀 있는 상호 등은 다양하게 바뀌나 상호가 꼭 '풍'으로 시작했다. 주역팔괘를 만든 복희씨가 성이 풍(風)이었음을, '복희씨'의 '씨'는 성인에 대한 존칭일 따름임을, 십대의 선미가 알았을 리 없었다. 그리고 하늘의 의지가 역(曆)이며 그 역을 주역으로 해석하면 시간의 길흉, 곧 천명을 알 수 있다는 것 또한. 주역 점도 아주 경지가 높아지면 하늘과 직접 대화하고 하늘의 뜻을 움직여 미래를 바꿀 수도 있다고 한다. 그 시리즈에서 난투극을 벌이는 양편은 인간이 아니라 현실의 사태 이면에서 대립하는 두 기운이었고, 선미는 의지만 있었다면 개입하여 어느 한 편을 들 수 있었던 것이다. 하늘은 상(象)을 드리워 그 뜻을 인간에게 알리고 인간은 제 뜻을 하늘에 고하니, 이른바 천인감응(天人感應)이다.

거대한 감실 안에 있는 4, 5층 높이쯤 되는 웅장한 불상, 그 꿈은 지기(地氣)의 형상화였다. 불상은 흙으로 만들어졌으나 주사위만

한 황금 알갱이들이 3분의 1쯤 섞여 표면에도 고르게 박혀 있었다. 문틈으로 빛 한 줄기 비쳐드니 황금 알갱이들이 알알이 빛나 불상은 부드러운 광휘에 휩싸였다. 감실 바깥에서는 수많은 사람들이 금을 찾겠다고 굴삭기부터 호미까지 온갖 연장으로 땅을 파고 있으나 아무도 감실 안의 불상을 알지 못했다. 감실의 문이 굳게 닫혀 있는데다 문밖에서 무서운 얼굴의 경비원들이 삼엄하게 지키고 있는 탓이었다. 땅이 불상이면 황금 알갱이는 명당이라, 명당이 그런 거겠구나. 정숙은 손으로 코끼리를 더듬다가 눈을 뜬 장님 같은 심정이었다. 이론상 명당은 많다고 하건만 실제로는 한 사람이 평생 한군데 만나기도 힘든 까닭도 그 꿈에는 나와 있었다. 땅을 지키는 경비원들, 곧 지신들이 문을 닫고 보통 사람들에게는 보여주지 않기 때문이었다. 선미 저는 감실 안에서, 게다가 지신들이 지키는 불상의 왼쪽 어깨에 두 다리를 늘어뜨리고 걸터앉아서 불상의 몸체를 내려다보고 있었다.

"그게 진짜 너야! 네 안에 있는 너는 다 안다니까! 그 목소리를 들으라구."

"언니 목소리 같은데?"

선미는 믿지 않았다. 정숙의 해몽도 점집에 따라와서 곁다리로 점을 볼 때처럼 재미로 들어 넘겼다. 그녀는 자신이 잘되리라고 생각하지 않았다. 자기만이 아니라 남들도, 중산층은 붕괴하고 인구의 80퍼센트는 점점 더 실질소득이 낮아지리라는 식의 비관적인 예측을 위안 삼으며 찌들어갔다. 제 외모에 대한 열등감 때문에 사시사철 펑퍼짐한 상의로 엉덩이까지 덮어 키가 더 작아 보였다.

"너도 알면서 왜 그래? 그 너를 받아들이기만 하면 너는……"

정숙이 한끝만 더 나가면 파르륵 신경질을 냈다.

"누굴 무당 만들려고 그래요?"

선미의 꿈은 저쪽은 준비가 다 됐는데 이쪽이 작동을 안 시키는 상태, DVD로 치면 재생 이전의 대기 화면으로 멈춰 있었다. 정숙은 제가 답답하고 작동 단추를 눌러주고 싶었다. 동생의 화실에서 돌이 용의 형상임을 알아채는 순간 그녀는 예감했다. 아하, 이렇게 되는군!

"언니, 나 미친 거 아닐까?"

그 밤에 차로 집까지 데려다주는 동안 선미는 극도의 감동과 회의를 오갔다. 바로 다음날부터 회의로 기울어 발뺌하다시피 했으나, 저도 내심 끙끙 앓았다. 저쪽이 기다리고만 있지 않고 손을 내밀어 단추를 눌러버렸다. 현상 세계는 저쪽의 밑그림에 따라 도미노처럼 순서대로 착, 착, 착 쓰러진다. 그 밑그림을 네가 알지! 정숙은 심각한 표정 위에 색안경을 덮어쓰고 동생의 화실로 차를 돌렸다.

남편은 정숙에게 입을 열었다 하면 적당히, 한 60퍼센트만 하라는 핀잔이었다. 그녀도 전에 그럴 걸 그랬다고 후회하기도 하지만 물거품처럼 사라졌다. 다음에도 그녀는 최선을 다해야 했고 최선이란 2백, 3백 퍼센트였다. 보이지 않는 세계에 대한 단서가 있겠다 싶으면 당장 수강신청하고 책을 질로 사들이고, 때로 모욕과 무시도 감수하며 강좌의 강사나 책의 저자를 쫓아다녔다. 그 신비 이론에서 좋다거나 나쁘다는 바에 따라 각 방의 침대를 돌려놓든지, 식구별 금기 식품들을 죄 피하다보니 줄창 콩, 두부, 된장만 식탁에

올리든지, 남편의 붉은색 옷과 아들의 검은색 옷을 본인들 없을 때 싸그리 갖다버리든지 했다. 등교를 거부하고 제 방에서 단식농성에 들어간 아들은 용돈으로 무마했다. 그 이론이 가장 핵심적이며 총괄적이고 이전에 배운 다른 이론들은 지엽적이었다고 확신했다. 며느리가 수지침의 대가가 되려나보다 하는 시어머니가 이따금, 특히 교회 권사님들과 회동 후에 의혹으로 눈이 찌그러지고 자신은 인생 헛살았다는 회한에 빠지면 마주 앉아 손을 꼭 붙들었다.

"어머니, 신앙을 가진 우리가 이러면 안 되죠!"

한바탕 통성기도하고 시어머니는 회복되었다.

"범사에 감사한 일뿐이다!"

그러다보면 끝났다. 강사가 인정하건 말건 그녀는 자기 식으로 그 이론을 해석할 수 있었으며, 터무니없다고 쫓겨나든지 그렇지 않더라도 스스로 급해서 미적거릴 수가 없었다. 그 이론 또한 하나의 가지에 불과함을 알아버리고 다른 단서를 넘겨보고 있으므로. 그전까지 그 이론만이 전부라고 믿고 주변에도 다 그렇게 전파했던 자신도 그녀가 뒤돌아보면 그 지엽적인 한때를 위해 분화되었던 분신(分身)이었다.

분신은 자기가 분신인 줄 모르고 전신인 줄 알고 최대한의 역량을 발휘하면서 보람찼고, 손오공처럼 그 분신을 회수한 본래의 그녀는 얻은 바 있어 만족스럽고, 이미 전신으로 다음을 향해 신나게 날아가고 있으나 또 지나고 보면 분신이고 과정이었으며, 그다음 단계가 있었다. 남편에게는 늘 그녀가 시간과 돈을 낭비한다고 보이겠으나, 그녀로서는 이전의 단계를 디딤돌 삼아 항상 다음으로 발전하고 있었다. 과거는 자잘한 일과 실수조차 지금 이 순간에 도달하기 위해 없어서는 안 됐을 절차로서 반짝였다. 그런데 이번에야말로 결정판이라는 확신이 드니 어쩌겠는가. 제 인생은 이 일 이전과 이후로 나뉠 것이다. 벌써 그녀는 이후를 막연히 그려보게 되니 자신은 굼벵이가 탈피하여 매미되듯 너무나 달라져 있어 알아보기조차 힘들었다. 찬란하면서도 아련했다. 비상(飛翔)의 운명.

그날 그녀의 입이 열렸다. 돌덩이 앞에서 명상에 잠겨 있는데 입술이 움찔거리더니 절로 말이 나왔다. 그러나 그건 사람의 언어가 아니었다. 동물의 말, 으르렁거림이었다. 정숙은 침을 줄줄 흘리면서 으르렁댔다. 정호는 잠자코 그녀를 일으켜 외투, 가방과 함께 문밖으로 밀어내고 문을 잠가버렸다.

"안 겪어본 사람은 몰라."

정숙은 힐끔 눈치를 살폈다.

"너도 알잖아. 무의식의 장난으로 그럴 수는 없잖아."

그녀는 초췌했다. 눈이 때꾼하고 광대뼈 밑으로 골이 패여 환자 같았다.

"그건 아니지만……"

차원이 다르지 않느냐고, 선미는 차마 말할 수 없었다. 제 입을 통해 답한 것은 예의범절 확실하고 지적인 존재였고 정숙의 경우는 짐승이었다. 이 지경에도 저를 빗대어 자신을 합리화하려는 정숙이 황당했다.

"……십일, 십이, 십삼……"

정숙이 차창에 멍한 눈길을 꽂고 뭔가를 셌다. 선미는 차창 밖 화단을 일별했다.

"……이십구, 삼십, 삼십일, 삼십이……"

"뭐예요?"

"……사십칠, 사십팔, 사십구, 오십, 오십일……"

정숙이 고개 돌려 선미의 얼굴을 들여다보면서 숫자를 세었다. 선미는 소름이 끼쳤다. 제 누나를 화실에서 쫓아낸 정호의 처방은 효과가 없었다. 그 덜떨어진 용은 정숙을 따라왔다.

"얼마까지 셀 거예요?"

"……칠십삼, 칠십사, 칠십오, 칠십육……"

"뭐냐구요!"

선미가 학원 끝나고 밤 11시에 만났다 해도 갈 데가 없지는 않은데, 정숙이 차 안에서 얘기하자고 한 것이 이 때문이었다.

"후우……"

정숙은 긴 숨을 내뱉고는 두어 번 침을 삼키고도 메마른 목소리로 물었다.

"내가 얼마까지 세봤을 것 같아? 또 그걸 몇 번이나 했을 것 같아? 식구들하고 있을 때도 가스레인지로 돌아서거나 장롱 문을 열면 입안에서 계속……"

"언니, 이게 안 이상해요? 이상하잖아요!"

선미는 제 머리카락을 움켜쥐었다.

"화내지 마. 내가 이런 말을 너 아니면 누구한테 하겠니?"

정숙은 양팔을 운전대에 얹고 얼굴을 묻었다. 그러니까 누가 멋

대로 따라하래나? 선미는 피가 머리로 몰렸다. 자식이 사고를 치면 부모들이 왜 뒷목에 손을 얹고 쓰러지는지 알 듯했다.

"까딱하다간 푸닥거리해야 되겠네! 관둬요, 우리 여기서 관두는 거예요. 끝!"

"훗!"

정숙의 팔뚝 안에서 허탈한 웃음이 새나왔다.

"날마다 난리를 치면서 어떻게 살겠어요? 언니는 이래도 되는지 모르겠지만 난 안 된다구요!"

자기도 안 된다고, 정숙의 뒤통수가 옆으로 까딱거렸다. 선미는 의자에 머리를 기대고 눈을 감았다. 피로가 밀려왔다. 이게 아니었다. 쓸쓸하게 답하던 용은 이따위가 아니었다.

꿈을 깨고 나서야 자신이 꿈을 지켜보고 있었음을 안다. 꿈속의 자기를 꿈을 꾸는 자신이 지켜보고 있었으나, 꿈을 꾸는 동안에는 후자가 없는 것 같다. 꿈에서 깨어 그 자신을 의식할 때는 꿈속의 자기는 이미 없어져서 기억 속에만 있다. 둘은 엇갈린다. 제가 꿈에서 보았던 대상이 현실에서 나타났다는 정숙의 전화를 받고 선미는 오싹했다. 기억 속에만 있는 자기, 죽은 자신이 돌아왔다는 말처럼 들렸다. 그런데 많이 들은 얘기이기도 했다. 꿈에 뭔가 나타나서 어떤 장소로 안내하기에 깨어나 거기 가보니 산삼이나 돌부처가 있다던, 옛이야기들. 그렇게 생각하면 시대착오적이긴 해도 그런 일이 있을 법하게, 자연스럽게 여겨졌다. 원래대로 생각하면 도로 오싹했다. 선미는 오락가락하다 꿈에서 자신을 만났던 상대를 만나보고 싶은 욕구에 졌다. 하지만 그건 역시 오싹한 일이었다. 그런 일이 있을 수 없는 삶과 있을 수도 있는 삶은 농구와 축구처럼 전제도 규칙도 다른 것 같았다. 선미는 농구를 하다가 축구장에 뛰어든 셈이었다. 아마 옛사람들에게는 죽음도 자기 같은 오늘날의 인간들한테 하고는 달랐을 것이다.

제 입에서 제가 하는 것이 아닌 대답이 나올 때 그녀는 역설적으로, 그 어느 때보다도 뚜렷하게 실감했다. 자신이 이선미라는 사실. 제 입과 몸을 통제했던 존재는 그 반대였다. 이선미가 아니고, 인간이 아니고, 규정된 틀이나 한계가 없었다. 무지막지하게 의욕만 세서 한 방향으로 몰아치는 바람 같았다. 자기는 바람이 빠져나가는 바늘구멍이었다. 바람 소리가 바람 자체의 소리가 아니라 바람을 맞는 물체가 내는 소리이듯이, 제 입에서 나온 말도 제 의식을 거쳐서 나온 것이었다. 구석에 끝내 꺼지지 않는 실낱같은 의식 한 가닥이 있었다. 그 의식마저 꺼지면 그 존재에 휩쓸려 어딘지 알 수 없는 데로 날려가버릴 것 같았다. 옆에 누가 있건 도와줄 수도 없었다. 그 존재와 자기 단둘이, 너무 큰 그것에 치이며 너무 작은 자기가 그것을 긁는 위험천만한 순간이었다. 그런데 정숙이 악착같이 끼어들어 망쳐버렸다. 보나마나 그녀는 속셈, 그 존재를 이용하여 현실적으로 덕 보려는 바가 있었을 거고. 그 존재가 하는 말의 수준은 그 말을 전하는 사람의 수준이었다. 반대로도 마찬가지, 정숙이 그 존재를 격하시켰다.

"……곡, 국, 귝, 극……"

선미는 눈을 떴다. 운전대에 엎드린 정숙이 울먹이는지 이번에는 머리통이 들썩거리는데, 장단에 맞추어 가느다란 말소리가 새나와 차차 커져갔다. 정숙의 상체가 서서히 들렸다.

"……냐, 넌, 년, 논, 뇬……"

한글 자모가 순서대로 조합되어 그 입에서 나왔다. 정숙의 입은 우리말의 기본을 충실히 연습하는 중이었다. 어슴푸레한 차 안의 어둠 속에서 그녀의 두 눈동자가 여러 뜻을 담아 오팔처럼 복잡하게 반짝거렸다. 환희와 자랑스러움, 그리고 너무 둔한 선미를 귀엽게 여겨주는 자애로움, 또 너 정녕 이렇게밖에는 못하겠느냐는 질타.

"나한테 말 시켜, 아무거나."

양 뺨을 눌린 것처럼 순식간에 핼쑥해진 선미에게 정숙이 빠르게 속삭이고는, 꼿꼿하게 앉아서 앞을 직시하며 질문을 기다렸다.

"……룰, 률, 르, 릴, 맘, 먐, 멈, 몀, 몸, 묨, 뭄……"

기다리는 동안에도 그녀의 얇은 입술은 진도를 나갔다. 양옆으로 쫙 벌어졌다 위아래로 뾰족하게 오므라졌다 하며 어려운 발음들을 정확히 해나갔다.

"……하고 싶은 말, 해요. 말, 해봐요."

선미가 웅얼거렸다.

"……무!…… 무무무무!……"

판이 튄 듯 발음 연습은 직전으로 되돌아갔다.

"무우! 무……우우…… 무우……우우……"

용은, 아무래도 천경림에서, 지층과 함께 켜켜로 얹힌 시대를 뚫고 힘겹게 올라오고 있었다. 차 천장을 향해 목을 있는 대로 빼고 안간힘을 쓰는 정숙의 귀밑으로 동맥이 뻣뻣했다.

"무우우울…… 무울! 물!"

독립 명사, 명실상부한 단어가 정숙의 입에서 튀어나왔다. 용을 뜻하는 고유어 '미르'의 또 하나의 뜻 믈, 곧 물.

"물! 물, 물, 물! 물! 물! 물! 물! 무우울……"

정숙은 호들갑스럽게 외치다가 건전지 다한 듯 머리를 떨구며 의자에 묻혔다. 의리 없는 용이 야속하고 정숙이 얄미워서 선미는 명치가 뜨끔거렸다. 왜 꼭 신라의 성지인가. 백제에도 나름의 용 신앙이 있었다더라고, 정숙 자신이 얘기한 적 있건만. 삼국시대의 대표적인 용 그림은 고구려 고분벽화에 다 있는 것 같은데 고구려까지야 모른다 해도, 선미가 당장 생각하기에 백제 무왕은 지룡의 아들이었다. 뻔하지. 신라한테 패해 사라진 백제는 역사 자체가 별로 남아 있지 않아, 백제의 성지 따위는 정숙이 기록에서 본 적이 없을 테니까. 호풍환우하고 조화무궁하며 능소능대한 용도 기록을 뛰어넘지 못한다. 이미 있는 기록에서 나온다. 용이라면서!

"물 사올게요."

선미는 차 문을 열었다. 축 늘어진 정숙의 손가락 하나가 꿈틀, 급히 반응했다.

"차에 물 있어. 계속 말 시켜."

정숙이 힘겹게 소곤거렸다. 선미는 차 밖으로 디뎠던 발을 끌어올리고 차 문을 닫았다. 대학교 1학년 때 딱 한 번 해본, 피차 시들했던 미팅이 연상되었다.

"이름이 뭡니까?"

질문을 던지고는 얄궂은 생각이 들었다. 정숙의 주장대로 신라의 용이라면 신라시대의 고어(古語)로 이름이 나와야 할 텐데, 그녀가 어쩌려는가 싶었다. 신라 고어가 부활하고 국어학계가 발칵 뒤집히나?

"이이이르으으음…… 아아, 이이르음…… 이르음…… 아, 이름! 이름! 이름! 이름!"

이름을 물어봤을 뿐이건만 정숙은 고문이라도 당하는 듯 절규했다. 한 음절마다 아래턱이 기계적으로 앞으로 튀어나왔다가 목으로 잔뜩 당겨졌다 하면서 덜그럭거렸다.

"……어어프쓰……"

어프쓰? 하기야 어떤 말을 해도 현대인은 아무도 그게 신라 고어가 아니라고 부정하지는 못할 테니.

"아아, 이르미이어프쓰…… 이름이 어업쓰음, 니, 다아……"

한 문장. 정숙 자신도 놀라 어깨를 으쓱하며 선미를 돌아보았다. 선미는 더욱 실망스럽게 찌푸리면서 슬그머니 외면했다.

"그럼, 용……씨. 용님?"

"이이름! 이름!"

신속히 얼굴을 다시 정면으로 돌리고 정숙이 외쳤다.

"지금?"

"예에."

정숙이 다소곳이 고개를 숙였다. 공을 선미에게 넘기고 고소해하는 미소가 입술에 스쳐갔다.

"생각해봐야 하는데."

선미는 머리가 아팠다.

"스, 스에엥가아악…… 지이그으음…… 여자인지 남자인지부터 물어봐야지."

뒷말은 정숙의 긴급 충고였다.

"순양은 남자, 숫놈이라면서요?"

선미도 정숙에게 항의하는 말이었다.

"그러니까 확인해야지."

"여자예요, 남자예요?"

선미는 이번에도 정숙을 향해, 그러나 입을 쳐다보면서 물었다.

"이여어자아."

"그래요오?"

평소라면 문제를 제기했을 정숙은 다음 질문을 기다리며 평안하기만 했다.

"복순이!"

떠오르는 대로 말해놓고 선미는 깨달았다. 그건 어렸을 때 집에서 기르던 노란 잉꼬의 이름이었다. 촌스럽게 그게 뭐냐고, 정숙이 눈을 희번덕거렸으나 입은 감격적으로 되뇌었다.

"보옥수우니이이……"

정숙의 몸이 잦아들었는데 손가락만은 끝내 깨어 다음 말을 채근하느라고 까딱거렸다.

"에, 저는 이선미이고, 이 분은 김정숙입니다."

"저, 는, 보옥수니이, 입, 니이, 다아."

덜그럭 덜그럭.

"아, 네."

차창 밖 나뭇가지의 새싹들이 가로등 불빛을 받아 기름을 뒤집어 쓴 듯 번들거렸다. 자정이 넘었는데도 공원 주차장은 거의 찼다. 이 차처럼 히터를 켜놓고 차 안에 사람이 앉아 있어서 미등이 켜져 있는 차들이 꽤 많았다. 차 속에서 담뱃불도 종종 깜박거렸다. 그 사람들은 적어도 이런 짓을 하고 있지는 않을 것이다. 비스듬히 차 문에 기댄 선미는 머리를 조금 돌려 차창에 닿아 시원한 부위를 옮겼다. 한 시간 반째, 복순이는 우리말 실력이 입 벙긋, 정숙의 입을 벙긋할 때마다 멀리뛰기하듯 늘었으며 정숙의 추리가 맞았음을 확인해주었다. 복순이는 신라의 용이었다. 우물가에서 계룡의 옆구리로 태어난 신라의 시조모 알영, 2대 남해차차웅의 누이이자 최초의 여자 제사장이었던 아로부인, 남해차차웅의 딸로서 용성국에서 온 왕자 석탈해와 결혼한 아니부인 등은 다 용의 화현(化現)들이었다. 그 계보는 이차돈의 순교로 법흥왕이 불교를 공인하기 백 년 전쯤에 이미, 내물마립간이 중앙집권을 강화하고 그 아들 눌지마립간이 왕권의 부계세습을 확립하면서 끊겼다. 그때 용 신앙을 믿는 호족들의 거점이었던 토함산의 동쪽 사면이 무너져내렸으며, 계보의 끄트머리인 복순이는 묻혔다. 그리고 땅속의 물줄기와 지상을 잇는 거점들마저 차차 봉쇄되더니 천경림이 매립됨으로써 다 없어졌다. 오랜 세월 복순이는 지하수를 따라 흘러다니다가 아주 작은 구멍 하나를 보았다.

"우, 우주우가 오래, 똥, 안 이 수운간을 가, 가안절히 기다려와았, 씁니다. 우주우의 노래애를 들어보오, 십시오."

정숙은 머리를 젖히고 흥얼거리기 시작했다. 아아우아아오오오…… 황홀경에 빠진 그녀의 얼굴은 막 분을 뒤집어쓴 듯 환했다. 원래 목청이 좋은지 아니면 정말 기적이 일어났는지, 높은 음에서 길게 끌 때는 아슬아슬하도록 숨이 길었다. 그러나 그건 우주가 부르는 노래는 아니고 복순이가 우주의 노래는 이렇다고 흉내 내고 정숙의 목소리로 나오는 것이라서, 듣는 사람으로서는 황홀할 만큼은 아니었다. 가사도 없는 단순한 곡조를 내내 듣자니 선미는 지루하고, 한편으로는 이러다가 새벽 2시까지 다니는 심야버스마저 놓치게 될까봐 초조해졌다. 정숙이 가관이기도 했다. 황홀하고도 남을 우주의 노래는 그녀도 직접 듣지 못하고 선미와 마찬가지로 간접적으로, 제 흥얼거림으로 들어야 했다. 똑같은 걸 듣는데 그녀는 어찌 저토록 한없이 몰입이 될까? 정숙은 우주의 노래가 제 입에서 제 목소리로 나오는 상황에, 그리고 제 몸짓과 제 발성에 상당히 심취하고 있었다. 조금도 지치는 기색 없이 얼마든지 더할 것 같았다. 어쨌거나 정숙의 노래 아닌 우주의 노래이므로 선미는 그 가사 없는 독창을 꼼짝없이, 설령 심야버스를 놓칠지라도, 듣고 있어야만 했다.

"다앙신은……"

문득 정숙이 선미를 향해 말했다. 몰입으로 닫혀 있던 그녀의 눈꺼풀이 살며시 들렸다. 너무도 해맑은 표정이 정숙이 아닌 듯싶었다. 그러나 선미가 비스듬히 기울어져 있는 탓에 약간 엇나간 얼굴의 각도를 얼른 조정한 그녀는, 정숙이 틀림없었다.

"당신은 자, 자신이 왜 그, 그렇게 사, 사아는지 아, 십니까?"

"뭘요? 어떻게요?"

"그건 사, 사람이 사는 게 아, 닙니다. 하루에 여어섯 시간씨익, 서서 수, 수어업을 할 쑤는 없, 씁니다. 이, 인간은 그렇게 살라고 태, 태어나지 않았, 씁니다. 부울가능, 합니다."

목, 금요일은 일곱 시간이며 아이들 시험 때는 여덟 시간이라고, 선미는 추가해주고 싶었다.

"당신의 어, 어머니는 당신을 아주, 아주 사라앙하지만 당신을 이해할, 쑤는 없, 씁니다. 왜냐아하면 당신 어머니는 당신을 단련언시키기 위이, 해, 보내진 분이기 때문, 입니다. 당신이 아무리 피곤해도 당신 어머니는 부울, 피일요한 말과 요, 구로 당신의 이, 인내력을 시험, 합니다."

"네!"

선미는 전적으로 동의했다.

"이 모오든 걸 태, 택한 사람이 당신, 입니다. 당신은 나, 낮은 곳에 태어나 모오든 사람들과 고, 고토옹을 함께하기로 서워언, 한 적이 있, 씁니다. 기어억나, 십니까?"

"아뇨."

선미는 도로 비스듬해졌다. 낮은 곳, 정숙이 자기를 어떻게 생각하는지 이제 확실히 알았다. 서원까지 했다니 자기는 높아질 기대도 하지 말아야 했다. 용 신앙이 없어진 게 용인 복순이 입장에서는 통탄할 일이겠으나 왜 우주까지 나서는지는 이해할 수 없었다. 복순이의 말대로 이차돈이 왕권을 강화하려는 법흥왕과 의기투합하여 순교를 감수했는지야 모르겠고, 그의 순교는 당시로서는 새 시대를 열었다. 그의 목이 베어졌을 때 목에서 젖빛 피가 높이 치솟고 머리통은 먼 산까지 날아갔으며, 하늘에서 꽃비가 내렸다지 않나. 『삼국유사』에 그렇게 기록한 일연이 불교 승려이기는 하지만. 신라 왕이 왕권 강화를 위해 불교를 도입한 거나 한 호족이 다른 토템을 누르고 용 신앙으로 지역을 지배한 거나, 뭐 그렇게 다른가? 왕이나 호족이나 높은 분들이었다.

오늘 당장 둘이 만나라는 명령이 갑자기 떨어졌다. 이틀 만에 둘은 또 한밤중에 만났다. 선미를 만나러 오는 길에 정숙이 받은 다음 명령은, 둘이 머리끝부터 발끝까지 육신을 정화하라는 것이었다.

"육신, 이라는 말 오랜만에 듣지 않니?"

정숙은 복순이의 어휘력에 감탄해 마지않았다. '빙렬(氷裂)', '염양(炎陽)', 화살촉의 둥근 부분을 일컫는 '더데' 같은 단어들은 자기도 사전을 찾아보고 뜻을 알았다고 했다. 선미는 정숙의 입술이 어떤 음절들을 더듬거려도, "더뎌뎌……", 굳이 사전을 찾으면 비슷한 단어가 있지 않을까 하는 의심이 들었다. 공교롭게도 예로 든 단어들에 복모음이 많았다. 복순이가 대체 무슨 얘기를 하고 있었기에 그런 어려운 단어씩이나 나왔는지 궁금하기도 했다. 지난 이틀 동안 정숙이 혼자 있을 때마다 복순이는 그녀에게 이야기를 했을 테니.

복순이를 데리고 찜질방에 갈 수는 없어서 두 여자는 여관에 들어갔다. 선미가 먼저 샤워를 했다. 정숙이 욕실에 들어가서는 잠시 물 끼얹는 소리가 나더니 한동안 조용했다. 정말로 머리끝부터 발끝까지 때를 미는 모양이었다. 번쩍거리는 공단 이불이 덮인 더블

침대 옆에 젖은 머리로 앉아 있자니 선미는 한심한 기분이 들었다. 편의점에 들러 맥주 두어 캔 사올걸 싶었다. 욕실에서 벅벅, 정숙이 때를 미는 소리가 들리는 것 같았다.

"아, 름다운 바암, 입니다."

탁자에 마주 앉아 잠시 정신을 집중한 후, 정숙의 입이 덜그럭거렸다. 먼젓번보다는 훨씬 움직임이 자연스러웠다.

"……네."

무슨 여배우의 수상 소감 같다고, 속으로 이죽거리는 자신이 선미는 미웠다.

"노옹담, 입니다. 하, 하. 하하는 웃음입니다."

복순이가 재치 있지 않느냐고, 정숙은 폭소를 터뜨릴 듯한 표정으로 동의를 구했다. 그리고 머리와 어깨를 흔들어 자세를 고쳐 앉는데, "우린 너무 너무 잘 통해요!"라고 온몸으로 외치는 듯했다.

"이, 제부, 터 창문을 여어, 십시오."

선미는 일어나서 커튼을 젖히고 창문을 반쯤 열었다.

"화알짝 여, 십시오. 무엇이 보, 입니까?"

옆 건물의 벽이 보였다. 여관방 창문은 옆 건물에 거의 막혀 방충망에 코를 들이대고 목을 꼬아야 벽과 벽 사이로 가느다랗게 밤하늘이 올려다 보였다.

"과놕싸안!"

창문을 돌아보지 않고 제 맞은편 벽에 시선을 고정시킨 채로 정숙이 단언했다. 그러고 보니 창문은 남쪽, 관악산 방향이긴 했다. 산이 자못 멀긴 해도.

"아, 십니까? 관악산은 화알활 타는 부, 불길, 입니다. 좃, 선시대에 관악산 때문에 하안양에 불이 자주 나서 경복, 꿍 앞에……"

"압니다."

"아, 시는, 군요. 이, 제부, 터, 관악산이 저를 도울 것, 입니다. 부, 불보다 뜨, 뜨거운 것을 견딜 수 있도록……"

"그런 게 있습니까?"

"부운노. 세사앙을 태우고 있, 는 분노. 저의 소이임은 그거엇을 끌어안는 것, 입니다."

우주의 가을이 온다. 북방의 수(北方水)에서 시작하여 동방의 목(東方木)을 거쳐 남방의 화(南方火)에 와 있는 생명의 본체는 서방의 금(西方金)으로 넘어간다. 양기가 발산하여 형체를 가진 것들이 증식하고 분열하던 여름이 가고, 수렴과 통일의 시기가 온다. 자기가 살기 위해 남을 죽이는 상극의 시대는 끝나고 서로 살리는 상생의 시대가 온다. 즉, 대재앙이 닥쳐 물질문명이 망하고 인류의 대다수가 죽는다. 살아남은 인류는 정신적 성숙기에 접어든다. 그러나 수는 목을 살리고 목은 화를 살리며 금은 수를 살리는 생명의 본체의 순환 운동에서 유일하게 부자연스러운, 화에서 그것이 극하는 금으로 넘어가는 과정은 저절로 이루어질 수가 없으니 하늘이 개입한다. 하늘이 미토(未土)로 화현하여 현상 세계에 출현하는 것이다. 복순이는 미토의 출현을 준비하는 자, 화가 너무 극렬하여 토가 되기 전에 증발해버리지 않도록 화를 감싸주는 수다. 그러나 보시다시피, 그러니까 선미도 역력히 느끼겠다시피, 아직은 어리고 미숙하다.

"제 소임을 다하기 위해서는 지금 관악산의 화기로 정려언, 되어 거듭나야만 합니다. 제가 실패애하면 우주는 다시 오래앤 세월을 기다려야 할 것, 입니다."

화장기 없이 얼굴이 벌겋게 익은 정숙에게서는 어느 날 갑자기 개인적 행복을 박탈당한, 선택된 자의 비장함이 풍겼다.

"당신이 탄다는 겁니까?"

우주건 인류건 선미는 귀에 들어오지 않았다. 다만 복순이가 화기로 정련된다는 말이 걸렸다.

"정련이란 워언래 워언석에서 그음속을 추추울하는 무울리화하악쩍 고옹정을 말합니다만, 파생되어……"

"탄다는 거잖아요. 실패하면 당신은 어떻게 됩니까?"

"죽, 습, 니, 다."

"죽어요?"

"제가 살기를 바, 랍니까?"

"그럼요."

"왜, 입니까?"

"……지금 살아 있으니까요."

"감, 사, 합니다."

머리 숙여 예를 다하고도 정숙은 고개를 들지 않았다. 어깨가 가늘게 떨렸다. 그러나 마침내 쳐든 얼굴에는 공사(公私)를 가르는 서릿발 같은 기상이 어려 있었다.

"이 손을 잡으, 십시오."

정숙은 탁자 위에 제 두 손바닥을 올려놓았다. 그러곤 돌연 자상하게 덧붙였다.

"안심하, 십시오. 화, 기는 당신, 에게는 조금도 미치지 않을 것, 입니다."

선미는 위로 천장을 향해 올라갔다가 내려온 제 눈동자를 정숙이 보지 않았기를 바라면서, 제 손을 그녀의 손바닥에 포갰다. 정숙은 그 손을 꼭 쥐었다.

"어떠언 일이 있어도, 저얼대로 이 손을 놓지 마, 십시오. 저도 두렵, 습니다. 고도옥, 합니다. 당신, 이 이 손을 잡고 있는 한 저는 포기하지 않을 것, 입니다. 당신, 이 신뢰, 해, 주는 만큼 저는 버틸 것, 입니다."

선미는 부담스러워졌다.

"예전에도 당신, 은, 지금 당신, 은 기억하지 못, 하지만, 제 손을 꼬옥 이렇게, 잡아준 적이 있, 답, 니다."

정숙의 눈빛이 흔들렸다.

"기억합니다."

"꿈, 이 아, 닙니다. 실, 제, 로 있었던 일, 입니다. 아, 십니까? 당신, 이 그런 꿈을 꾸는 이유를? 그러언 일이 실, 제, 로 있었기 때문, 입니다. 당신, 은 전생에 저를 만난 적 이 있, 습니다. 저는 당신, 의 누이동생, 이었, 습니다!"

선미보다 정숙이 충격 받아 움찔했다.

"저와 당신은 아버지는 달라도 어머니가 같은 남, 매, 였습니다. 놀라지 마십시오. 생각하지도 마, 시고 그냥 들으십시오. 그리고 듣고 잊어버리십시오. 제바알 얽매이지 마십시오. 저와 배다른 오라비 눌지가 삼촌이자 장인인 실성, 마립간을 죽이고, 석씨인 우리 어머니한테서 어린 저를 빼앗아 구읆어 죽으라고 차가운 방에 던져넣고 문을 잠가두었을 때, 막내 오라비인 당신이 옷깃에다 산따알기를……"

"신라시대, 토함산이 무너졌다던 때에요?"

"그렇, 습니다. 저는 아직 정식 이름도 받기 전, 아, 장, 아장……"

"죄, 죄송한데요, 그거 제가 정숙 언니한테 했던 얘깁니다."

선미는 난처해서 양 볼을 부풀렸다.

"막내 오빠는 큰오빠가 감금해놓은 여동생한테 몰래 산딸기를 따다 주고, 물도 입에 머금어 문틈에 보릿대를 꽂고 뿜어주잖아요. 여동생은 안쪽에서 보릿대에 입을 대고 받아먹구요. 그거 제주도 무속 신화고, 시대 배경은 아무리 멀게 잡아도 조선시댑니다."

"그럼 결말도 아시겠, 군요?"

정숙은 차분히 응했다.

"잠깐만! 잠깐만요!"

선미와 복순이 양쪽에 높이 양해를 구한 이도 정숙이었다.

"산딸기 때문에 그러지? 나도 그 생각나더라. 하지만 신라시대라고 산딸기 없었겠니? 너 너무 네가 아는 지식에 얽매이는 거 아냐? 얽매이지 말라잖아! 우린 일단 얘기를 들어봐야 하지 않니?"

정숙은 눈을 질끈 감았다 뜸으로써 자신의 퇴장과 복순이의 재등장을 알렸다. 그렇다고 감시의 표정이 가시지는 않았다.

"여동생은 저승에도 못 가고 이승에도 못 돌아오는데, 당신이 지하에서 흘러다녔다는 거하고 비슷하긴 합니다. 그 신화의 원형이 당신인가봅니닷!"

선미는 콧구멍을 벌름대면서 정숙이 끼어들기 전에 복순이가 했던 질문에 퉁명스럽게 답했다.

"그렇지 않, 습니다! 신화, 란 인간들이 지어낸 이, 야기입니다. 부불, 가항력쩍, 인 현실의 비유, 에 부불과, 한 것, 입니다. 잘 아시지 않, 습니까? 제가 말씀드린 사건은 실, 제, 로 있었던 일입니다. 저언혀 다릅니다."

정숙이 강하게 부정하다보니 고개가 한쪽에서 다른 쪽으로 반원을 그려 오히려 강한 긍정으로 보였다. 그리고 양쪽 입꼬리가 역시 반원으로 매끄럽게 치켜올라갔다.

"지금 당신은 또, 폭발했, 습니다."

"그런가? 그랬습니까?"

선미는 제 가슴에 손을 얹었다.

"손을 놓지 말아주, 십시오. 명심, 해주시기를 부탁, 드립니다. 당신은 자신이 얼마나 화가 나 있는지 모르, 십니까? 무지, 무지무지무지무지무지무지무지무지무지……"

정숙은 몇 분쯤은 같은 말을 중얼거리고는 털어버리듯 머리를 흔들었다.

"마안약에 제가 살아나지 못하더라도, 그건 당신 잘못이 아, 닙니다. 당신은 최에선을 다할 겁니다. 분명히 그럴 겁니다. 저는 압니다. 저는 원마앙하지 않, 습니다. 저는 그런 짓을 할, 수가 없, 습니다. 그 점에 대해서는 염려 마, 십시오. 부탁, 합니다. 절대로 자신을 비난하지 마, 십시오. 당신이 보고 싶을 겁니다. 다시 만날 때까지, 안녕."

정숙이 헝겊 인형처럼 스르르 탁자로 무너지고 두 주먹이 풀렸다. 선미는 그 손을 그러쥐고 팔꿈치로 물컵 따위가 담긴 쟁반을 밀어놓았다. 정숙이 고개를 들었다.

"이제부터 힘들 텐데 어쩌니. 나야, 내가 말한 거야."

정숙은 처연한 미소와 측은한 눈빛을 보내고는 도로 한 뺨을 탁자에 놓았다.

"푸우우……"

선미는 입 나발을 불었다. 어처구니없게도 정숙이 잠들어버렸다. 낮게 그르렁거리며 코까지 골았다. 이래도 손을 잡고 있어야 하는지, 얼마나 그래야 하는지, 자기에게는 보이지 않는 비유적인 방식으로 복순이는 정련되고 있는 건지 뭔지, 도통 가늠이 안 됐다. 침대에 앉아 시작했더라면 저도 몸을 누일 수 있었을 것을, 작은 탁자를 차지하고 혼자 잠들어버린 정숙이 괘씸했다. 열린 창문으로 화기는커녕 찬바람이 들어왔다.

정숙이 뒤척여서 선미는 손에 힘을 주었다. 정숙은 잠결에 엉덩이로 의자를 밀면서 손도 뒤로 뺐다. 선미가 탁자로 당기려고 수그리는데, 가까이 본 정숙의 얼굴이 고통으로 일그러져 있었다. 그르렁, 크릉, 소리 또한 코골이가 아니고 신음인 줄 선미가 충분히 알아먹게끔 격해지더니, 정숙의 몸이 옆으로 홱 뒤집혔다. 둘은 의자에 앉은 채로 동그란 외다리 탁자와 함께 바닥으로 쓰러졌다. 탁자 위에 있던 뚜껑 열린 생수병, 유리컵, 커피 잔과 받침 들, 커피믹스, 콘돔 따위도 와르르 쏟아졌다. 선미는 넘어지는 순간 침대 모서리에 부딪치지 않도록 머리를 만 자신이 신통했다. 정숙은 팔꿈치도

짚지 않고 그대로 쓰러져 바닥에 머리를 찧었다. 퉁! 팍! 동시에 유리컵 하나가 깨졌다. 정숙의 머리통이 바닥에서 약간 튕겨올랐다가 도로 떨어졌다.

"캑캑캑캑 킥킥, 크윽크윽……"

무엇엔가 휘감긴 듯 몸뚱이를 뒤트는 정숙의 입에서 비명이, 외국어를 하던 사람이 다급해지면 모국어를 하듯 동물의 울부짖음으로 터져나왔다. 선미는 우선 깨진 유리컵과 옆으로 누워 쿨쿨 물을 쏟고 있는 생수병을 발로 차냈다. 당장 119에 전화해서 정숙을 병원에 싣고 가 머리 사진을 찍어봐야 하는 건 아닌지 걱정됐다. 그녀가 이 정도로 할 줄이야 몰랐다. 전에 우주의 노래가 그랬듯이 지금 그녀의 입에서 나오는 "캑캑"도 정말 동물 소리는 아니고, 어디까지나 그녀가 흉내 내는 소리였다. 이걸 믿으라고? 농구하다 축구장에 한발 들여놨다고 전 게임 뛰자고? 고통 때문에 눈이 감긴 정숙이 저도 쑥스러워 시선을 마주치지 않으려는 것 같기도 했다.

"쿠웩쿠웩 크크크……"

요가하듯 정숙의 몸이 유연하게 뒤로 휘면서 손이 선미 손아귀에서 쏙 빠져나갔다. 다시 잡은 선미의 손은 정숙의 팔뚝을 훑으며 미끄러져서 팔목에 걸렸다. 정숙이 등으로 기어 필시 문이 열리지 않을 문갑을 또 머리로, 게다가 연거푸 들이받았다. 문갑 위 텔레비전이 덜렁거렸다. 너무해! 선미는 한 손으로 정숙의 두 손을 그녀의 가슴에 누르면서 윗몸을 일으켜 다른 손으로 텔레비전을 잡았다. 정숙이 반대쪽으로 몸을 굴렸다. 해도 너무해! 선미는 텔레비전을 놓고 정숙을 타넘어 함께 굴렀다. 둘은 양 손을 마주잡고 용쓰며 문간으로 기어갔다. 그리고 또 한 차례의 곡예를 하고는 침대와 옷장 사이 좁은 틈으로 들어갔으며, 서로 질세라 기어올라갔다. 왜 나한테 이러는 거야! 머리가 벽에 막혀 옴짝할 수 없게 되자 선미는 정숙의 두 손을 제 두 손으로 감싸 쥔 채 제 몸으로 네 개의 손을 덮어버렸다. 뺨에 닿는 정숙의 뺨도, 그 접촉으로 느껴지는 자신의 뺨도 땀으로 축축했다.

느닷없이 풍악이 울렸다. 옷걸이에 걸린 정숙의 가방에서 나는 휴대전화 벨소리였다. 누르고 눌린 채로 버둥대던 두 여자는 멈추었다. 휴대전화 성능이 좋은지 벨소리는 음질이 훌륭할 정도라서 오디오를 틀어놓은 것 같았다. 감미로운 발라드에 차차, 차차, 남미토속 악기쯤의 마찰음이 박자를 넣고 있었다. 정숙은 눈을 동그랗게 뜨고 처음 듣는 것처럼 제 퓨전 벨소리에 귀를 기울였다. 선미는 머쓱했다. 차차, 차차, 낭만이 번져왔다.

"전화 왔잖아."

정숙이 꿈적하며 속삭였다. 선미는 찡그렸다.

"저거 집에서 온 거야."

제 성량을 찾은 정숙의 목소리가 침대와 옷장 사이의 좁은 공간에 낯설게 울렸다. 선미는 몸을 젖혀 바닥으로 내려왔으나 손은 놓지 않았다. 정숙은 손을 잡힌 채로 어렵게 상체를 일으켰다. 차차, 차차.

"받아야 된다니까!"

정숙이 발을 끌어당겨 바닥을 딛고 일어서자 선미는 그 손에 매달리게 되었다. 벨소리가 그치고 메시지가 도착하는 짧은 신호음이 났다. 또로롱.

"얘가, 정말!"

정숙은 씩씩대다 침대에 털썩 걸터앉았다. 선미도 우스꽝스러운 자세를 거쳐 일어나 그 옆에 올라앉았다. 나란히 앉은 산발한 두 여자가 니스 칠된 옷장에 희미하게 비쳤다. 거울이 아니기에 다행이었다. 창문의 커튼이 펄럭거리고 문갑 위 텔레비전은 기우뚱 전선에 매달려 있었다. 정숙은 양손을 차례로 들어 벌겋게 부푼 손목을 들여다보았다.

"이 손톱자국 난 거 봐!"

머리는 괜찮은 듯했다. 선미의 두 손은 차례로 딸려올라갔다 내려왔다.

"나 요 보름 동안 밤마다 인터넷으로 신라에 관한 다큐멘터리 봤고, 책도 세 권이나 읽었어. 일부러 얘기를 지어내지는 않았어. 여기저기서 본 게 아무렇게나 막 조합이 돼서, 입에서 좔좔 나오더라."

정숙이 눈썹을 씰룩대며 뻔뻔스럽게 읊조렸다.

"난 애초부터 왕비 놀이에 관심 없었거든요!"

선미는 쏘아붙였다. 삼국 중에 유독 신라에서 왕비들의 존재가 두드러진다고 해서, 그게 여성의 권리가 높았다는 뜻이란 법도 없었다. 그 왕비들은 거의 선왕의 딸로서 사위에게 왕권을 이어주는 역할을 했으니까. 선미도 도서관에 가서 찾아보았다. 비싼 도록에 실려 있는 명작 용 그림이나 용 조각들은 과연 그녀가 꿈에서 본 것과 비슷했다. 그러나 그것들은 중국의 송대에 왕권의 상징으로 전형화된 모습이었다. 말 그대로 어용(御用) 용이었다. 『용비어천가』에서 조선 태조 이성계의 죽은 조상을 위해서까지 떼거리로 날아오른, 그 용들도 꼭 그렇게 생겼을 것이다. 더욱이 용의 발톱이 중요했다. 발톱이 다섯 개인 오조룡 곤룡포는 중국의 천자만이 입고, 조선의 왕들은 중국에서 발톱 줄여 하사하는 곤룡포를 입었다. 발톱의 개수는 생각 안 나도 제 꿈의 용 또한, 당연히, 이미 있는 기존의 기록에서 나왔다.

"긴가민가하면서, 늘 긴가민가하면서도 믿고 싶었어. 자는 우리 애 머리맡에 내가 무하고 식칼까지 갖다놔봤다니까. 그렇게 하면 애가 책만 잡으면 몽롱해지게 만드는 기운이 떨어진다고, 누가 그래서. 하나도 소용없어!"

"쳇!"

용은 부여 건국신화에서 해모수의 오룡거를 끄는 용이나 고구려 고분벽화의 별자리와 연계된 청룡, 황룡 같은 천신인가 하면, 신라의 우물가 계룡이 대표적인 수신이기도 했다. 옛날 목조 건물의 용마루에 용 모양 기와가 반드시 있는 이유도 수신인 용의 힘으로 화재를 예방하기 위해서였다. 민담이나 전설에 나오는, 일반인들이 생각했던 용은 애매했다. 이무기가 기필코 용이 되어 승천하려 하나 막상 용이 된 후 하늘에서 하는 일은 별로 없고, 여전히 물에 살기 때문이었다. 그러나 음양까지 들먹이자면 두 용은 엄연히 계통이 달랐다. 순양(純陽)은, 정숙의 평소 지론대로, 천신용이었다. 수신용은 농경신으로서 지신과 대모신에 가까운 음(陰)이었다. 신라 계룡의 후손이라면서 순양에다가 조선 후기에나 정립됐을 우주론을 설파하는 복순이는 뒤죽박죽, 꽤나 곤란했다.

용이 국조요 영웅인 신라의 용 신앙과는 다른 민간신앙으로서의 용 신앙은, 불교의 미래 부처 미륵이 와서 중생을 구제한다는 미륵하생 신앙에 습합되어 백제 지역에서 왕성했다고 한다. 그러면서도 서동요 설화에서 백제 무왕이 신라의 미륵인 선화공주를 백제로 데려갔다거나, 그전에 미시라는 화랑으로 화하여 백제에 나타난 미륵을 신라 승려가 신라로 데려갔다는 둥…… 선미의 머릿속에서는 백제의 서산 마애삼존불과 신라 성덕대왕신종의 용뉴가 왔다갔다 했다.

봉황의 배에 용과 동일하게 파충류 같은 가로줄 띠가 있는 점을 지적하면서, 기(氣)를 물짐승으로 표현하면 용이 되고 날짐승으로 표현하면 봉황이라는 주장도 있었다. 고구려 사신도의 네 가지 신은 모두 용의 속성을 지니고 있다는 것이다. 선미가 보기에도 사신도의 용은 중국 송대에 정리된 대로 낙타 머리에 소의 귀가 아니라 깜짝 놀란 새처럼 생겼고, 백호도 거진 똑같았다. 하지만 용의 속성을 가진 봉황이나 백호는 이해할 수 있을 듯하다가도, 용으로 되돌아와서 생각해보면 도리어 그 용의 속성이란 것이 그녀는 아리송해졌다.

중국 동북부 대릉하 지역 신석기 홍산 문화 유적에서 발견되는 구부러진 옥〔曲玉〕이 동아시아 용의 원초적 형태라는데, 그것도 합치된 바는 아닌지 그 곡옥은 용과는 아무 상관없고 단순히 뱀장어를 새긴 거라는 반론도 보였다. 용이라 쳐도 곡옥의 두상이 곰이나 돼지하고 비슷해서 웅룡 혹은 저룡이라 했다. 몸체가 길고 가늘게 구부러진 그 모습은 곤충의 유충, 인간의 태아, 영혼에 견주어지기도 했다. 그런데 정작 용의 기원에 대해서는 뜻밖에 뱀도 아니고 악어라는 견해가 우세한 모양이었다. 그녀가 생각하면 할수록 용은 모호해져서 실체가 없어졌다. 여러 동물의 조합, 인간이 아닌 것 중에서도 극단적인 것의 가능성, 인간 이전이나 이후. 선미는 용이 무엇인지 알 수 없었다.

"언닌 나한테 너무해!"

얽혀 있는 둘의 손. '어떠언' 일이 있어도, '저얼대로' 저 손을 놓지 말고 잡고 있어야 할 손이 왜 이 손인가? 자신인가? 정숙에게는 남편도 있고 자식도 있다.

"언니도 살다보면 좋은 일도 있었을 거 아니에요. 나한테는 걱정되는 일만 얘기했어. 행복한 순간은 자기 식구들하고 즐기고 나한테는 나쁜 일만, 나쁜 일만……"

정숙은 곧잘 선미의 꿈을 제 남편의 사업과 관련시켜 해몽하곤 했다. 남편에게 사업 파트너하자며 접근하는 사람이 사기꾼이라는 경고가 선미의 꿈으로 제게 전달됐다든지. "고마워!" 그래봤자 다음에 전화 오거나 만나면 그녀는 또 당장 내일이라도 그 사업이 망할 듯 안달했다. 이런 고비, 저런 고비, 사업하는 게 그토록 힘든 노릇인 줄 선미는 그래서 좀 알았다. 남편에게 중요한 일이 있는 날에는 그녀가 아침에 선미에게 전화해서 간밤에 꿈 안 꿨냐고 묻고, 아주 불안하면 미리 전화해서 꿈을 꿔달라고 부탁하기까지 했다. "너만 믿는다!" 그러면 선미는 무슨 꿈이라도 꿨다.

"오호! 너 그렇게 생각했니?"

정숙의 눈이 튀어나오려고 했다. 그런데도 쌍꺼풀 진 눈꺼풀이 딱딱한 차양처럼 반쯤 덮여 권태로운 것도 같았다. 제 나이로 보는 사람 없는 그녀건만 드러난 본래 얼굴은 추했다. 팔팔한 젊은이들이 얼굴을 쳐다보기만 해도 돌이 되어버렸다는 메두사는 중년이었을 것이다. 날마다 두드려 맞으면서 죽지도 않고 앞으로도 죽을 때까지 두드려 맞으리라는 걸 아는, 이 얼굴. 피부 안쪽 지방층의 궤멸을 숨길 수 없는 뺨에는 원망과 짜증이 덕지덕지 붙었고, 코 옆으로 뻗은 주름이 끝나는 지점이 냉소로 긴장되었으며, 아랫입술은 해볼 테면 해보라고 발랑 뒤집혔다. 흘러내리기 시작한 이마 밑으로 두 눈에서는 40년 가까이 들어오기만 하고 나가지 못해 푹푹 썩은 울분이, 바야흐로 적의로 피어올랐다.

"넌 그 학원 강사 나이 들면 못한다고 오죽 궁상떨었니? 내가 왜 어디 가나 가게 터를 눈여겨보는데? 민기 아버지 사업만 자리잡으면 너랑 하려구. 너도 은근히 기대했잖아! 형부의 사업이고 언니의 집안일이라고 생각하면 안 됐니? 꼭 선을 그어야 했어? 그래, 그동안 너 괴롭힌 거, 내 정중히 사과하지!"

선미는 눈길을 내렸다. 자긴 상대도 안 됐다. 대학 입시에서 제 담당 과목인 국어의 비중이 갈수록 줄어, 주 3일과 주 2일로 학원을 두 군데 뛰고 있으나 몇 년 뒤에는 그런 자리나마 말라버릴 것이다. 이제부터라도 자동차 정비 기술을 배워볼까도 싶은데, 말이 그렇지 어떻게?

"이거 봐! 솔직히 이건 네가 시작했잖아. 그리고 꼭 한술 더 뜨잖아. 지금도!"

있지도 않았던 것의 기억, 기원되지도 않은 희구. 복순이가 멀어져갔다. 이제 복순이는 일정한 형체조차 없었다. 바빌로니아의 용처럼 포유류 비슷하게 되어 네 발을 버둥거리고, 중국 은대의 청동기 문양에서처럼 외뿔에 외다리가 되어 꿈틀대고, 일본의 우물에서 발견되었다는 도자기의 어룡이 되어 지느러미를 파닥거리기도 했다. 변하지 않는 건 뻐끔거리는 입뿐이었다. 아무도 대신 말해주지 않으므로 나오지 않는 비명. 큰 용이 죽었다고 비통하게 울던, 그 와중에도 정숙의 말에 꼬박꼬박 대꾸하던, 그것은 무엇이었을까? 그때 제 가슴을 채웠던 슬픔은, 대체 무엇이었을까? 그것은 무언가 할 말이 있었다. 그 말을 해야만 하는 절실한 이유가 있었다. 복순이는 까마득히 멀어져 하나의 점이 되었다가, 살풋 꺼져버렸다. 선미는 울음이 복받쳤다. 제기랄! 하여튼 이 아줌마만 따라왔다 하면 울고불고 지랄을 해야 돼, 지랄을!

"에휴…… 그만하자. 진정하고, 집에 가야지."

"어?"

젖지도 않은 눈가를 훔치는 정숙의 두 손을 선미는 다시 움켜잡았다. 제가 안 보는 동안 그녀가 자신을 대단히 집중해서, 조마조마하면서 관찰하고 있었다는 느낌이 들었다. 제가 고개 들기 직전에 어떤 암호가 그녀의 얼굴에 성냥불처럼 화르륵 당겨졌다가 잦아든 듯도 했다.

"아아, 어깨 빠져! 더하고 싶으면 너 혼자 하든지. 난 정말 가야 한단 말이야!"

정숙이 팔을 흔들고 발을 뻗댔다. 연기! 처음에 연기였듯 이제까지 다 연기였다. 선미가 아무리 깽판 친들 여관에 혼자 두고 그녀가 집에 가버릴 리는 없었다. 이 각본이 비극으로 끝날 수 없음을 선미는 알아챘다.

꿈에서 선미는 계곡물에 뛰어들어 급류에 떠내려가던 흰 소들을 구하고, 한쪽은 파란 바다이고 다른 쪽은 옥색 강인 둑을 오래 걸어가서 빨간 꽃이 만발한 정원에 도달했다. 투명한 뱀들이 열매처럼 쉴 새 없이 떨어지는 거대한 나무의 둥치 속에 보라색 옷을 입고 옆으로 비스듬히 기대고 있는데, 거기가 원래 제집이었다. 생시의 자기가 엉뚱한 데서 헤매고 있음을 꿈속의 그녀는 알고 있었다.

"와!"

해몽하기 전에 그 선미가 입은 보라색 옷의 디자인을 물었던 정숙. 어떤 경우에도 제게 괜찮을 거라고 말해주고, 명백히 제가 잘못한 일도 잘했다고 편들어주던 언니.

"너 이제 말하지 마!"

찰칵, 선미의 눈꺼풀이 닫히면 어디선가 조명이 켜지는 것 같았다. 눈을 뜨면 보이지 않았다. 눈을 감으면 방 전체에 드리운 선명한 붉은색의 강한 빛이 보였다. 제 내장도 뜨끈해지면서 부드럽게 진동하고, 콧구멍이라든가 기관지가 두 배쯤을 굵어진 듯 숨이 세차게 들어와서 뜨겁게 뿜어져나갔다.

"내가 어쨌다고 그래?"

정숙이 흠칫 상체를 젖혔다.

"까불잖아!"

"너무하다. 백화점 세일할 때마다 내가 하다못해 스카프라도 사다주고 그랬는데."

"듣기 싫어!"

"그럼 나는 뭐하라구?"

정숙이 머리를 건들대며 물었다. 자기가 왜 여기 있는지 잠시, 까맣게 잊어버린 듯했다.

"조용히 하라구."

"너 자꾸 반말해대는 거 기분 나빠!"

정숙이 깡패같이 한쪽 어깨를 치켜올리면서 머리를 들이밀었다. 두 눈동자가 두 개의 시계추처럼 좌우로 왕복 운동을, 그것도 눈 양 끝의 눈꼬리와 눈물샘을 번갈아 때리며 철저하게 했다. 맘먹고 하려고 해도 그렇게 안 될 것 같았다. 그런데 이상하게도 선미는 전혀 놀랍지 않았다.

"닥쳐!"

조명은 시시각각 밝아져 맑은 노란빛이 되었다가, 용접의 불꽃 같은 푸른빛으로 변하고, 또 아릿하도록 순수한 흰빛이 되었다. 눈을 떴을 때와 감았을 때의 대비 때문에 선미는 눈꺼풀이 열리면 눈이 침침하고, 닫히면 눈 부셨다.

"아니, 내 말은……"

정숙이 목을 움츠리고 덜덜 떨기 시작했다.

"나더러 화도 못 내면 어쩌라는 거야? 내가 배추니? 나도 유머 있는 사람이야! 친구들은 다 내가 재미있다 그래!"

얼마든지, 얼마든지 더할 수 있었다. 더하고 싶었다.

"……곡, 콕, 국, 쿡, 극……"

정숙이 안타깝게 사방을 두리번거리면서 들릴 듯 말듯 입술을 달싹거렸다.

"집어쳐!"

정숙은 선미한테 잡혀 있는 두 팔 사이에 얼굴을 묻고 쉿쉬잇, 쉬이잇…… 제대로 불지도 못하는 휘파람을 불었다. 어쩌면 좁은 틈으로 빠져나가는 바람 소리, 혹은 파충류나 조류의 소리 같기도 했다.

"그것도 하지 마아아! 가만있어. 가만히……"

둘은 손을 마주잡은 채로 옆으로 천천히 쓰러졌다. 뭐였지? 선미는 정신이 들었다. 눈 몇 번 깜박이던 방금 전이 섬뜩하면서도 짜릿하게 상기되었다. 그 순간에는 오밤중의 소동이 얄팍한 개꿈이고, 조명이 현실이었다. 그 빛만이 확실하고 두터웠다. 조명은 어디서 누가 켰다가 꺼버렸을까?

"가만, 가만히……"

둘은 마주 누워 눈을 감았다. 다른 방 손님이 시끄럽다고 항의했는지 여관방 전화기가 울렸다. 선미는 한 팔을 들었다. 그리고 깊숙이, 멀리 집어넣어 꽉 잡았다.

3장

차는 주유소에 들러 기름을 채운 후 고속도로로 다시 나갔다. 뒤에서 달려오던 차들이 더 속도 내어 쫓아와 앞질러 갔다. 휴게소의 노곤한 심야 풍경이 찢겨 차 뒤로 날아갔다. 단번에 2차선까지 옮겨간 차가 어디로 가는지는 알 수 없었다. 그들은 차차 알게 될 것이다. 운전석 옆자리의 정숙이 몸 틀어 뒷좌석의 선미에게 뭔가를 건네었다. 목까지 겨울 담요를 덮어쓴 선미가 받느라고 버둥거리는 모습이 앞 거울에 비쳤다. 운전을 해주는 정호에게도 정숙은 뭔가의 뚜껑을 따서 건넸다. 그녀에게는 '복순님'을 수행하는 중차대한 임무가 따로 있고 그에게는 가끔 누나의 차를 빌려 쓴 죄가 있었다. 복분자 맛. 그녀가 휴게소에서 개인별로 다르게 산 음료수는 복순님, 몸은 정호의 화실에 있어도 말은 정숙을 따라다니는 돌덩이의 추천이었다. 그녀 자신에게 권해진 것은 아까부터 마시고 있던 1리터짜리 맹물이었다.

복장은 등산복. 선미의 등산복과 구색을 맞추기 위함인 듯했다. 정호도 이대로 산을 탄들 무리 없겠으나 평소 차림이었다. 말을 들을 생각 없는 그에게 돌은 알아서 별말 하지 않았다. 선미에게는 등산 재킷, 등산화, 등산모, 배낭까지 일습을 새로 구비해주었다. 물론 정숙이 신용카드를 긁었지 돌의 카드였겠나. 다 고가의 고어텍스 제품이고 연녹색이었다. 돌이 친히 골랐다는 옷이 품이 맞긴 한데 선미는 불만스러운 기색이었다. 그럴 수밖에 없으니, 연녹은 늘씬하고 피부가 흰 정숙에게 어울리는 색이니까.

"시체 암매장하려는 여자가 있다고 철물점에서 신고 들어갔을걸?"

어젯밤 자정 화실에서 출발하기 직전에 차 뒤 트렁크를 보고 정호는 혀를 찼다. 돌은 선미에게 입힌 등산복과 또한 그녀에게 안긴 오동나무 상자 말고도, 여러 가지를 골라서 그 안을 가득 채워놓았다. 대삽 두 개, 곡괭이 두 개, 손전등 두 개, 50미터 줄자, 한지, 김장 때 쓰는 커다란 비닐 포대, 홍삼 선물 세트, 제과점 과자 선물 세트, 청주, 종이컵, 통북어, 떡, 마른 대추, 해바라기씨, 물고기 사료, 친환경 물비누…… 물비누 따위는 모르겠지만 대체로 두 여자가 무덤을 파헤치는 데 쓰라는 것이 아닐 수 없었다. 트렁크를 닫고 손을 털며 그는 단언했다.

"황남대총이야."

한반도는 산성 토양이라 뼈가 빨리 썩어서 남아 있는 고인골이 매우 드물다. 70년대에 황남대총을 발굴할 때 뼛조각이 나왔으나 당시에는 유전자 분석 기술이 없어서 도로 묻었다. 그리고 왕과 왕비의 묘가 연결되어 신랑 왕릉 중에서 가장 큰 원래의 크기를 복구해놓았다.

"그걸 두 사람이 파다간 일단 잡혀갈 거고, 안 잡혀가면 매몰돼서 죽을 거고, 안 죽고 파들어갔다 나온다면 몇 주 걸리려나? 난 주차장에서 차에 앉아 딱 한 시간만 기다리다가 돌아와버릴 거니까, 알아서들 하라구."

"아무리 드물어도 아직 발견 안 된 고인골이 어딘가 묻혀 있지 말란 법은 없지. 황남대총일 수도 있어. 아니라도 크기 때문은 아닐 거야. 그런 건 문제가 아니야."

정숙은 앞머리를 쓸어 넘겼다.

"그럼 뭐가 문젠데?"

"몰라. 우리의 사고방식을 뛰어넘을 거라는 생각은 들어. 어떻게든 돼! 넌 우리가 모든 걸 다 안다고 생각하니? 내 생각엔 아직도 우리가 모르는 게 더 많아. 황남대총만 해도 금관이 왕의 묘에서는 안 나오고 왕비의 묘에서만 나와갖고, 지금까지도 거기 묻힌 사람들이 누구인지 확실히 모른다며?"

"너는 아나보지?"

그녀는 의미심장하게 입을 다물었다. 요새 상대방이 하는 말 이상의 사실과 진실을 누군가한테 이미 들어서 알고 있지만 참고 들어준다는 듯 비릿한 미소를 무는 버릇이 생겼다. 나날이 여위어갔으나 피부에는 확신의 광택이 돌고 눈이 빛났다.

아무튼 막중한 사명을 띠고 있다는 돌덩이가 그 사명을 다하기 위해서는 선행돼야만 할 일이 있었다. 선미의 꿈에서 구조받지 못하고 찜통 속에 남겨졌던 큰 용의 부활이었다. 돌은 사명을 혼자 해낼 수 없고 그것과 함께해야 하며, 더구나 그것이 주역이고 돌은 보조였다. 돌은 작은 용이고 신라의 용일 따름이지만 그것은 세상의 용이므로. 우주가 오랫동안 기다려왔으며 기회는 오늘밖에 없는, 그것의 부활이 두 여자에게 달려 있었다. 그것은 세상의 용답게 세계 곳곳에서 인간으로 화현했었고 한반도에서도 화현한 적 있는데, 언제였고 어떤 인간이었으며 어떻게 부활시켜야 하는지는 차차 돌한테 듣는 수밖에 없었다.

한마디로 두 여자는 매 순간 그 다음을 모르는 채로 돌이 시키는 대로 무조건 해야만 했다. 돌은 평소에 장황하게 읊조리고 듣는 이들이 궁금해하지도 않는 것에 대해서까지 지나치도록 친절하게 설명하다가, 꼭 바쁠 때 뜬금없는 명령을 내리고 당장 하지 않으면 큰일 난다고 협박하고는 과묵하고 무뚝뚝해졌다. 만사를 접고 그 명령을 따른 결과로 뜬금없고 난처해진 두 여자에게 다음 명령을 뜸들이면서, 공자 왈 맹자 왈 개똥철학을 직직 내깔겼다. 질 나쁜 군대 조교 타입이었다. 지나고 보면 다 이유가 있었으며 이해가 되더라고 정숙은 말했다.

"오른쪽, 입니다."

회덕 분기점에서 돌이 지시했다. 차는 보란 듯이 호남고속도로로 꺾어졌다.

"제가 잠시 말씀을 드려도 되겠습니까?"

돌이 능청스럽게 물었다. 엊저녁부터 기다렸으며 한동안 고속도로를 달릴 일과 경청할 일밖에 남지 않은 청중은 답이 없었다. 정호는 답하지 않았고 선미는 답할 수 없었다. 제 입으로 나온 돌의 질문에 정숙이 대표로 고개를 끄덕였다.

"이, 제부, 터 말씀드리겠습니다."

갑자기 정숙이 추위를 타는 듯 어깨를 움츠리며 흠칫 떨었다.

"바보야!"

입에서 튀어나온 말이 내용도 그렇고 말투도 돌하고는 영판 달라서, 말해놓고 그녀는 눈이 휘둥그레졌다.

"당황하지 마십시오, 제가 항상 같이 있을 것입니다. 제게 맡기시면 됩니다."

도로 돌이었다. 그리고 정숙은 또 흠칫 떨었다.

"사는 게 그렇게 힘들었어? 만신창이가 됐잖아!"

다시 맥없는 투정. 돌이 자기 아닌 다른 배우를 출연시켰다.

"네 이름을 바위에 새기면, 네가 이제 없음을 새기게 돼. 이 옆에 이름 새겨진 이 사람, 여기 널린 이 많은 이름들, 알 수 없는 형상으로 남은 그 먼저 사람들, 더 알 수 없는 형상으로 남은 더 먼저 사람들, 그 누구도 남아 있지 않아. 남아 있는 것은 그들이 이제 여기 없다는 표시뿐. 난, 어떻게 견뎌야 하니. 내 동생, 어린 누이야!"

출연자인지 정숙인지 목이 잠겨갔다.

"내가 새기는 건, 네가 하지 않은 말. 누군가, 누군가를, 그리워하노라. 알 수 없는 형상으로 자취를 남긴 아득한 옛사람들을 우리가 모르지만, 그들이 마음에 누군가 담고 있었음은 알듯이. 네가 살아서 못한 말을 내가 새길게. 알 수 있는 기록을 남긴 옛사람들은 우린 이제 별로 관심 없고, 그들이 안 남긴 걸 알고 싶어하듯이. 이별의 말도 한마디 없이!"

돌이 한쪽에서 감상하고 있을 듯싶었다.

"누군가, 누군가를, 그리워하노라. 걱정 마, 훗날 사람들이 꼼꼼히 들여다보고 손으로 만져본다 해도, 너를 알지 못하고 나도 알지 못할 테니까. 누구나 남길 수 있는 건 누군가 누구를 그리워했다는 흔적뿐. 지나고 나면 남아도 동사뿐인 그 말뿐. 내가 네 대신 해주는 말, 네가 살아 있을 때 내가 너에게 못한, 이 말."

"그래, 경주!"

정호는 담배 연기를 훅 뿜고 일갈했다. 그는 미대 학생 시절에 수업의 일환으로 경주와 울산 사이 천전리 서석곡에 암각화 답사를 갔었다. 그때 정작 봤어야 할 울산 반구대 고래 사냥 암각화는 못 봤고, 여태도 못 봤다. 수천 년을 견딘 암각화가 댐에 잠겨 겨울에만 잠시 물 위로 나오기 때문에, 한 해가 다르게 마모되고 있다고 하건만. 서석곡에는 선사시대 암각화 말고도 후대에 그곳을 지나가던 어중이떠중이가 새겨놓은 이름 따위가 많다. 신라 어느 왕인지가 남긴 글은 남들이 그 위에 덧새기지 못하도록 테두리가 둘려 있는데, 일찍 죽은 왕비가 또 여동생인지 조카딸인지 해서, 신라시대 왕족들은 얽히고설켰으니까……

"방금 떠든 게 그 왕이고, 너희가 살려낼 건 왕비야. 너흰 그 왕비의 능을 파헤치면 돼. 그게 어디건 경주 근처일 거 아냐? 근데 왜 이리로 왔어! 사람 뺑뺑이 돌리자는 거야?"

"왕비가 아니고 왕의 어머니! 법흥왕의 딸인데 삼촌하고 결혼해서, 그 아들이 진흥왕이 됐어."

정숙이, 모처럼, 제 입을 스스로 움직여 동생의 오류를 지적하고 수정했다. 서석곡 암벽에는 진흥왕의 부모가 두 차례에 걸쳐 한문으로 남긴, 그러니까 신하들을 시켜서 새겨놓은 두 개의 명문이 있다. 얼마 전까지 학계는 두 명문을 남긴 이가 진흥왕의 아버지라고 보았다. 첫번째 명문에 그와 함께 등장하는 '사랑하는 누이(友妹)'는 두번째 명문에 나오는 그의 조카딸이자 아내인 여자와 동일인. 첫번째 방문 후 그 여자는 죽고 남편이 같은 장소에 와서 죽은 아내를 애도하며 두번째 명문을 남겼다. 정호가 방금 전 이야기의 화자가 그 남편이고 죽었다는 여동생이 그의 조카딸이기도 한 아내라고 생각할 법하다. 그러나, 최근에 학설이 바뀌었다. '사랑하는 누이'는 그의 아내이자 조카딸인 여자와 별개의 인물이고 그 누이는 죽었지만 아내는 죽지 않았다. 더 중요하게는 그 남자가 죽었다. 두번째 기록은 얼마 전까지의 해석과는 정반대로, 아내가 죽은 남편을 애도하며 남긴 것이라 한다. 어떻게 같은 글이 반대로 뒤집힐 수가 있느냐고? 기록이 마모되어 탈락된 글자가 많은 탓도 있지만 근본적으로 당시 한문 수준이 낮아서 문장 자체가 어색하기 때문이다. 특히 사람 이름들은 신라 이름을 발음만 한자를 빌려 표기한 것으로서, 한자로 적힌 대로는 아무 뜻이 없는데도 한문 문장에 섞여 해독을 방해한다. 그 남자의 이름 '사부지'는 '키 큰 남자'라는 뜻으로 밝혀졌지만 아내 이름 '지몰시혜'가 무슨 뜻인지는 아직도 모른다. 한자를 차용한 당시로서는 실제 말소리를 적으면 그 뜻을, 뜻을 적으면 소리를 표현할 수 없었다.

"설마 복순님이 경주로 갈 걸 너 고생시키려고 이리로 돌아서 가라고 했겠니? 우리나라에 사람 이름 새겨진 골짜기가 한둘이야? 뭣보다 시대가 틀려. 복순님이 용의 계보에서 마지막인데 5세기에 어린아이였다니까 큰 용은 그 이전이지. 천전리 기록은 6세기야."

"뭐, 뭐가 어떻다구?"

"방금 전에는 죽은 사람이 여동생이고 오빠는 살아 있으니까 네가 생각한 그 신라 왕족들은 아니라구."

"너 일부러 헷갈리게 하려고 그랬지!"

"마음대로 생각해!"

정숙은 수난을 견디는 순교자처럼 그윽이 차 천장을 올려다보았다.

"김정호씨!"

그러나 입에서는 돌의 준엄한 호명이 튀어나왔다.

"인내심을 가지십시오. 당신들 세 사람이 주체적으로 해결해나가는 과정이 중요하다고 말씀드리지 않았습니까? 제발 집중해주십시오."

"언제 그랬어? 은근슬쩍 나 끼워넣지 말라 그랬다, 분명히!"

정호는 눈을 부라렸다. 그러거나 말거나 처음보다는 약해졌지만 여전히 보기에는 안 좋은, 정숙이 흠칫 떠는 특유의 몸짓이 나왔다.

"나는 알죠. 그 분은 보통 사람이 아니에요. 언젠가는 모두들 알게 될 거예요. 태몽이 바다에서 흰 말을 타고 칼을 높이 치켜든 채 파도 위를 달려오는, 푸른 거인이었다니까요. 그 순간 나는 눈을 떴는데 배 속에서 그 분이 처음으로 발길질을 하셨어요."

출연자가 교체되었다.

"그 감동 아직도 잊지 못해요. 마치 어젯밤 일 같아! 이 비천한 여인을 택해 그 분은 세상에 와주셨어요. 날마다 기적이 일어났어요. 누구나 제 자식이 기적 같다지만, 난 그런 얘기가 아니에요. 실로 기적이었어요. 내 아들은 달라요. 죽음의 신의 적, 조화의 신의 머리를 자른 자, 사랑을 삼킨 자! 세상의 구세주! 때는 멀지 않았어요. 나는 알아요. 지금은 그 분이 장소가 충분히 깨끗지 못하다고 투덜거리죠. 히스테리! 를 일으키기 직전이에요. 예정된 시간에서 한 시간이나 지났는데도 관객! 은 내 친구들과 우리 회사! 직원! 몇 명뿐이니까요. 나도 부, 부정맥? 부, 정, 맥이 도지고 입이 말라서 아침에 먹은 약을 방금 또 삼켰어요. 한, 마, 음, 회 회원들은 어느 구석에서 노닥거리고 있단 말인가요? 촛불에 둘러싸인 채 자신의 연주에 몰두하는 기타리스트!"

'히스테리'에서 흔들린 정숙은 '관객'에서 더 흔들렸고 '회사'와 '직원'에서는 많이 흔들렸으며, '부정맥'에서 힘 빠지다가, '기타리스트'에서 급기야 갸웃하며 입을 다물고 말았다.

"기, 타, 리스트는 가끔 눈만 치떠 텅 빈 전시장!"

그녀는 재차 멈칫했다. 그리고 본인이 화가로서 전시장과 관계 밀접한 정호를 힐끗 곁눈질했는데, 그는 어금니를 질겅이고 있었다. 그녀는 오히려 결연해졌다.

"전, 시, 장을 훑어보고는 도로 연주에 몰두하고는 해요. 어쨌거나 그는 시간만 때우면 되니까요. 아! 우리 회사 직원들이 이제야 부서별로 나타나네요. 오다가 딴짓들을 한 거죠! 난 한마음회 회원들을 찾아오라고 이르고 스탠드에서 마이크를 뽑아들어요. 그리고 기타리스트가 올라앉아 있는 가설무대 한편에 자연스럽게 걸터앉아요.

오늘 우리는, 아직은 취미 수준이지만 진정한 예술가의 길을 걷고자 하는 한 젊은이의 첫걸음을 축하하고, 용기를 북돋워주기 위해 모였습니다. 이렇게 많이 와주실 줄은 몰랐어요! 기대 이상이에요. 저흰 사실 간단히 자축하고 말려고 했거든요. 어머, 저기 두 분은 저희가 초청장도 못 보내드렸는데 시골에서 일부러 올라와주셨네요. 애들 잘 크죠? 감동입니다!"

비로소 그 아들은 비싼 과자를 목으로 넘길 수 있고 기타리스트는 허리를 세우고 연주할 수 있었다. 가끔 쿵! 소리와 함께 촛불이 휘고 유리잔들이 흔들렸다. 하객 중 몇 명이 가려 하자 그 어머니는 자기도 그날 아침에 뉴욕 출장에서 돌아와서 더이상 버틸 수가 없다면서, 자기 차를 타고 함께 가자고 했다. 잠시 후에는 그들에게 곧 다들 일어날 분위기이니 조금만 더 기다리자고 했으며, 행선지에 따라 하객들을 분류하고 조직했다. 차를 태워줄 사람과 얻어 탈 사람이 이리저리 연결되어 다들 누군가를 기다리며 미적거렸다. 어머니는 또 하객들에게 일찍부터 나와 자원봉사를 하고 있는 한마음회 회원들을 돕자고 제안했다. 그 회는 어머니가 사장인 회사의 여직원 모임이었다. 하객들은 그 회사 남자 직원들의 주도로 여직원들을 도와 의자를 날라 한쪽에 포개놓고, 바닥에 깔린 카펫도 말아서 세워놓았다. 그런 후에도 외국 유학중에 방학을 맞아 잠시 돌아온 고등학교 동창들과 아들이 오랜만에 대화를 나누도록 조금 더 기다렸으며, 또 그들이 교대로 사진기를 바꿔가며 사진을 찍도록 기다려주었다. 쿵! 쿵! 전시장이 흔들렸다. 그 전시장은 커다란 엘리베이터!

엘, 리, 베이터였다. 굉장히 큰. 더구나 줄이 끊어져서 승강장마다 잠깐씩 걸쳐졌다가 내려앉고 있었다. 그 사실을 알고 있는 사람은 오직 한 명, 어머니뿐이지만 그녀는 심각한 우울증을 앓고 있는 제 아들을 위해 마련한 그 행사를 끝내기가 아까워서 말하지 못했다. 아들에게는 백약보다 나을 일순간, 또 일순간을 계속 연장하면서 속으로는 환희와 공포에 번갈아 떨었다. 한 가지 다행인 사실은, 그 엘리베이터가 내려앉고 있는 터널이 끝이 없다는 것이었다.

"우리에게는 아직 시간이 있어요. 우리는 얼마든지, 지구 중심까지 떨어질 수도 있으니까요. 걱정 없어요. 괜찮을 거예요, 괜찮아요."

정숙이 머리를 깊이 수그렸다 들었다. 그리고 흠칫, 돌의 큐 사인.

"그가 우리를 보는 것 같다. 그럴 리는 없겠지만, 휑하게 뚫린 눈구멍으로. 삭아버린 남빛 무명 겹옷은 그의 단벌 정장이었다. 개성 표현이라고 사철을 그걸로 버텼다. 그가 수표교! 밑에 나자빠져 썩어, 구더기가 득실거리는데도 그 여자는 오지 않는다. 그가 허리띠로 제 몸에 동여매어 경복궁! 담장 훌쩍 뛰어넘을 때는 할퀴며 품을 파고들었다. 찾아달라던 봉황의 깃털 달린 붉은 구슬 노리개야 구실이었다."

수표교니 경복궁이니가 난무해도, 설사 '청와대'가 나온들 정호는 고속도로에서 빠져나가 반대 방향으로 진입하여 서울로 향할 생각은 없었다.

"그는 할 수 없다고 얘기하지 않았다. 어쩔 수 없다는 얘기 안 했다. 인간은 무력한 존재라는 얘기, 자기까지 하기 싫어했다. 수천 년 동안 되풀이된 허무 개그로 듣는 이를 울리지 않았다. 카타르시스? 스트레스! 그거 말고는 할 말 다 했다. 못한 말, 참은 말, 삼간 말 일절 없다. 뻥칠 거 다 치고 사기 칠 거 다 사기 쳤다. 그런데 그는 수표교 밑에 나자빠져 복부가 부글부글 끓다 비만, 팽만을 지나 펑! 터져, 사타구니 위로부터 명치까지 쫙 갈라져버렸다. 부모가 물려준 재산 말아먹어 집도 절도 없는 것, 마누라 도망가서 본의 아니게 독신주의자된 것도, 그는 자랑으로 삼았다. 본인들은 미처 몰라도 자신을 필요로 하는 이들을 위해 존재해준다고 선언하고 다녔다. 그런데 입 꿰매고 가랑이 사이에 머리 처박고 살았던 것처럼, 속이 터져버렸다. 그 갈라진 틈으로 우리, 번쩍이는 똥, 파, 리, 떼 맹렬히 날아올랐다."

파리 떼는, 복순님의 연출에 따라, 잠시 막간을 두어 청중에게 놀랄 틈을 주었다. 정숙만이 놀랐다. 뒤에서 선미는 붉으락푸르락했다.

"마지막 날 그는 술 얻어마시다 술 사주는 사람한테 주정하고 쫓겨나, 쓸쓸히 돌아섰다. 꼴에 수표교 근처에서 새파란 놈과 드잡이도 했다. 폼으로 그 무거운 가야금 끌고 다니는, 가망도 싸가지도 없는 그 여자와 그의 사인은 관계가 있다. 공짜 술도 영향을 미쳤다. 누구나 태어날 땐 온 동네 떠나갈 듯 울어 젖힌다지만, 그는 죽는 날까지 유감없이 발악했다. 그런데도 우린 초록색 키틴질 외피를 휘황찬란하게 빛내며, 피도 육즙도 말라버린 그 자의 뼈다귀 위에 떠 있다. 이 좌표 이 높이에, 금속 조형물이나 신무기처럼 박혀 있다. 부딪치는 동료를 박살 낼 기세로 튀어나갔다가 되돌아 안으로 파고들기를 반복하고 있다. 흩어지지도 사이좋게 같이 있지도 못하고, 미친 듯 소용돌이치고 있다."

돌은 일관성이 있긴 있었다. 청중의 예상을 깼다. 목적지가 신라 시대의 유적 경주 황남대총이리라고 정호가 추정했더니 호남고속도로로 가라 했고, 도로 경주라고 헷갈리게 하더니, 다음엔 웬 엘리베이터. 오늘 두 여자가 살려내야 할 인물이 서기 5세기 이전에 살다 죽었으리라는 정숙 자신의 주장마저 깔아뭉갠 것이다. 그런데 엘리베이터가 어떻다고? 세번째 인물이 죽어서 밑에 나자빠져 있었다는 수표교도 지금은 장충단공원에 있는 조선시대 문화재이지만, 원래는 청계천에 있었다. 청계천! 몇 번이나 시멘트로 처바르고 최근에도 싹 처바른 인공 개울. 돌은 의도적으로 현실성 없는 얘기를 하고 있었다. 아무것도 알려줄 생각이 없었다. 아니다, 또 아니다, 치고 빠지면서 혼자 즐기고 있었다.

사실적인 얘기를 했다가는 사실 여부가 확인될 테니. 맞든지 틀리든지, 되든지 안 되든지 판가름 나기를 돌은 원하지 않고 판가름 날까봐 두려워하고 있었다. 공처럼 과민하게 충격의 반대방향으로만 내달렸다. 돌의 목적은 이야기를 하는 것, 청중을 붙잡아놓고 지껄이는 것이었다. 암시하고 은유하며 또 우회하고 유예하면서 두 여자를 질질 끌고 다닐 작정이었다. 이번 여행은 시작이요, 끌고 다닐 수 있는 한 언제까지나.

"골라얀나 잉냐갸라 갸스무후 옹갸만니 인시간나 갸스무후 올리가니 가스간."

드디어 황공하옵게도 직접 출연해주신 문제의 인물이었다. 과연 스케일이 커서 한국어를 뛰어넘었다.

"힌야가무 곤니안나 오호고스곤. 무리가무 고로가스 엉하감무 스르슨. 고노가나 이스무후 만나가니간. 오호마나 마니가가 마마스르스. 함무가스 가나가라 올하마나마."

정호는 급커브를 속도를 늦추지 않고 돌았다. 정숙은 야전사령관처럼 오른손을 차 문 위 손잡이에 걸고 차를 따라 기울어지면서 위엄 있게 전방을 주시했다. 산등성이에서 밝아오는 아침 햇살이 수평으로 비쳐들어 눈을 찔렀다.

그보다 두 살밖에 많지 않지만 장녀인 그녀는 돌아가신 어머니 역할을 해야 했으므로 일찍이 철이 들었다. 아버지는 물론 친척들까지 그녀를 정신적으로는 자기들과 동등하게 여기고 인생 상담을 했다. 고민에 찌든 어른 앞에 단발머리의 그녀가 자애롭게 앉아 있는 모습을 정호는 심심찮게 보았다. 그녀는 커서 사람들을 돕는 일을 하고 싶다고 했으며 표본은 당시 사회봉사 활동으로 유명한 독신 여성들이었다. 누나와 좋은 대비를 이루어 남부럽잖게 사고 치며 컸으나 그는 그녀가 자기보다 낫지도 않음을 간파하고 있었다. 겉모습처럼 그녀는 속도 소녀였다. 그녀는 자기가 받고 싶은 것, 관심과 위로를 어른들에게 주었다. 그녀는 제 얘기를 하고 싶어서 남 얘기를 들어주었다. 아버지도, 그녀 자신도 몰랐다. 매형도 모르는 것 같았다.

중년에 이르러 그녀의 얘기는 귀신의 말로 터져나왔다. 마이크를 귀신에게 독점시킴으로써 제가 독점하는 게 그녀는 좋은 것인데, 그러려면 제 만족감은 스스로 몰라야 했다. 귀신은 점점 더 뻔뻔스럽고 가혹해지고 그녀는 쩔쩔매며 시달렸다. 신적인 존재와 용렬한 인간, 절대적 권위와 절대적 복종으로 갈라져 좌충우돌하는 그녀가 그는 위태로웠다. 그러나 늘 김치를 싸들고 얼쩡거리던 누나가 그로부터 너무 멀었다. 사춘기 이후로는 서로 제대로 얘기를 해보질 않았다.

지금은 그렇지도 않으나 제법 나이 들어서까지 그는 포장마차 같은 데서 대롱거리는 백열등을 보면 가슴이 아렸다. 원추형으로 쏟아지는 불빛 안에서 단둘이 마주 앉아 저녁밥을 먹고 있는 어린 자신과 누나가 떠올랐다. 빛의 조롱에 갇혀 깜깜한 허공에 걸린 두 아이. 그 나이 때 집에는 시집가고 싶어 퉁탕대는 가정부 누나가 있어 그 누나도 같이 밥을 먹었으므로, 사실과는 다른 심상이긴 했다. 그래도 어머니를 졸지에 잃은 남매에게 아버지도 없이 보내는 저녁은 너무나 쓸쓸했다. 누나에게도 비슷한 심상이 오래 간직되어 있었음을 그는 조금 전에, 귀신이 "바보야!" 할 때 알았다.

"이, 제부, 터 저 앞에 보이는 서전주 인터체인지로 나가십시오. 그리고 아침 식사를 하십시오. 오늘은 힘든 하루가 될 것입니다. 제가 콩나물 해장국집으로 안내하겠습니다. 그 집은 조미료를 덜 써서 맛이 깔끔합니다."

선미는 정숙의 뒤통수를 노려보았다. 제가 품에 끌어안고 한시라도 떼어놓아서는 안 되는 오동나무 상자는 제 몸을 내려다볼 수 없을 만큼 폭이 넓고, 턱을 걸쳐놓기에도 불편하리만치 높았다. 그 위에다 겨울 담요마저 덮어쓰고 있으니 그녀는 땀으로 범벅이었다. 고어텍스 등산복이 방출한 땀은 나일론 담요에 맺혀 있다가 먼지와 함께 기어이 목과 얼굴로 돌아왔으며, 지퍼 안에 모자가 접혀 들어가 있는 두툼한 칼라가 뒷덜미를 압박했다. 자기는 아토피가 심해서 맛, 냄새, 온도, 감촉 등, 너무 다양하여 기분 나쁜 느낌이라고 할 수밖에 없는 원인으로 자칫 발진이 돋건만! 내내 입을 닥치고 있어서 입에서 단내가 나고 목도 마른데, 화장실에 가고 싶어질까봐 정숙이 사다 바친 음료수는커녕 차 안에 굴러다니는 물도 마실 수 없었다. 아무도, 복순님조차 그녀가 정말로 음료수를 마시리라고 생각하지는 않는 것 같았다. 그리고 그녀가 상자를 담요에 둘둘 말아 들고 음식점에 따라 들어가리라고도.

복순님은 선미에게 상자와 함께 영예를 안겼다. 그녀가 이전에 복순님을 부활시켰듯 큰 용을 부활시키는 이번 사명에서도 핵심이라고 했다. 그리고 그녀의 입을 틀어막았다. 하늘의 뜻이 발동하면 반대의 힘도 동하게 마련, 시방 사기(邪氣)가 핵심인 그녀를 찾아내려고 발악하고 있으며 복순님이 보호막을 쳐놨으므로 그녀는 금언해야만 한다는 것이었다. 그녀가 무심결에라도 한마디 내뱉든지 한숨을 쉴지라도, 그 소리가 보호막을 새나가 발각되어 그녀 자신, 정숙, 정호, 복순님마저 죽는다고 했다. 죽, 습, 니, 다. 복순님은 네 번이나 반복했다. 행여 차 사고가 날지언정 그녀는 꽥 해도 안 되는 셈이었다. 평소에 그녀가 정숙에게 말로 깐족거린 데 대한 보복성도 있지 싶었다. 죽는 것보다는 제가 안고 있는 상자에 담길 뼈가 차라리 문제이나, 뭐, 걱정되지 않았다. 그녀도 어제 정숙이 사놓은 물건들을 보고 정호와 똑같은 생각을 할 수밖에 없었다. 복순님의 계획은 유골을 파내게 하는 거라고. 하지만 정호로부터 한반도에는 고인골이 드물다는 말을 듣기 전부터, 어쩐지 자기가 진짜 사람 뼈를 끌어안고 있다가 발진이 돋을 것 같지가 않았다. 왠지, 어쩐지.

그들은 모악산을 한 바퀴 돌고 국도로 남진했다. "오른쪽입니다." "왼쪽입니다." "직진하십시오." 사거리에서 복순님이 가라는 대로 가다보면 대전 방향으로 올라가고 있기도 했다. "유턴입니다." 정읍 지나서는 서쪽으로 꾸준히 달려 부안까지 갔다. 관광버스가 빼곡한 새만금 방조제 기념관 주차장에 차가 서자 정숙이 제꺽 내렸다. 복순님이 제 입을 통해 속삭이는 지시에 귀 기울이며 차 앞을 가로지르는 그녀는, 두 손을 배 앞에 모은 채 야하게 껌을 씹으면서 종종걸음을 치는 것처럼 보였다. 남들은 차 타고 가는 방조제를 바닷바람에 머리를 날리며 홀로 걸어가는 그녀의 뒷모습을 선미는 씁쓸하게 쳐다보았다. 의자 등받이를 젖히고 눈을 감은 정호야 열외고 자신은 상자 탓에 갈 수 없으니 남겨두었겠으나, 복순님과 정숙은 이제 단짝이었다. 자긴 허울 좋은 레테르만 잔뜩 붙은 들러리였다. 복순님이 돌에서 나와 정숙과 돌아다니고 자기가 움직이지 못하고 말 못하는, 돌덩이가 되어 버렸다.

방조제 중간쯤에서, 언제나 그렇듯이 또 갑자기, 정숙은 멈추어 오른쪽으로 돌아섰다. 오른쪽은 말라붙은 개펄이었다. 허연 소금기가 더러운 거품처럼 뒤덮인 벌판을 그녀는 하염없이 바라보았다. 옷자락이 나부끼는 꼴로 바람이 썩 센 듯한데, 그녀는 목을 휑하게 드러내고 팔을 느슨하게 늘어뜨린 무방비 자세로 꼼짝하지 않았다. 선미도 잠을 청해보려 했으나 말똥말똥해서 눈을 붙이고 있기가 고역스러웠다. 눈을 뜨면 방조제 그 자리에 정숙이 그 자세로 서 있었다. 눈을 감으면 몸도 마음도 괴로웠다.

운전석의 정호가 찌걱대더니 일어나서 의자를 세웠다. 그 역시 눈을 감고 있는 동안 잠은커녕 고역스러웠던 듯했다. 그가 피로로 메마른 입술에 담배를 밀어넣고 불붙여 길게 내뿜을 때, 두 사람의 눈길이 차 앞 거울에서 엇갈렸다. 심란함의 연대 따위는 없었다. 둘의 눈길은 각기 방조제의 정숙에게 꽂혔다. 이젠 방조제 왼쪽 가장자리에서 바다를 향해 서 있는 정숙은 해풍에 옷자락이 뒤로 나부껴서 몸 윤곽이 고스란히 드러나 보였다. 누가 봐도 그녀가 경치에 반해 시라든가를 구상하고 있다고는 생각하지 않을 것이다. 차림새가 깨끗하니 미친 여자는 아니고, 그녀는 무당으로 보였다. 시방 해신에 접신하여 강풍에 몸을 내어맡긴 망아(忘我)의 경지로.

빈 상자를 끌어안고 담요마저 덮어쓴, 봐주기 민망한 선미의 꼬락서니 때문이겠으나 정호는 마치 한자리에 없는 듯이 그녀를 본체만체하면서도 어느새 예리하게 관찰하고 있기도 했다. 선미로서는 그가 어쨌든 끈질기게 자기를 비난하는 것만 같았다. 복순님이 떠받드는 체하니 자기 때문에 제 누나가 저렇게 됐다고 그는 믿는 모양이었다. 억울했다.

“파도의 머리 들리고 흰 머리카락 날리는 이유를 아십니까?”

청량한 한기를 몰고 넘치는 활력의 정숙이 돌아왔다. 복순님은 어찌나 급한지 그녀가 차 안에 들어와 앉기도 전에 머리만 들이밀어진 상태에서 수수께끼를 냈다. 그 수수께끼를 내려고 방파제에서 돌아오는 그녀의 발걸음을 그리 재촉했나보았다. 또는 방파제에 그녀를 세워놓고 그 수수께끼를 짓고 있었을까? 정호는 묵살했으며 선미는 답할 수 없어서 다행이었다.

"하늘과 땅이 맞붙어 맷돌처럼 세상을 갈아버렸으면 좋겠다고, 생각해본 적이 있습니까? 바람만은 여전히 검습니다. 검은색이 아닙니다, 현묘한 것입니다. 절망하지 마십시오. 당신들은 혼자가 아닙니다. 님은 흰머리 흩날리는 파도와 하나가 되셨습니다."

"헛!"

정호는 자기도 모르게 코웃음 치고는 복순님한테 야단맞기 전에 재빨리 차에 시동을 걸었다. 그도 선미처럼 고등학교 때 대학 입시를 위해 평생 잊어버릴 수 없을 만큼 단단히 외운 '공무도하가'를 떠올린 것이다. 하이파이브는 없었다.

"오른쪽입니다."

중앙선을 넘지 않는다면 오른쪽으로 꺾어질 수밖에 없는 주차장 출구에서 복순님이 지시했다. 차는 우회전하여 해안도로를 따라 달렸다. 빛바랜 깃발들이 휘날리고, 새만금 매립에 반대했던 단체들의 현수막이 걸린 컨테이너 박스들은 줄줄이 녹슬고 있었다. 파도와 하나가 된 '님'을 선미는 알 듯했다. 방조제가 완성될 때까지 새만금에 인공적으로 시간을 정해 바닷물을 들이고 내보냈는데, 뭔가 잘못돼서 백합 캐던 주민 한 명이 익사한 사건이 있었다. 그의 장례식에서 한 이웃은 말했다. 백합을 캐도 속살이 반밖에 안 된다고, 바닷물이 말라가니 조개가 애가 타서 반으로 줄어들었다고. 환경 채널에서 그 다큐멘터리를 보고 나서 선미는 잠자리에 들어서도 뒤척였다. 그리고 그 다큐멘터리 이야기도 정숙에게 했지 싶었다.

남원을 지나 차는 길이 갈라지는 데서마다 급히 꺾어졌다. 그러다보니 포장도로마저 벗어나서 농로로 접어들어, 경운기와 마주쳐 후진하고 한적한 마을을 헤집어놓고 돌아나오곤 했다. “여기서 차를 돌리십시오.” 돌고 돌아 같은 지점으로 돌아오기도 했다. 하늘에서 내려다본다면 먹이를 찾아 우왕좌왕하는 개미, 또는 누군가 힘없는 손으로 들쭉날쭉 긋다 아예 망쳤다고 생각하고 마구 돌려버리는 연필 끝처럼 보일 것이다. 정숙은 새파랗게 질려갔으나 복순님은 끄떡없었다.

“속도를 줄이십시오. 큰일 날 뻔하지 않았습니까!”

결국 차는 구례쯤에서 산으로 올라갔다. 겨울에는 차량 통행이 불가능하지 싶은 급경사를 정호가 가속기를 밟고 밟아 차가 갈 수 있는 끝, 숲속으로 난 오솔길 초입까지 갔다.

“아주 잘하셨습니다. 당신들은 시험을 통과했습니다! 아아……”

모르는 새 시험을 치르고 있었다니 뒤늦게 아찔해졌는지 정숙은 아아, 길게 내뱉으며 머리를 의자에 기댔다.

“한 치 앞도 모르는 채로 회의와 의심 속에서 헤매야만 했던 과정, 그 자체가 시, 험, 이었습니다. 그 사실을 알려드리지도 못하고 옆에서 지켜봐야만 했던 저는 몹시 마음 졸였습니다만, 당신들은 충실한 자세와 세 사람 사이의 굳건한 신뢰로 형극의 길을 헤쳐오셨습니다. 진심으로 감사드립니다. 그럼, 이, 제부, 터 오늘 일어날 일을 말씀드리겠습니다.”

두 여자가 찾아서 오동나무 상자에 모셔야 할 것은 유골 아닌 유물이었다. 큰 용의 화현이었던 인간과 관련 있는 어떤 물건. 이번에도 정숙만이 안도하여 활짝 갠 얼굴로 다른 둘을 돌아보았다. 둘은 시큰둥했다.

"유물을 상자에 모신 후, 김정호씨는 제가 이끄는 대로 차를 모십시오. 한 공동묘지에 도착하게 될 것입니다.

"공동묘지?"

정숙의 어깨가 귀까지 치켜올라갔다.

"그렇습니다, 공동묘지. 그 입구에서 당신들은 차에서 내려, 제가 이끄는 대로 걸어야 합니다. 가장 빠른 경로로 한 봉분 앞에 도착하게 될 것입니다. 그 봉분은 가묘입니다. 그 공동묘지의 많은 무덤 중에 가묘는 단 하나, 바로 그 봉분뿐이며 그 자리는 명당입니다. 묘 주인이 명당을 알아보는 눈이 있어 일찍이 그 자리를 사서 가묘를 만들어두었으나, 그 사람 자신이나 조상이나 후손 중 누구도 거기 들어갈 수 없습니다. 그 사람 가계에서는 아무도 거기 묻히지 못합니다. 왜냐하면 그 묏자리는 당신들이 오늘 모시고 갈 분을 위해 하늘이 예비해두신 곳이기 때문입니다. 그 명당에 들어갈 분은 그 분밖에 없습니다. 당신들은 가묘를 파고 유물을 모신 상자를 봉안해야 합니다."

돌은 곡괭이 따위의 소품을 기어코 두 여자에게 들려보고 싶어 했다.

"그리고 봉분을 복구한 후, 준비한 제물을 진설해놓고 이선미씨가 예를 올리십시오. 이선미씨!"

창밖의 노란 산수유꽃을 감상하고 있다가 선미는 눈을 끔벅였다.

"당신은 그때까지 가묘 앞에 좌정하여 한시도, 1분, 1초도 유물의 주인이신 그 분과 소통의 끈을 놓쳐서는 안 됩니다. 이 점이 가장 중요합니다."

아니, 소품을 꼭 정호에게.

"당신이 잠시라도 주의가 흐트러지면 이 모오든 일은 수포로 돌아갑니다. 당신들은 그 즉시 차를 돌려 전속력으로 그 자리를 빠져나가야 하며, 이제까지 있었던 모오든 일을 잊어야 할 것입니다. 김정숙씨와 김정호씨!"

정호는 어서어서 넘어가라는 손짓을 정숙에게 해보였다. 돌은 앞으로도 거듭 얘기를 꼴 것이다. 우선 어느 방향으로 향하든 야산을 뒤덮은 공동묘지야 반드시 보이겠으나, 돌이 가자고 해도 진입로를 못 찾아서 가다가 말 바꾸고 돌아오게 될 것 같았다.

"당신들은 봉분을 시늉만 내지 말고 완벽하게 복구해야 합니다. 떼도 빈틈없이 입혀야 합니다. 파묘를 했던 흔적을 남겨 혹시라도 훗날 말썽이 생기게 하면 안 됩니다. 이 점도 무척 중요합니다. 매사에 정성을 다하고 철저를 기해야 합니다. 이선미씨는 예를 올린 직후, 호흡이 멈추고 쓰러져 죽, 습, 니, 다."

선미는 또 산수유꽃을 감상하고 있었다.

"그리고 곧바로 당신도 호흡이 멈추고 쓰러져 죽, 습, 니, 다."

돌이 정숙 자신에게 하는 말이라는 뜻으로 그녀는 턱을 당겼다.

"이후로는 나머지 한 사람, 김정호씨 당신이 남은 일을 혼자 해내야 합니다. 당신은 이 두 사람의 시체를 봉분 양쪽에 똑바로 눕히십시오. 이선미씨가 오른쪽, 김정숙씨가 왼쪽입니다. 절대로 뒤바뀌면 안 됩니다. 봉분에서 바라보는 방향으로 이선미씨가 오른쪽, 김정숙씨가 왼쪽."

정숙이 오른손, 왼손을 젖혔다.

"명심하십시오. 그로부터 노양인 9와 소음인 8을 곱한 숫자인 72시간 만에 가묘에 묻힌 유물의 주인이신 분이 세간, 인간 세상으로 돌아오시게 됩니다. 이와 동시에, 다시 말해 정확히 72시간 만에 당신들 둘은 그 분과 함께 부활하여 그 분의 오른팔, 왼팔로서 사역에 동참하게 될 것입니다."

정숙은 보이지 않는 짐을 들어올리듯 두 손을 천천히 올리고는 손가락을 떨었다.

"그러기 위해서는 김정호씨가 사흘 동안 가묘 속의 유물과 이 두 사람의 시체를 지켜야 합니다. 잠을 자서도 안 되고, 어떤 연유로건 잠시라도 자리를 비워서도 안 됩니다. 다른 사람을 불러서도 안 되고 아무에게도 알려서도 안 되며, 오직 홀로 그 분과 두 사람 곁을 사흘 밤낮으로 지켜야 합니다. 1분, 1초라도 당신이 졸든지 배가 고파서 자리를 뜨든지, 심란해져서 누군가에게 전화를 걸든지, 또는 겁에 질려 기절하든지, 아무튼 단 하나라도 실수를 하면 그 순간 그 분과 함께 이 두 사람도 다시는 깨어나지 못하게 됩니다. 완전히 죽, 습, 니, 다. 저는 헛된 말을 하지 않습니다. 말하자면 당신들 둘의 목숨은 김정호씨에게 달린 것입니다. 이, 제부, 터 제가 한 사람씩 묻겠습니다. 밤에 공동묘지에 너 혼자 어떻게……"

정숙은 침을 꿀꺽 삼키고, 정호의 팔을 쓰다듬으면서 제 말투로 다시 말했다.

"공동묘지에 너 혼자 어떻게 있니, 밤에는 굉장히 추울 텐데!"

"괜찮아."

정호는 가볍게 내뱉고는 팔을 꿈적하여 정숙의 손을 털어버렸다.

"아, 차라리 죽는 게 낫지…… 우리야 죽어서 모른다지만."

그녀는 머리를 내저으며 의자에 파묻혔다가 바로 등을 세웠다.

"김정호씨! 저는 당신에게 질문하지 않았고, 이번에는 하지 않을 것입니다. 당신은 아직 준비가 되지 않았습니다. 따로 시험을 치를 기회가 주어질 때까지 기다리십시오! 그럼, 먼저 김정숙씨, 당신은 당신이 가장 사랑하는 사람을 제게 줄 수 있습니까?"

"주다뇨?"

그녀가 돌에게 되물었다. 한 사람이 하는 이인극이었다.

"제 아들이 되는 겁니다, 당신의 아들 민기는."

"구체적으로, 어떻게 된다는 말씀인가요?"

"어떻게 될 거라고 당신은 생각합니까?"

"……전 좀 생각해봐야겠어요."

그녀는 가련하게 얼굴을 두 손바닥에 묻더니 번쩍 들었다.

"기다리겠습니다. 그럼, 이선미씨에게 묻겠습니다."

선미가 차에 오동나무 상자를 두고 콩나물 해장국집에 들어갔을 때처럼 돌의 특별히 강화된 보호막이 쳐졌다. 그녀가 입에 음식을 넣는 것보다는 입으로 말을 내뱉는 것이 훨씬 위험한 행동이기 때문에 그때보다 짧아서, 단 3분 동안이었다. 그동안도 돌과 그녀 사이에만, 또 돌의 질문과 그녀의 답변만이 오갈 수 있었다. 정숙이 뒷좌석의 선미를 향해 돌아앉음으로써 그 3분이 시작됨과 동시에 선미는 두 팔을 퍼덕거렸다.

"아닭!"

어젯밤 자정 이후 처음 내보는 목소리가 갈라지자 그녀는 헛기침을 하여 목을 가다듬고 말했다.

“안 됩니다! 민기가 물건입니까? 주고받고 하게?”

“그 질문은 김정숙씨에게 해당되는 것입니다. 김정숙씨가 스스로 판단하도록 맡기십시오. 이선미씨는……”

“민기 인생을 왜 엄마더러 결정하라는 겁니까? 우리나라 여자들은 너무 심합니다! 일찍부터 교양 교육을 시킨다고 샤갈 전시회 같은 데 대여섯 살짜리를 끌고 와서는, 애가 그림 안의 물체를 가리키며 ‘카우’니 ‘콕’이니 영어 단어를 낭랑하게 연습하면 그게 신통방통해서 같이 복창합니다!”

선미는 돌에게 말하는 체하면서 덜컥대는 이빨을 정숙에게 내보였다.

“우리 민기는 그러진 않았어……요!”

정숙 또한 선미에게 말할 수 없다는 금기를 잊지 않고 돌에게 말하는 듯이 존대어미를 갖다붙였다.

“교외에 나갔다가 개구리라도 보면, 애가 터뜨려 죽일 줄 알면서 자연학습이랍시고 잡아다가 손에 쥐여줍니다! 여자가 남자보다 평화롭다구요? 그것도 대표적인 헛소리 중의 하나입니다. 얼마 전에 양심선언한 전경이 훨씬 평화적이죠. 또 분명히 말씀드리지만 전 이틀이나 더 학원을 빠질 수 없습니다. 죽어도 안 돼요!”

“제 질문에 답하십시오. 당신은 자신을 낮출 수 있습니까?”

“네?”

맹하게 입을 반쯤 벌리고 눈동자를 굴리다가 선미는 분통을 터뜨렸다.

“왜요? 또 정숙 언니하고 저한테 백화점에 가서 정장 사 입으라고 하려구요? 돈을 언니가 낸다 해도 전 싫습니다. 제가 그걸 거절해서 등산복을 사준 겁니까? 복순님이 시킨 첫번째 일이 백화점 가서 옷 사는 거라니, 전 도저히 납득할 수가 없습니다. 옷 때문에 영향 받을 사람들이라면 모아봤자 무슨 소용입니까? 가라, 가지 말라, 먹어라, 먹지 말라, 입어라, 입지 말라, 저한테 해야만 한다거나 하지 말아야만 한다는 게 왜 그렇게 많습니까? 날마다 늘어나잖아요!”

“시간이 없습니다!”

“숨이 막힌다구요! 칭칭 동여매는 것 같아요! 복순님은 정말 우리 집에서 학원까지밖에 커버가 안 돼요? 제가 친구들하고 자전거 타러 가는 게 싫은 거 아니었어요?”

정숙의 눈꺼풀이 처지면서 뒷좌석을 향해 틀려 있던 허리와 목은 스르르 풀려 상체가 왼편을 의자에 기대고 늘어졌다. 의자에 걸쳐지지 않았다면 차 문 쪽으로 쓰러졌을지도 몰랐다. 얇은 눈꺼풀에서 핏줄이 팔딱거렸다. 선미는 개의치 않았다.

“걸핏하면 죽는다, 죽는다! 왜 저만이 아니라 제가 아는 사람들까지 왕창 다 몰살당해야 하는 건데요?”

부릉부릉, 선미가 가한 충격의 반대 방향으로 돌진하려고 돌이 발동 거는 소리가 정호에게 들리는 듯했다. 선미마저 발 빼면 돌의 횡포가 향할 데는 제 누나밖에 없었다.

“3분! 시장 가서 옷 사면 되겠네.”

그는 팔짱끼며 혼잣말처럼 중얼거렸다. 넌 뭐냐고 선미가 째려보기도 전에 정숙이 두 주먹을 불끈 쥐고 튕겨 일어났다.

"김정호씨! 당신의 언행은 다 위악입니다. 아십니까? 당신이 어떻게 슬럼프가 아닌 적이 없고, 우리 나이로 이제 서른일곱인데 자앙가도 못 가고 비실비시일……"

"됐네! 됐, 습, 니, 다!"

정호는 엉겁결에 돌에게 직접 반응하고는 고까워서 돌의 말투를 흉내 내어 비꼬았다.

"이선미씨, 1분을 더 드리겠습니다. 저로서도 정말 더이상은 안 됩니다. 당신은 일개인이 아닙니다. 제발 크게 생각하십시오."

"그게 어떻게 생각하는 건데요?"

"예, 아니오, 만 답하십시오. 당신이 당장은 비겁해 보일지라도, 당신은 아직 헤아릴 수 없는 하늘의 뜻 안에서 당신에게 맡겨진 역할을 하겠습니까?"

정숙의 얇은 입술은 야멸차건만 코 위로는 섭섭함과 불안, 자애가 요동쳤다.

"아뇨!"

선미는 턱으로 제 목을 긋듯 고개를 싹 젓고는 부르르 진저리를 치기까지 했다.

"당신은 시험을 통과했습니다!"

경이, 뜨악, 비죽.

"당신은 속으로 홀로 사흘간이나 무덤을 지켜야 하는 김정호씨를 걱정했습니다."

정호가 팍 찌푸리는데 선미가 또박또박 답했다.

"안 했, 거, 든요."

"당신은 부인할지라도 당신의 속사람은 그랬습니다. 아십니까? 당신은 자신이 생각하는 것보다 훨씬 고, 귀, 한 분입니다!"

"아이구!"

선미는 주먹으로, 상자 때문에 제 가슴을 치지 못하고, 담요 위를 쳤다.

"미안합니다만, 당신도 아직 준비가 안 됐습니다. 다시 시험을 치를 기회가 있을 것이니 좌절하지 마십시오."

정숙은 턱을 당겨 돌의 유감스러운 통보를 자신에게 전달했다.

"이번에 만약 이선미씨도 시험을 통과하지 못했더라면 당신들은 이대로 차를 돌려 돌아가야 하고, 그동안 있었던 모오든 일을 잊어야만 했을 것입니다."

돌은 밝은 톤으로 기쁘게 선언했다.

"오늘 아무도 죽지 않을 것입니다! 이선미씨의 연민에 하늘이 감동하여 사흘간의 절차를 생략해주셨습니다. 모두 숙연히 감사하십시오. 이, 제부, 터 브브벌벌벌……"

침묵.

"브안 시간 동안 공기 좋은 이곳, 차 안에서 잠시 눈을 붙이십시오. 저는 브부불필요한 말을 하지 않습니다. 절차가 오늘 하루로 단축되었으므로 더욱 힘들 것입니다."

특이하게 턱이 주걱턱인 포대화상 석상과 석등 사이를 지나, 그들은 골동품 상점으로 들어갔다. 골방에서 머리 부스스한 아가씨가 나왔다. 정숙 남편의 후배라는 주인은 없고, 아가씨가 그의 조카라고 했다. 상점에는 괘종시계며 초등학교 옛날 책상 같은 고물이 더 많아 보였다. 정숙은 어제 사놓은 물품 중에서 들고 온 홍삼 선물세트를 아가씨에게 주고, 아가씨가 골방 냉장고에서 꺼내온 음료수를 받았다. 그리고 아가씨 말고 서울의 경매장에 가 있다는 주인에게 직접 전화하여, 서둘러 안부를 묻고 또 가장 최근에 들어온 물건을 물었다. 주인은 왜 그런 걸 묻는지 의아해했지만 답했다. 어느 스님이 다른 물건하고 바꿔갔다는 수월관음도였다. 벽에 빼곡히 걸린 족자들 속에서 하나를 아가씨가 가리켰다. 정숙의 양 콧구멍이 피어나듯 벌어지면서 큰 숨을 빨아들이니 두 눈동자에 화륵 불길이 지펴졌다.

아가씨가 덧붙였다. 그런데 그것은 작품이야 좋지만 골동은 아닌, 요즘 물건이었다. 골동 중에 그래도 최근에 구입한 것은 창고에 있었다. 아가씨는 한쪽에 있는 작은 문을 열고 들어가 불을 켰다. 주인이 전문적으로 다루는 골동 가구는 창고에 별도로 고이 진열되어 있었다. 정숙의 문의에 대한 답변으로, 아가씨는 아래위로 두 짝인 이단 농 앞에 섰다. 세탁기만했다.

아가씨는 호족반을 권했다. 개다리소반과는 다리 모양이 약간 다르다는 그 호랑이다리 소반은 괴목이고 진품이며, 삼촌의 형수인 정숙에게 솔직히 털어놓는 서울 경매 가격이 78만 원이었다. 안목 있고 재력 있는 이들이 찾는 골동 가구는 웬만하면 몇백만 원 대였다. 가격은 차치하고라도 소반을 오동나무 상자에 담을 수는 없었다. 정숙은 듣는 둥 마는 둥 두리번거리다가 차가운 음료수를 한 가구 위에 이슬이 흐르는 채로 두고 창고를 나가버렸다. 그 가구가 금속 장식이 좋아 반닫이 중에서 가장 비싸다는 강화 반닫이였다.

그녀는 상점의 고물들을 들쑤시기 시작했다. 해진 왕골방석을 들추어 나무절구 안에 가득한 목각 인형을 발견하고는 고개 젖히며 가슴을 내밀었다. 증거물을 찾은 수사관 같았다. 인형들은 색칠이 벗겨지고 불에 그슬린 자국이 있는 등, 한눈에도 세월의 흔적이 역력했다.

“그거요, 옛날에 상여를 장식했던 꼭두라는 건데, 상여 아세요?”

아가씨는 대견하게 참아내지만 말투가 점점 시비조로 되어갔다. 선미는 얼어붙었다. TV에서나 상여를 봤을 테면서 정숙은 자기가 왜 모르겠느냐고 가소롭게 끄덕였다. 그리고 의기양양하게 선미를 돌아보았다. 상여! 둘은 같은 생각을 했다. 그러나 해석은 정반대로. 큰 용의 찬란한 부활을 벌써 목도하는 듯 정숙의 눈이 가느스름해지는 반면, 선미는 목각 인형 가득한 나무절구에서 뭉글뭉글 피어오르는 그야말로 사기 때문에 머리가 핑 돌았다.

그리고 선미는 보았다. 약간 떨면서 느리게 뻗어가는 정숙의 오른손을. 아가씨는 정숙이 감동해서 손을 떠는 줄 알겠지만 복순님이 그녀의 손을 들어 앞으로 옮기고 있었다. 정숙은 따로 살아 있는 것처럼 움직이는 제 손을 좀 보라고 정호와 선미에게 바쁘게 눈짓하면서 조금 아픈 표정을 지었다. 손은 목각 인형들 앞에서 망설이는 듯 주춤하더니, 그중에서도 특히 심하게 그슬려 비극적으로 시커먼 것을 잡았다.

언젠가 선미는 꿈을 꾸었다. 누군가 손으로 별이 총총한 밤하늘을 가리키며 게자리를 찾으라고 했다. 손만 보이는 그 사람과 그녀는 예전에 그녀가 학원 선생들과 단합대회를 갔던 펜션의 베란다에서 있었다. 그녀는 게자리가 어떻게 생긴 줄도 몰랐다. 그 사람이 게자리를 찾으려면 향수가 있어야 한다고 설명했다. 실제로도 그렇고 꿈속에서도 그녀는 향수가 없었다. 그 사람이 욕실에 향수가 있다고도 알려주었다. 그녀가 욕실로 가보니 세면대 옆에 향수가 한 병 있었다. 펜션에 전에 머문 손님이 빠뜨리고 간 물건 같은데 그녀는 머뭇대지 않고 그것을 집어들어 베란다로 뛰어갔다. 비록 제 것은 아니더라도 향수를 얻었으니 선미는 게자리도 찾을 터였다.

당시에 정숙은 그녀답잖게 해몽을 포기했다. 향수에는 좋은 건 다 갖다붙여보았으나 무엇도 석연치 않았고, 주변에 탄생 별자리가 게자리인 사람들이야 여럿 있지만 그래서? 게자리는 서양 별자리 중에서 가장 흐릿하다고 하며 전설도 별 볼일 없어서, 영웅 헤라클레스를 죽이라고 여신 헤라가 보낸 커다란 게였는데 도리어 영웅의 발에 밟혀 죽어 별자리가 되었다나. 더욱이 그것은 동양 별자리로는 불길하기까지 한 귀수(鬼宿), 귀신 별자리였다. 여귀(輿鬼)라고도 하는데 '귀신이 탄 가마'라는 뜻으로서 상여를 가리킨다고 한다. 서양 천문학으로는 프레세페성단인, 귀수 안의 뿌연 별무리는 적시기(積尸氣), 즉 '시체가 쌓여 있는 기운'으로 사망과 상례, 제사를 주관한다고…… 선미의 그 꿈은 당시로서는 해몽될 수가 없는, 그때는 미래였던 현재에 대한 예언이었다.

자기는 정말로 계시를 받는 걸까? 정말로? 계시라면 정숙에게는 복순님이 예정된 사명을 훌륭히 해나가고 있다는 확증이었다. 그러나 정숙의 입을 통해 설치는 복순님의 정체가 의심스러운 선미에게는, 그 의심이 맞다는 확증이었다. 용신에서 전락하여 귀신이 되어버린 용, 용의 시체 더미와 상여…… 복순님은 용 신앙의 찌꺼기였다. 용 신앙이 불교에 밀려난 과거를 원통히 여기면서 그 이전으로 되돌아가려는 반동적인 용이었다. 선미는 1,500년 전에 유효 기간이 끝난 고대 자연신의 시체 더미에 묻히기 싫었다. 곰팡이 슨 회고와 원한에 끌려들어가고 싶지 않았다. 큰 용까지 되살아나봤자 시대 적응 문제 때문에라도 오늘날 세상의 분노를 끌어안기에는 턱도 없고, 어쭙잖게 하려다가 필경 말썽을 일으키고, 그전에 제 분노부터 보태지 않을까.

『삼국유사』 같은 문헌에서는 용이 불교에 기쁘게 귀의하여 불법과 나라를 수호하는 호법룡, 호국룡이 되지만, 기층에 전승된 전설이나 민담에서 용은 불교에 저항한다. 절을 굳이 연못을 메우고 지어 연못에 살던 용이 나타났다는, 우리나라 웬만한 큰 절의 창건사에 다 있는 설화는 재래의 용 신앙이 불교로 대치되는 과정에서 있었던 갈등을 암시한다. 저항해봤자 용들은 제압되어 법당 밑에 묻힌다. 둘의 아름다운 만남을 대표하는 '보양 이목 설화'도 이본이 있다. 『삼국유사』에서는 승려 보양이 중국에서 돌아오다 용왕의 아들 이목(이무기)을 데려오며, 이목은 절 옆의 조그만 연못에 살면서 불법 교화를 돕는다. 심한 가뭄이 들어 백성들이 고생하자 보양은 이목에게 비를 내려주기를 부탁하고, 이목은 비구름을 불러 모아 비를 내린다. 그 탓에 주제넘은 짓을 했다고 옥황상제의 분노를 산다. 보양은 이목을 마루 밑에 숨겨놓고는 그를 죽이러 온 옥황상제의 사자에게 배나무 이목(梨木)을 가리킨다. 사자는 배나무에 벼락을 내리고 돌아가며 살아남은 이목은 배나무를 어루만져 되살린다. 보양과 이목은 백성을 배려하고 또 서로 배려하며, 배나무도 배려한다. 그러나 민담에서는 이목이 용이 되어 승천하려고 밤마다 보양 몰래 연못에서 도술을 익히고, 보양은 또 적발하여 막는다. 보양 때문에 용이 되지 못하고 이무기로 남은 이목은 화가 나서 꼬리로 바위를 쳐서 갈라놓고 달아난다. 둘은 서로 속이고 감시하며, 이목은 불행하고 애꿎은 바위는 깨진다.

여기 벚나무 가로수는 꽃이 벌써 져갔다. 잎이 돋아 남아 있는 꽃이 드문 데 비해서는 바람에 꽃잎이 제법 쏟아졌다. 먼저 진 꽃잎이 가지에 붙어 기다리다가 합세하기라도 하는지 곧 다 날려서 끝날 듯싶었다. 이번만으로, 또 이번만으로. 골동품 상점에서 정숙이 나와 차도를 무단횡단했다. 손에 작은 짐을 들고 있었다. 뭔가 사긴 샀다. 그녀는 차 뒤 트렁크를 열었다가 닫았다. 어젯밤에 간신히 밀어넣은 배낭이 오히려 튀어나오려던 꼴이, 가게 자판기 옆에 다리를 끌어안고 쭈그려 앉은 선미에게도 보였다. 정숙은 차 뒷문을 열어 뒷좌석에 그득한 담요 위에 짐을 던졌다. 선미는 한쪽 뺨을 무릎에 고여 시선을 반대로 돌렸다. 제집에 가는 사람처럼 골목으로 사라진 정호는 소식이 없었다. 돌아오고 싶지 않기도 할 것이다.

전화라도 먼저 해봤더라면 이 남쪽 끝 목포까지 헛걸음할 필요 없었다. 여기로 올 거면 부안에서 서해안 고속도로를 탔지, 구례까지 갔다가 광주 거쳐올 필요도 없었다. 유물을 갖고 있을 것도 아니고 파묻을 거라면서 꼭 찾아야만 했을까? 그냥 정호의 화실에 앉아서 오늘의 주인공이 부활했다 치면 안 됐을까? 그들은 어젯밤 자정에 출발할 필요 없었고, 선미는 오늘 결근할 필요 없었다.

상점에서 정숙의 손이 절로 뻗어나가 시커먼 목각 인형을 잡았을 때, 정호가 아가씨에게 등을 돌리면서 나지막이 말했다.

"요새 중국에서 주문 제작해갖고 온 거야. 가스 불로 겉만 태운 거, 모르겠니?"

한복 두루마기를 입었으며 옷고름이 도드라지고 좀 작긴 해도 갓을 쓴, 그 인형을 놓고도 정숙은 손을 등뒤까지 끌어당겨 숨겼다.

"값도 쌀걸? 서울 인사동에도 쫙 깔렸어. 저쪽 목가구만 골동품이고, 내놓고 파는 건 장식품이야."

정호는 유리문 밖 길가에 진열돼 있는 석물들도 턱짓했다. 아가씨가 괜히 목가구만 사뭇 강조한 게 아니었다. 선미는 하나도 어지럽지 않고, 방금 전에도 그런 적 없었고, 눈앞은 말갛기만 했다. 모든 것이 멀쩡하고 다만 시시할 뿐이었다.

"흠!"

정숙은 가방에서 휴대전화를 냉큼 빼들어 특수 문자 섞어 메시지를 찍기 시작했다.

"주인한테 보내려구?"

정호가 떨떠름하게 물었다.

"응."

"뭐라구?"

정숙은 메시지를 전송한 후 그의 귀에 대고 속닥거렸다.

"잘 봤다구. 그리고 안쪽 쪽방에 전기장판이 깔려 있던데, 그 회사 건 특히 전자파가 세서 조카 피가 마른다구."

배낭을 등에 지지도 못할 바에야 선미가 어젯밤 정호 화실에서 머리끝부터 발끝까지 고어텍스 등산복으로 갈아입을 필요도 없었다. 복순님이 고른 배낭은 선미의 키에 비해 턱없이 크긴 해도 못 질 정도는 아니었다. 그러나 마찬가지로 복순님이 골랐고 오로지 그녀가 배낭에 넣어 항시 지고 다녀야 한다는 오동나무 상자가 그 안에 들어가지 않았다. 전문 산악인용 배낭은 '어르고노믹스' 디자인으로 안감과 겉감 사이에 척추 굴곡에 맞춘 플라스틱 뼈대가 있어, 배낭 주둥이로 간신히 들어간 상자는 그 뼈대에 걸렸다. 정숙이 망치로 부러뜨리려 했으나 정호는 다리 꼬고 앉아 구경만 하고, 첨단 신소재 뼈대는 부드럽게 튕겨냈다. 고어텍스 원단에 흠집조차 나지 않았다. 떠나야 할 시각인 자정이 임박하여 더이상 씨름할 수 없으므로 정숙은 새 배낭을 차 뒤 트렁크에 처박았으며, 그 안에 있던 먼지 풀풀 나는 담요를 꺼내 상자와 함께 선미를 덮어씌웠다. 담요에 덮여 목만 내놓은 채 선미가 열다섯 시간쯤 들은 복순님의 단독 방송에는 그에 대한 해명만은 한마디 없었다.

하버드였다. 정숙의 아들 민기를 그 대학에 보내기 위해서였다. 천억, 한국에 세워지는 세계 최고의 전인교육기관. 머잖아 선미는 결혼하여 딸 하나를 낳는데 그 딸이 그 학교의 차세대 교장이, 그 딸의 딸이 차, 차세대 교장이 된다. 그 학교의 차세대 이사장은 민기이며 민기는 하, 하버드…… 그 순간 정숙은 말을 잇지 못했다.

두 손을 머리카락에 쑤셔넣어 엉망으로 헝클어놓고도 지극한 회의를 품은 채로 복순님의 말을 전하는 본연의 업무로 어렵사리 복귀했는데, 복순님은 확언했다. 민기의 현재 학업 성적을 생각하면 믿기지 않는 게 당연하다, 하지만 자기는 헛된 말을 하지 않는다. 민기는 반드시 하버드 대학에, 그것도 4년 장학금을 받고 가서 우수한 성적으로 졸업하여…… 다 그 때문이었다. 선미의 딸이나 외손녀가 하버드 대학 간다는 말은 없었다.

문제아 민기의 가장 큰 문제는 그 어머니였다. 정숙이 집착으로 제 아들을 망치고 있었다. 그리고 더이상 소아정신과에 아이를 데리고 가서 아이보다는 자신이 상담을 받을 필요가 없을 만큼, 본인이 잘 아는 것 같았다. 간밤에 복순님이 추락하는 엘리베이터 안에서 열린 딱한 전시회 이야기를 하는 동안, 선미는 거기서 혼자 분주한 정숙과 한 것도 없이 투덜대는 민기가 눈에 선했다. 부활하여 먼저 민기를 하버드 대학에 보내놓고 천억을 만든 다음 교육기관을 설립하여 또 민기를 이사장으로 들어앉힐, 그 주인공이 다름 아닌 민기 그 아이의 모습이었다.

"제대로 좀 먹자. 음식 좋은 고장에 와서 넌 꼭 그런 흉악한 데만 골라서 들어가냐? 아침, 점심 두 군데 다!"

"오른쪽" "왼쪽", 헤매게 만드는 게 주기능이었던 심령 내비게이션은 마침내 꺼지고 정호가 널널하게 차를 몰았다.

"그렇지 않니? 제 자식이라면 저렇게 처박아두겠어? 그 조카 얼굴 봤지? 시집도 안 간 처녀가 산모 같잖아!"

정숙은 돌아앉은 채로 차의 흔들림을 버티면서 집요하게 제 동생과 선미의 눈을 찾았다. 전기장판을 쓸 리 없겠으나 제 피가 마른 듯 얼굴이 창백한데 눈은 충혈되고, 눈동자에서는 수치심의 불티가 타들어가고 있었다. 자기 모녀는 각기 하나씩 전기장판을 애용한다는 말을 선미는 하지 않았다. 이제 무슨 말이든 해도 상관없겠지만 할 기운이 없었다.

"그만해라. 할 만큼 했잖아?"

정호가 제 누이를 향해 짓궂게 한쪽 눈썹을 치켜올렸다.

"그거 옥장판도 아니고 순 비닐, 나온 지 10년도……"

"안 닥치니?"

정호가 돌변하여 낯빛이 파리해지면서 앙다문 입술 사이로 목소리를 쥐어짰다. 너스레도 위악도 밑천이 떨어지자 드러난 그의 본바탕은 옹졸했다. 여자들의 등쌀로 창작에 몰두해야 할 시간을 빼앗기고 있는 예술가로서 도도하다 못해 근엄했다. 차 앞 거울을 통해 선미와 마주친 눈길을 돌리는 그의 눈은 뒷좌석에 그녀가 존재한다는 사실을 생각하기마저 귀찮아, 어류와 비슷했다.

그래도 당신은 하루지! 선미는 창밖으로 시선을 던졌다. 정숙의 욕망이 발효하여 부글부글 괴어오르는 신소리를, 자신은 유일한 청자로서 석 달째 들었다. "내가 이 얘기를 너 아니면 누구한테 하겠니?" 정숙은 혼자 알고 있기에는 너무 엄청난 복순님의 예언을 선미에게 전하기 전에 되뇌곤 했다. 하버드 말고도 제 남편 사업의 번창은 물론이요, 만주에서 발굴될 또다른 고대 동이족 문명의 유적이라든가, 거기서 미지의 괘상이 나오는데 그것은 복희씨가 '선천팔괘도'와 쌍을 지어 만들어놓은 것이며 조선 말 김일부의 '정역팔괘도'를 예시하기도 한다든가, 일본에서 발견될 『화랑세기』의 원본 등등. 복순님의 존재를 믿는 단 두 명의 신도 중에 남은 하나인 선미의 역할은 새벽까지 전화통 붙들고 놀라고 감탄하는 것뿐이었다.

멀리 바다를 향해 길고 가늘게 뻗어간 곳, 목포의 명소 용바위가 보였다. 저기서 보는 일몰이 근사하다던데. 무엇을 찾아 이리 헤맸을까. 전국 어딘들, 집 근처엔들 용이 없을까. 우리나라 산야의 돌이 조금이라도 길쭉하거나 뒤틀렸으면 죄다 용바위이건만. 인간이 아닌 것의 조합, 용은 인류가 꾼 꿈이다. 복순이는 제 꿈이었다. 꿈은 깨지고, 환(幻)은 멸(滅)한다. 환멸. 긴가민가하면서 믿고 싶었다. 혹시라도 복순이가 실재할 천분의 일, 만분의 일의 가능성을 포기할 수 없었다. 있는데 안 믿어주면 죽이는 것 같아서. 그녀에게 복순이는 처음으로 제 입을 열어 "예에……" 하고 답하던 그날, 그 순간의 무엇이었다. 그날 울었던 어린 무엇이었다. 다른 것인 적이 없다. 사진으로 본 구부러진 옥, 홍산 문화의 곡옥은 얼굴의 3분의 2가 부릅뜬 눈인데 이마에는 굵은 주름이 잡혀 있었다. 무슨 생각을 그리 하고 있을까? 이무기가 헤엄치다 용 못 되고 굳어버렸다는 용바위가 눈물에 잠겨갔다. 환상의 드라이, 브, 코, 스.

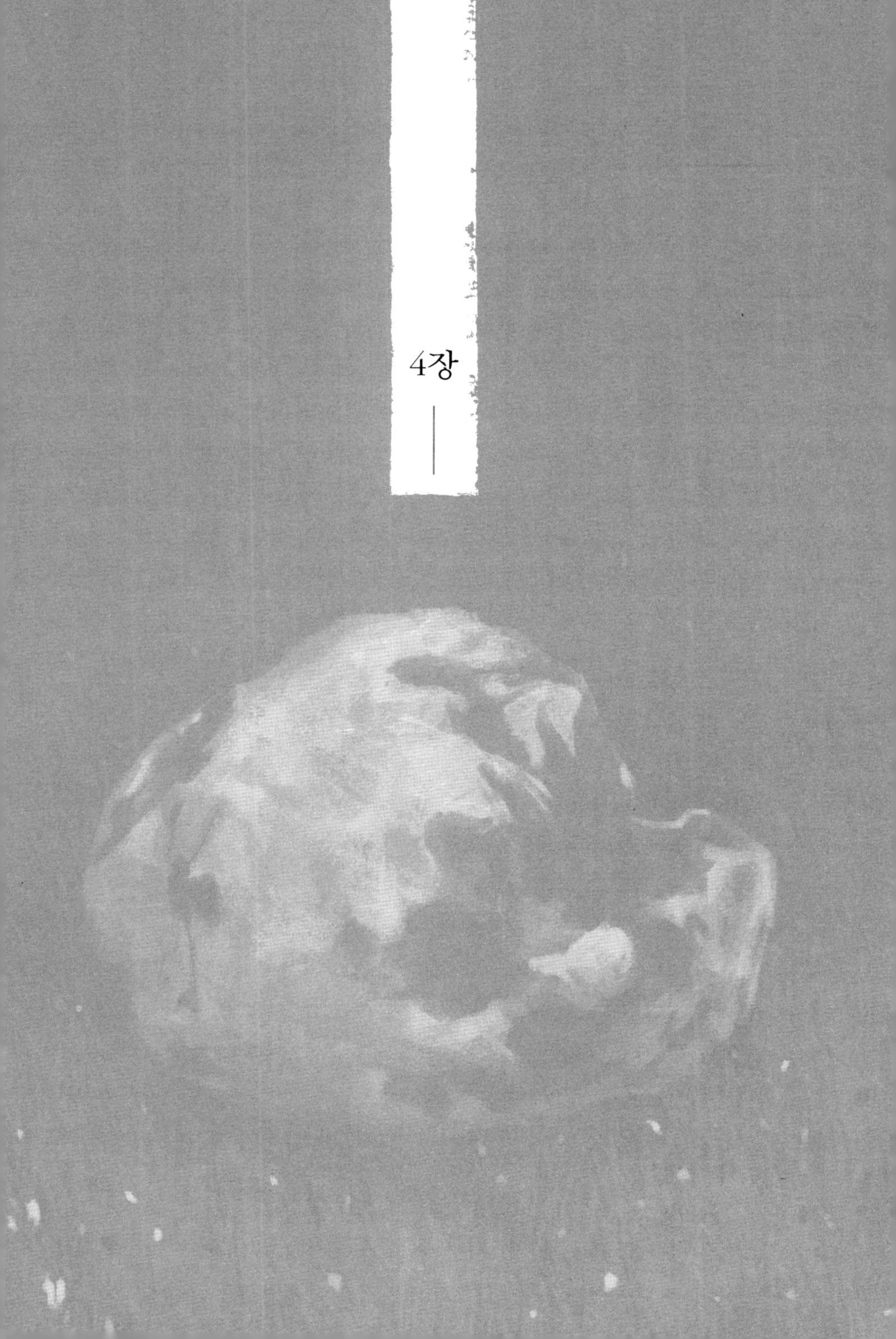

4장

하선생은 눈을 떴다. 머리맡의 야광 시곗바늘은 새벽 3시 반 경이었다. 방금 농장의 대장 '쎈'이 높이 짖었다. 잇따라 폭탄이 터졌다. 한참 자고 있던 산 밑 전원주택 단지의 주민들에게는 그렇게 들릴 것이다. 농장의 개들이 모조리 깨어 짖기 시작했으니. 유일하게 보일러를 때는 그 방에서 그가 데리고 자던 작은 녀석들도 합세했으며, 이불 속에 있던 녀석들은 그의 얼굴을 짓밟으며 기어나갔다. 쎈은 전원주택 단지의 포장도로가 시작되는 지점까지 제 영역으로 생각하여, 사람이건 차건 그곳을 넘어 농장 입구 흙길로 들어서는 순간부터 짖어댔다. 창고에 세 든 김화백과 선생 자신, 선생의 트럭만은 기특하게 알아채고 짖지 않았다. 농장에 오가는 차는 많지 않아서 선생도 차 소리를 대충 구분했다. 요즘 자주 들락거리는 김화백의 누나라는 이의 차가 어젯밤에도 늦게 농장 앞에 왔다 갔으며, 그때도 개들이 짖어 전원주택 단지 주민들의 잠을 깨웠다. 김화백이 혼자 마당을 가로질러 제 화실로 걸어가는 발소리를 그는 들었다. 그런데 지금 질퍽한 언덕을 미끄러지며 올라오는 둔한 엔진 소리는 또 그 승용차 같았다. 그는 불을 켰다. 이불 하나 펴면 가득한 방에 이불이 안 보이도록 바글거리는, 열아홉 마리의 초소형견들이 눈이 부셔 한결같이 게슴츠레하게 그를 올려다보았다.

"조, 조용히 해."

그는 서둘러 옷을 껴입고 예민해서 떨기까지 하는 몇 마리의 머리를 만져준 후 마루로 나섰다. 문틈으로 와르르 쏟아지려는 녀석들을 간신히 밀어넣고 방문을 닫았다. 늙은이가 젊은이들끼리 이야기하는 데 끼려고 한다는 인상을 줄까봐 김화백의 손님이 오면 마당에서 인사만 하고 돌아서지만, 지금은 자신이 빨리 방문객을 맞아 개들을 가라앉혀야 했다. 농장 위쪽에 있는 몸집 큰 녀석들이 흥분을 못 이긴 나머지 제집에 몸을 던져, 목에 달린 쇠사슬이 나무판자를 탕탕 때리는 소리까지 골짜기에 메아리치고 있었다. 그가 길에서 마주치는 주민들에게 90도로 인사하고 눈 오면 도맡아 마을길을 쓸어봤자, 전원주택 단지에서 도청으로 꾸준히 농장에 대한 민원이 들어갔다.

철망 문밖에 김화백의 누나와 종종 그녀와 함께 오는 처자가 서 있다가 쩔쩔매며 허리 굽혀 인사했다. 휴대전화를 귀에 댄 누나는 애타게 동생에게 전화 걸고 있겠으나 동생이 깰 리 없었다. 김화백은 거의 날마다 자기 전에, 드물잖게 대낮부터도 혼자 술을 엄청 퍼마셨다. 본인은 티내지 않으려고 해도 창고 뒤꼍에 소주병을 안 내놓을 수 없고, 선생도 못 본 척해주지만 늘어나는 소주병을 안 볼

수는 없었다.

"이, 이름이 뭐, 뭡니까?"

철망 문을 여는 만큼 마당의 개들이 튀어나가지 못하도록 틈을 막아서면서, 그는 개 짖는 소리 때문에 들리리라는 기대는 별로 없이 물었다. 그리고 두 여자에게 걱정 말라는 뜻으로 손으로 허공을 눌러 보였다. 다른 용무일 수가 없었다. 누나 쪽은 비닐 포장도 안 벗긴 새 삽과 손전등을 각기 두 개씩이나, 처자는 나무 상자를 들고 있었다.

땅은 깊이 파야 했다. 이 부근은 가파르고 토질이 성겨서 흙이 잘 쓸려내려갈 뿐 아니라, 썩은 고기 마다 않는 오소리 같은 야생동물도 돌아다녔다. 옷 버린다고 그가 몇 번이나 팔을 내저어도 화백의 누나는 옆에서 삽을 깔짝대더니, 삽질을 하기에는 구덩이가 깊어져서 반경을 넓혀야 할 즈음 맨 발에 바지 걷어올리고 안으로 뛰어들었다. 선생은 심하게 말을 더듬고 말았다.

"아아니 내내내내가 그, 그냥……"

그녀는 소리 없이 방싯 웃었다. 새벽 여명이 뒷걸음질 칠 정도로 환하고 천진한 웃음이었다. 그리고 구덩이 속으로 사라졌다. 그가 들여다보니 그녀는 쪼그려 앉아 맨손으로 쓰다듬듯 흙을 긁고 있었다. 그는 조용히 물러섰다. 마지막으로 보내는 길에 아낌없이 해주고 싶은, 그러기 위해 제 몸을 고생시키고 싶은 그녀의 심정을 이해할 것도 같았다. 그녀는 비슷한 간격으로 구덩이에서 솟아올라, 손아귀에 담긴 흙을 가장자리에 소복이 쏟아붓고 다정히 두드리곤 했다. 전신에 흙 칠갑이며 머리카락에 단 흙구슬은 몇 개씩 늘어갔다.

그는 콧날이 시큰해져서 삽을 들고 서성였다. 처자 또한 상자를 품에 안고 땅바닥에 주저앉아, 이슬에 엉덩이가 다 젖었을 텐데, 침통하게 상자 속의 것에 작별 인사를 하고 있었다.

뭐지? 그는 삽질을 멈추고 두 여자를 올려다보았다. 처자가 상자를 구덩이에 내려놓아 그가 첫 삽을 떠서 붓는 순간, 상자가 흔들렸다. 상자 크기에 비해 안에 든 것은 무척 가벼운 듯했다. 강아지마저 아닌 것 같았다. 두 여자는 짐짓 모른 체했다. 누나 쪽은 삽을 가로로 잡고 엎드려 전진하면서 삽자루로 흙을 구덩이로 밀어넣고, 처자는 그가 손에 익은 삽을 들고 왔기 때문에 남아 있는 삽을 찾아 들었다. 그런데 누나가 발딱 일어나 처자의 삽을 잡았다. 말 한마디 없이 둘은 팽팽히 버티다가, 처자가 목이 꼬이도록 외면하면서 삽을 놓았으며 누나는 삽을 당겨 멀찍이 던졌다. 그 얼굴에 자상한 미소가 피어올랐다. 흡사 무용 동작 같았다. 혹시…… 그는 입안이 타들어갔다.

자그마한 봉분이 완성되었다. 누나가 그지없이 정성스럽게 손으로 어루만져 마무리를 했다. 아니나 다를까 처자가 봉분 앞에 똑바로 서더니 이마에 두 손을 모은 채로 무릎 꿇고 엎드려, 큰절을 올렸다. 누나는 삼가 거리를 두고 뒤에 서서 한 박자 늦게, 그러나 보다 격식 있게 절했다. 박자가 다르므로 하나가 설 때 다른 하나는 엎드리면서 둘은 각기 두 번 더 절했다. 상자에는 사람을 화장한 재를 모신 듯싶었다. 아마 아주 작은 사람. 그러면 그렇다고 이야기를 할 것이지! 절을 마친 처자는 아직 엎드려 있는 누나를 버려두고 터덜터덜 허탈하게 비탈을 내려갔다.

여봐요! 선생은 입에서 말조차 나오지 않아 한 손을 치켜올렸다. 먼저 간 자식에게 부모가 절하는 법 없고 더군다나 삼배는 얼토당토않으나, 그는 두 여자의 비례(非禮)보다 더 난감한 이유로 어지러울 지경이었다. 그의 손을 뒤통수로 본 듯이, 처자가 우뚝 멈춰 섰다. 역시 뒤처져서 다소곳이 따라가던 누나도 멈추었다.

어느 집에선가 쓰레기를 몰래 태우는 연기가 피어오르는 산 아래 마을, 또 다음 마을, 마을들, 집집마다에서 대개 세수를 하거나 아침밥을 먹고 있을 사람들, 그리고 안개 걷혀가는 먼 산, 그 너머 산들, 산, 산, 산. 산 옆구리를 벌겋게 뭉개고 새로 난 길로 달려가는 차들, 멀어질수록 작아져서 안 보이게 되었다가 육박해오는 나무들, 날아오르는 새들, 땅 위와 땅속에서 기는 생명들. 현세(現世)를 선미는 굽어보았다. 그리고 고개 들어 하늘을 올려다보았다. 어쨌든 그건 아니네, 선생의 팔이 살며시 접혔다.

하늘이 열리고, 꽃비가 내렸다. 흙에서는 향기로운 이슬이 솟아올라 영롱하게 맺혔다. 하늘과 땅 사이가 향기로 가득 찼다. 선미는 제 머리 위로 하늘 한가운데를 둥글게 도려낸 듯한, 구멍을 보았다. 작달막한데다 어깨는 좁고 허리통은 굵어 사내애 같기도 하고 머리 염색한 할머니 같기도 한, 선미의 뒷모습을 향해 정숙은 또 큰절을 올렸다. 또 한 번. 세번째로 땅에 엎드려서는 일어나지 않았다. 하나는 엎드리고 하나는 선 직각으로, 둘은 아침노을 속에 박혀 있었다.

'짱이 1998 10 11', '희기 2002 4 3', '사라 1997 12 5'……

땅에 줄지어 꽂혀 있는 손바닥만한 나무 푯말들을 두 여자는 이제야, 너무 늦게 알아챘다. 맡겨놓은 개를 보러 와서 개와 함께 산

책하던 사람들이 간혹 걸음 멈추고 그러듯이, 씨앗을 심고 파종 날짜를 표시해놓은 것인가 생각해보는 모양이었다. 그리고 그들처럼 다른 짐작마저 들어 둘이 꼭같이 선생을 돌아보았다. 선생은 고개를 숙였다. 둘 중 어느 쪽인지 알 수 없는 소리를 웅얼거렸다. 그가 컴컴한 산길로 안내하여 여자들이 무덤을 만든 곳은 농장에서 살다 죽은 개들의 공동묘지였다. 미안하다고, 사정은 아직도 잘 모르겠지만 아무튼 자신이 잘못한 것 같다고, 선생은 사과할 수 없었다. 그는 두 손을 들어 얼굴을 가렸다. 헐렁한 점퍼가 후들거렸다. 그의 등이 점점 더 말리고 무릎은 절반이나 꺾였다. 손가락 사이로 흘러나온 눈물이 손등에 스며, 자잘한 주름이 거미줄처럼 반짝였다.

복순이에게

보낸 날짜: 20**년 4월 23일 08시 17분.

보낸 이: 이선미(d****1080@…….com)

받는 이: 김정숙(j*****21@…….co.kr)

김정숙에게 전해. 아까 내가 전화를 끊어버린 상대는 김정숙이 아니라 너였다고 확실히 말해. 그래, 이 모든 일을 내가 시작했다는 거 인정해. 잊지 않았어. 그런데 일이 시작됐으므로 이젠 내가 반대해도 진행될 거라구? 그건 인정 못 하지! 도저히 더는 못 들어주겠더라. 복순이, 넌 지금 막 나가고 있어. 네가 하라는 대로 수첩에서 문제의 단어들은 다 지웠고 일기 파일은 없애버렸으니, 그건 걱정 마.

그저께, 그러니까 우리가 새벽에 하선생님의 농장 뒷산에 다녀

온 다음날 나는 어머니랑 싸웠어. 같이 쑥버무리를 먹다가 북한 사람들이 풀뿌리를 캐먹는다는 이야기가 나왔는데, 어머니가 나더러 북한 두둔하려면 먹지 말라는 거야. 난 그런 적 없거든? 인도적으로 식량은 지원해야 한다고 했을 뿐이거든? 내가 TV에서 북한의 후계 구도에 관한 뉴스를 보다가 "미친놈!"이라고 중얼거렸을 땐, 왜 여자애가 욕하느냐고 당신이 야단쳐놓고. 어머니는 북한에서 굶다가 남한에 온 사람들이 불만이 너무 많고, 자기들끼리 사기를 친대. 우리나라 사람들은 미국 가서도 자기들끼리 사기 친대. 거기서 또 왜 머리에 피도 안 마른 것들이 필리핀 가서 애나 싸질러놓고 도망쳐온다는 이야기가 나오니? 일제시대 일본인들처럼, 조선인은 다 안 된다 이거야? 내 말은, 내가 노모하고 밥 먹다 고래고래 싸우는 형편없는 인간이라는 거야. 매사에 자괴감만 들어. 나도 힘들어. 네가 이해해줬으면 좋겠어.

내가 목포에서 올라와서 겪은 일. 나 혼자 그 경험을 독점하려던 게 아니야. 말할 수 없었을 뿐이야. 말로 하면 우스꽝스럽기만 하고, 하면 할수록 말하는 나나 듣는 너나 오히려 더 답답해질 거야. 하지만 아무 말도 안 할 수는 없어서 드문드문 한 말이 오해에 오해를 낳으므로, 되는 데까지 얘기를 해보겠어.

목포에서 나는 김정숙, 김정호, 그리고 너를 더이상 참을 수 없었어. 너는 김정숙의 무의식이 장난친 거라고 생각했고 지긋지긋했어. 또 울화통이 터지더라. 혼자 터미널에 가서 고속버스 타고 서울 터미널에 도착하니 9시쯤, 영화 봤어. 시간도 애매하고 기분이 너무 꿀꿀해서 터미널과 연결된 백화점의 영화관으로 올라갔지. 영화는 그저 그랬어. 불안해도 의리 때문에 봤건만, 그 감독 역시 노망기가 있더군. 다음 영화가 나오면 한 번 더 속아주나 마나 고민하면서 지하상가 지나 지하철역으로 걸어갔어. 갑자기 내가 돌아선 거야. 몸이 홱 돌았어. 마치 내 배에 보이지 않는 줄이 묶여 그동안 나 하고 싶은 대로 살라고 너그럽게 풀려 있다가, 개찰구 앞에서 느닷없이 잡아채진 것 같았어. 그래서 나는 전철 막차를 타려고 종종걸음 치는 사람들을 거슬러 지하상가 쪽으로 되돌아가게 되었어. 뭔 일인가 닥친다고, 바로 당장이라고, 온 신경이 곤두서서 찌릿거렸어. 남들 앞에서 또 내 고개가 빙빙 돌아가거나 할까봐 걱정됐어. 지하 특유의 웅웅대는 소음이 여러 가지로 구분되어 들리고, 옆으로 엇갈려 가는 사람들의 발걸음 소리가 일일이 또렷하고, 어느 상점에선가 철제 셔터를 내리는 소리가 귀를 찢는 듯했어. 한편으로는 전철역 개찰구 앞에서 돌아섰을 때 내 안에서 수소 실린더 같은 것이 열려, 기대감이 마구 부풀더군. 문득 소음과 함께 전경이 아득히 멀어지고, 나는 들었어.

"약속을 지켜."

봤다고 해야 하나? 내 입을 통해 말소리가 나오고 그 말소리를 내 귀가 들을 새도 없이, 말이 그냥 머릿속에서 터졌어. 몇 개의 선, 손으로 간단히 그린 약도 같은 것이 눈 안쪽에서 번쩍했는데, 고막에 안으로부터 압박이 가해지는 거야. 그리고 말로 바꾸어 해독할 필요 없이 뜻이 바로 이해가 됐어.

김정숙에게 이야기한 적 있으니 너도 알겠다만, '복순이'는 내가 어렸을 때 집에서 기르던 노란 잉꼬의 이름이야. 그 새는 어느 날 우리 집 담 위에 앉아 있었어. 개가 짖어도 지붕과 담장 사이를 오갈 뿐, 도망가지 않았어. 온몸이 노래서 무척 예쁘고 신기하게 보였어. 내가 개를 묶어놓고 마당에 좁쌀을 뿌려주자 포르르 내려앉아 쪼아 먹더라. 다음날에도 그 새는 우리 집 담장에 앉아 있었어. 엄마가 어디선가 새장을 얻어와서 내가 새장 문을 열어놓고 밖에서 안까지 좁쌀을 흘려놓았지. 잉꼬는 좁쌀을 따라 제 발로 새장에 걸어들어갔어. 나는 내가 영리해서 새를 잡은 줄 알았어. 아니었어. 그 새는 얼굴에 부스럼이 나다 못해 쌀알만한 혹들이 되어 눈과 부리만 빼고 뒤덮어, 가까이서 보니 머리가 무거워 보일 지경이었어. 잡털 하나 안 섞이고 눈이 빨간 순종 잉꼬이니 전 주인이 비싸게 사서 기르다가 피부병 걸리자 쫓아버렸을 거라고, 엄마도 이웃들도 말했어. 정말로 얼마나 고생을 했는지, 새는 내가 새장 안에 손을 넣어 끄집어내도 제가 기를 쓰고 도로 들어갔어. 새장 안의 새는 자유를 그리워한다지만, 새장 밖에 내팽개쳐졌던 그 새는 바깥의 공포와 굶주림을 너무나 잘 알았던 거지. 우리 집 개 이름이 '복실이'였기 때문에 새 이름은 자연스럽게 '복순이'가 되었어. 암컷인지 수컷인지 몰라도 말이야. 겨울에 햇볕 잘 들 때 라디오를 틀어놓으면 복순이는 음악에 취한 듯이 꼬박꼬박 졸았어. 행복해 보였어.

그즈음 한 이웃이 어머니한테 말했어. 그 잉꼬의 피부병이 아이한테 옮을 수도 있다고. 복순이는 틈만 나면 발톱으로 얼굴을 긁었는데 허옇게 비듬이 날렸거든. 햇살 아래 보면 복순이가 밀

가루 푸대에 머리를 담갔다가 터는 것 같았어. 나도 내 아토피가 그 비듬과 관계있을지도 모른다는 생각이 사실 들어. 그때 우리 집은 지금은 철거된 산동네 슬레이트집이라서, 겨울에는 위풍이 심해 환기는커녕 창문에 비닐까지 치고 살았거든. 요즘처럼 동물 병원이 있지도 않았고, 있었다 해도 엄마는 복순이를 데려갈 여유가 없었을 거야. 내가 엄마라도 다른 수가 없었을 거야.

엄마는 새장을 마당으로 들고 나가 마루 유리문을 닫고, 새장에서 복순이를 꺼내 공중으로 힘껏 던져올린 후 자기만 뒤꼍으로 돌아 집 안으로 들어왔어. 복순이는 공중에서 제꺽 방향을 틀어 마루로 날아왔으나, 유리문에 부딪쳐 주르르 미끄러졌어. 엄마가 눈을 부라리며 윽박지르기 때문에 나는 복순이에게 문을 열어줄 수가 없었어. 제가 따뜻한 집 안으로 들어올 수 없는 이유를 이해하지 못하는 복순이는, 퍼덕이며 유리문을 타고 오르다가 주르르 미끄러지고 또 미끄러지기를 반복했어. 내가 마루에 엎드려 서럽게 우니까, 어머니는 복순이를 못 보게 마루 커튼마저 쳐버렸어. 닫힌 커튼 너머에서 퍼덕이는 소리, 부리와 발톱으로 유리를 긁는 소리, 주르르 미끄러지는 소리가 몇 시간이나 계속됐어.

나중에 복순이는 창호지 문까지 겹겹이 닫힌 안방과 건넌방 창문에 번갈아 매달려 퍼덕거리더라. 차차 퍼덕거리는 간격이 벌어지고, 저녁 무렵에는 조용해졌어. 엄마가 저녁밥 지으러 부엌으로 들어가서 나는 마루 커튼 틈으로 훔쳐보았어. 복순이는 처음 왔던 그날처럼, 담장에 앉아 있었어. 그리고 커튼이 드리워진 마루를 가만히 쳐다보고 있었어. 칼날 같은 겨울바람에 깃털이 부스스 일어서곤 했어. 어느 순간 복순이는 날개를 펴고 날아올라, 우리 집과는 반대 방향으로 날아갔어. 너무 울어서 눈물이 말라버렸는데도, 내 눈에서 끓는 것처럼 뜨거운 눈물이 새로 흘러내렸어. 복순이는 먼 하늘로 날아갔어. 다시는 돌아오지 않았어. 그때 나는 죽음으로 날아가는 작은 생명의 마지막 모습을 보았어. 그 모습은 내 마음 깊은 데 찍혔어.

내가 피부병에 걸리지 않으려면 복순이가 죽어야 하는구나, 내가 건강하게 살기 위해서는 슬픈 짓을 해야만 하는구나, 이런 생각을 했던 것 같아. 그리고 내가 복순이이고 복순이가 나라면 복순이가 마루 커튼 뒤에 숨어, 살려달라고 내가 유리문에 매달리는 소리를 들으면서 울었겠구나, 이런 생각. 울면서도 문을 열어주지는 않았겠구나, 나는 지쳐 담장에 앉아 마루 커튼을 쳐다보다가 먼 하늘로 날아가겠구나. 다시는 돌아가지 않겠구나.

누구나 어릴 적에 그런 경험이 있을 거야. 그리고 나처럼 잊고 살아왔을 거야. 그런데 나는 약속을 했어. 복순이가 떠날 때 마음속으로 약속했어. 문을 열어주겠다고. 내가 아이라서 못 여는 문을 어른이 되면 꼭 열어주겠다고. 그때 어른이었다면 하지 않았을 약속을 아이였던 나는 했어. 그리고 이제 나는 어른이 된 지 오래거든. 더는 미룰 수 없었어. 아주 절박했어.

"돌아와." 나는 말했어. "문이 열렸어, 이제 돌아와." 입 밖으로 내지는 않고 생각만 했는데도, 그 말이 땅속 어딘가에 있는 상대방에게로 정확히 갔어. 상대방은 그 말을 덥석 받았어. 꿀꺽 삼킨다고 느껴질 정도였어. 동시에 복순이는 이십여 년 전에 차가운

겨울 하늘을 날다 떨어진, 혹은 그 복순이를 고양이가 물고 가서 살은 먹고 깃털과 뼈를 남긴, 그 어느 자리에선가 날아와 벌써 내 가슴에 닿아 있었어. 그건 복순이가 살려고 했던 의지 같은 것이었어. 복순이로 뭉쳐졌던 에너지였어. 그런데도 나는 복순이가 무거운 부스럼을 벗어 날렵한 유선형이고 부리에는 윤기가 흐른다고 느꼈어. 그런 복순이가 날카롭게 구부러진 부리로 가차 없이 내 가슴에 박히는 순간, 나는 어깨가 앞으로 굽어지면서 숨이 막혔어. 복순이가 내 몸통 안으로 쑥 들어왔어.

제일 먼저 부끄럽고 미안하더라고. 내가 대학생 때 기차에서 옆자리에 앉았던 애기 엄마한테. 그 아줌마는 아기가 창에 기대어 놀도록 나더러 창가 자리를 양보해달라고 했는데 내가 양보하지 않았거든. 나는 여러 일로 심란하던 터에 창밖의 가을 풍경을 보려고 기차를 탔고, 아줌마가 아기를 내내 붙들고 있으려면 팔이 얼마나 아플지 몰랐어. 훗날 아기 엄마 된 내 친구들을 보고서야 알았지. 어린 내가 학교에서 돌아오던 길에 옆 동네 연탄가스로 일가족이 죽었다는 집 앞에서, 한 아주머니가 제 가슴팍을 쥐어뜯으며 길바닥에 뒹굴고 있었어. 우리 집 담장 너머에서는 당뇨병을 앓던 옆집 아저씨의 노란 얼굴이 지나갔지. 내가 탄 만원 버스가 정류장에 닿기 전부터 중학생 남자애들이 타지 못할 버스에 매달려는 보겠다는 오기와 장난기로 새까맣게 달려드는데, 그중 한 애의 가방을 들지 않은 빈손이 덜렁 처졌어.

그 애의 그 손은 의수였고 뛰다보니 빠져버린 거야. 팔에서 빠져도 보조 끈이 있는지 의수가 소매에 맥없이 매달려 있더라. 버스의 창으로 우연히 그쪽을 보고 있다가 그 장면을 목격한 나는 몹시 놀랐지. 의족이나 손목에 달린 갈고리를 내보이는 상이군인 아저씨들을 본 적은 있지만 의수를 부착한 사람을 보기는, 또는 그런 사람이 주변에 있었더라도 내가 알아채기는 처음이었거든. 더구나 그 사람이 같은 또래이고 의수가 별안간 분리된 탓에 내가 알게 됐으니. 그 시절엔 쇼윈도에 의수와 의족들이 진열되어 있기도 했는데, 왜 그렇게 하나같이 먼지 타서 꾀죄죄했는지.

그 아이는 재빨리 돌아서서 가만히 서 있었어. 움직이면 의수가 대롱거릴 테니 근처 골목 같은 데로 숨어들 수조차 없었던 거야. 만원버스와 함께 그 안에 가득 찬 승객들의 시선이 가버리기를 그 아이는 뒤돌아 선 채로 기다리고 있었어. 그 아이야말로 버스에 매달릴 생각은 없이 장난기로만 뛰었을 거고, 뛰기 전에 뛰어볼까 말까 망설였을 거고, 다른 남학생들과 우 하고 뛰면서는 즐거웠겠지. 그런데 다음 순간, 신속하게 돌아서는 그 아이의 이마까지 번져 있는 붉은빛을 나는 보았어. 바퀴 밑으로 뛰어들기라도 할 듯 버스와 함께 달리는 다른 남자애들의 뺨에 어린 홍조와는 달랐어. 그 아이의 얼굴은 너무 새빨개서, 검었어. 만원버스는 남학생들로부터 도망치기 바빠서 정류장에 머문 동안은 30초도 채 안 됐을 거야. 그 시간이 어찌나 길던지. 버스 안에서 그 아이의 뒷모습을 쳐다보는 나까지 얼굴이 화끈거리고, 다른 승객들이 그 애의 소매 밖으로 나와 있는 흰 손이 의수임을 눈치챌까봐 초조했어. 알고서 쳐다보니 그 손은 확연히 표 나도록 희었어. 버스가 다시 출발한 후에야 나는 그 애가 가장 피하고 싶었던 게 나

같은 동년배 여학생의 눈길이었음을 깨닫고 뒤늦게 머리를 숙였지. 이제까지 나는 그 얘기를 아무에게도 하지 않았어. 할 수가 없었어.

잉꼬 복순이한테 짖었던 개, 나중에 쥐약 먹고 죽은 복실이가 뭔 일인가로 여전히 짖었어. 방학이 되어 물 뺀 학교 연못에 세숫대야만큼 남아 곧 말라버릴 웅덩이에서 세 마리 새끼 금붕어가 헤엄치고 있었어. 장례식장 뒤에는 조문객들이 서둘러 입에 물어 피우고 던져버린 담배꽁초들이 흩어져 있었지. 개구리 울음소리, 고속도로에 찍혀 있던 급제동한 타이어 자국, 어떤 벽에 붙어 있던 담쟁이넝쿨…… 내가 그때까지 살아오면서 보고 들었으나 생각의 어느 서랍에도 넣어둘 수가 없어서 흩어버렸던 장면들이라고 할까? 입시나 취직 같은 중요한 문제하고는 관련이 없어서 자국을 못 남기고 나를 스쳐가버린 사건들이라고 할까? 나로서는 어쩔 수 없었던 순간들이라고 할까? 내 몸뚱이 안이 아닌 밖에 있었던, 내 오감의 감지 대상들이라고 할까? 그런 것들이 순서를 무시하고 우다다, 모조리 내게 돌아왔어. 그리고 복순이가 내 가슴에 열어놓은 문으로 당당히 들어와서 내 안에 급속도로 쌓여갔어. 나는 어마어마하게 부풀어오르고도 터지기 직전이었는데, 산이 다가오더라. 어렸을 때 살던 동네의 뒷산, 내가 또래 조무래기들하고 도토리를 주우러 가기도 했으나 도로가 나면서 없어져버린 그 산이 줌인으로 당겨지듯 확확 확대되더라. 내 눈에 보이는 범위는 확확 줄어들고 나는 그만큼 작아졌지. 처음에는 산꼭대기까지 보였으나 순식간에 내 눈 앞에 있는 건 산기슭, 또 산기슭의 어느 한 부분, 또 그곳의 어느 한 지점……

미치겠다, 말로 하려니. 당시에도 나는 벌어지고 있는 일이나 내 상태를 해석해보려 했어. 해석하면 그게 아니고, 다시 해석해도 도저히 아니라서, 아니, 아니, 아니라는 생각이 이어지는데 그 생각도 아니, 아니, 아니었어. 지금도 글로 옮기면서 아니라는 생각이 계속 들어서 무지 괴로워.

그래서, 그리고, 그 산 뒤로 그보다 조금씩 더 높고 더 큰 산들이, 산맥이, 층층이, 좌르륵 딸려왔어. 감각은 이제 소용이 없고 점점 더 압도적인 접근을 나는 본능 비슷한 것으로 알아채고 있었어. 멋모르고 다니는 바퀴벌레를 사람이 두꺼운 잡지를 들고 기다리다가 내려치는데, 바퀴벌레가 죽기 직전에 너무 늦었을지언정 아무런 조짐 없이도 그 잡지를 알아채듯이. 괜한 짓을 했다고, 후회할 새도 없었어. 대열 끝에서 뭔가 벌떡 일어났어. 땅이었어. 내가 발을 디디고 살아온 땅이 내 발밑에서 빠져나와 수직으로 곤두서서, 나랑 정면으로 맞부딪쳤어. 맞부딪쳤다 해도 나는 그 발치의 먼지, 으깨져버리고 말았어.

황홀한 풍경이 펼쳐졌어. 크기의 차이가 없었어. 내 노란 칫솔하고 정육점에 걸려 있는 붉은 고깃덩이하고 63빌딩이 똑같이 크지도, 작지도 않았어. 거리도 없었어. 나를 포함하여 어느 하나로부터도 다른 나머지가 똑같은 간격을 두고 있는데, 그 간격은 없는 거였어. 내가 그들을 쳐다보지만 내 눈과 그들이 떨어져 있는 게 아니었다고. 각자가 다른 모든 것의 원인이며 또 목적이었어. 그리고 아주 예뻤어. 지극히 아름다웠어. 우리는 각자이면서 또 하나이고, 우리가 주렁주렁 매달린 가지이고, 그 가지를 뻗은 나무이고, 나무가 뿌리박은 땅이고, 그 땅이 떠 있는 허공이고, 그 허공이 한 조각으로 매달린 가지이고…… 아, 완벽했어! 그리고 그건 내가 언젠가도 본 적 있는, 편안하고 익숙한 풍경이었어. 나는 충만하고, 자유롭고, 그 무엇도 두렵지 않았어.

바로, 잠시의 틈도 없이, 내가 지하상가에 뻗어 있고 사람들이 둘러서서 구경하고 있으리라는 생각으로 철렁하더라. 내가 응급실에 누워 있어 눈을 뜨면 흰 천장이 보일 거라고도 생각했어. 그러면 창피한 순간은 지나간 후라서 그나마 나을 테니. 그런데 물 고인 변기가 보였어. 또 양변기의 앉는 자리에 나란히 놓인 내 두 팔이. 나는 화장실 바닥에 무릎 꿇고 양변기에 기대고 있었던 거야. 지하상가를 걷다가 주변이 고요해지는 느낌으로 무엇인가 와서 내 감각을 짓누르고 있음을 깨닫고는, 용변이 무척 급한 사람처럼 뻣뻣하게 한 걸음, 한 걸음 화장실을 찾아들던 게 기억났어. 끝내 남들 눈을 잊지 않았던 거지.

변기에서 고개 들어 가방부터 찾았어. 가방은 화장실 벽 고리에 얌전히 걸려 있었어. 나는 일어나 가방에서 휴대전화를 꺼냈어. 몇 시간이나 지났는지, 혹시 다음날 아침쯤 돼가는 건 아닌지 보려고. 내가 또 술 먹고 심야버스에서 잠들어 종점까지 가는 줄 알고 손가락 아프게 전화를 걸고 있을 우리 어머니를 떠올리며, 한숨을 쉬면서. 목포에서부터 김정숙이 전화할까봐 꺼두었던 휴대전화를 켜니 첫 화면에 시간이 떠오르는데, 내 눈을 의심했어. 영화가 끝난 시간에서 25분밖에 지나지 않았거든. 24시간이 지났는데 날짜가 잘못됐다는 생각까지 들더라니까. 백화점 영화관에서 터미널로 내려와 지하상가 거쳐 전철역으로 걸어온 동안을 빼면, 내가 화장실에 있었던 시간은 기껏해야 10분?

그 후로는 네가 아는 대로지. 내가 김정숙에게 만나자는 메시지를 보냈잖아. 그대로 집에 가면 안 될 것 같긴 한데 뭘 어째야 좋을지 알 수가 없었어. 이상하지, 방금 전에 나는 모르는 게 없고 못할 일이 없었건만 눈을 뜨니 막막했어. 화장실에서 나와 당장 왼쪽으로 돌아서야 할지 오른쪽인지, 호주머니 속에서 손이 동전을 만지작거리는데 그만두어야 할지 말지조차. 내가 그 상황에서 상의할 사람이 또 누가 있었겠어? 단 한 명, 김정숙뿐이잖아. 김정숙이 보낸 답신이 난데없이 존댓말이라, 제가 모시러 가겠으니…… 어쩌고, 왜 이러나 했어. 대로변에서 김정숙의 차를 맞아 내가 뒷좌석으로 들어가자마자 복순님이, 그때까지는 내게도 너는 '복순님'이었으니, 재등장하더라. 너 또 "우우주가아아……" 했잖아. 그리고 어차피 하선생님의 농장으로 갈 것을 그리로 가라고 하지 또 "왼쪽" "오른쪽" 했잖아. 반갑기도 하고 우습기도 했어.

농장으로 가는 동안 풍경이 눈을 뜨고 나를 쳐다보고 있었어. 검고 길게 엎드린 산줄기에 형형한 두 눈이 박혀 있는데, 차가 달려도 그 눈은 뒤처지지 않고 내내 내 눈과 마주보았어. 차창 밖 어둠이 건강한 짐승의 털이라서, 손을 내밀면 쓰다듬을 수도 있을 것 같았어. 쓰다듬으면 털 밑에서 반응하는 근육과 체온이 느껴질 것만 같았어. 넌 쉴 새 없이 떠들었지. 나를 갖고 별별 소리다 했잖아. 내가 너한테 알아서 하라고 말할 필요도 없이 너는 알아서 잘했어. 내가 김정숙에게 메시지를 보낸 순간부터 너는 이미, 지나치게 잘하고 있었던 거야. 그때부터 너희들 하는 짓이 족족 나는 마음에 안 들었어!

영혼? 네 말대로 내가 너를 처음 만난 날 꾼 꿈의 숫자 4가 나를 보필할 4인조가 출현하리라는 뜻이고 그 4인조 중 세 사람이 김정숙, 김정호, 김정숙의 남편이라고 할지라도, 그들의 영혼을 묻는 시늉할 필요 없어. 그래야만 출현하는 4인조는 출현해봐야 별 볼일 없다고. 김정숙이 제 남편이나 동생한테 말도 안 한 채 그들의 영혼을 묻어 설사 그들이 4인조로 덜컥 둔갑한다 해도, 그거 인권침해 아니니? 4차원으로 이동하는 특이 지점? 뫼비우스의 띠? 복순이 너, 아무거나 끌어다 붙이면 다냐? 마사토? 그건 너한테 처음 들었네. 우리가 상자를 묻은 하선생님 농장 뒷산의 그 자리가 정말 흙이 금빛이었니? 내가 땅을 파지 않아서 그런지 난 모르겠던데? 4인조의 마지막 한 명이 김정숙의 아들 민기라고는, 차마 또 우기지 못하겠더냐? 차라리 그 오동나무 상자를 도로 파내자. 나는 '등촉광명' 혈자리, 이것도 듣기 처음인데, 그 명당이 필요 없으니.

핑계야 뭐든 그 명당을 가지려고 너희가 하선생님의 농장을 사겠다는 거지. 누가 모를 줄 알아? 4차원이니 4인조니를 집어치우더라도 일단 명당을 확보해두려는 속셈이잖아! 김정숙이 조상의 묏자리가 안 좋아서 집안이 안 풀린다고 오죽 투정했냐고. 그 아까운 명당에 왜 영혼만 묻어? 김정숙이 조상의 묘를 이장하지 말란 법 없지. 김정숙이 찾던 용은 풍수에서 말하는 용, 굽이치는 산줄기를 타고 내려와 끄트머리에 맺힌다는 기운이었어. 김정숙! 정말 질린다고, 내가 그러더라고 전해라. 우리가 석 달이나 그 난리법석을 떨어서 마침내 첫번째 사명이랍시고 하는 일이 명당, 그것도 사람 살라는 집터의 명당도 아니고 무덤 자리의 명당 구입이라고? 하긴 네가 장담하는 2억이 생기고 나서 고민할 문제이긴 하다만.

백수 때 백수 친구들하고 등산을 다녔는데, 그럴듯한 산줄기마다 어김없이 기계충처럼 파먹어들어간 무덤들을 보면서 참 그악스럽다는 생각을 했어. 등산하기도 힘든 그런 깊고 가파른 산속을 명절마다 음식 이고 지고 성묘를 오겠지? 그전에 하필 꼭 거기, 명당에 조상을 모시겠다고 그 무거운 관을 지고 산을 탔겠지? 그 많은 집안들이, 내로라하는 정치가며 부자들일수록, 아직도! 명당이 있는 산은 주변 시세보다 열 배나 비싸기도 하다면서? 돈으로 땅을 사고 그 땅으로 아직 태어나지도 않은 미래의 자손들한테까지 복을 미리 챙겨주는, 쓰리 쿠션? 죽은 사람이 명당까지 걸어가서 스스로 땅 파고 들어갈 수는 없어. 죽기 전에 명당에 자신의 묏자리를 마련해둘 수도 있겠지만, 본인이 죽고 나서 시체를 거기 갖다 묻고 그 뼈를 통해 명당의 좋은 기가 대대손손 미치기를 기대하는 이들은 살아 있는 자식들이야. 조상의 뼈다구를 써먹는 거잖아. 이건 유교도 아니고 고고학 책에나 나오는 '해골숭배'야. 공자로부터도 수만 년은 후퇴한 거야.

그 밤에 우리가 갈 데가 달리 어디 있었겠니? 또 우리가 할 수 있는 짓이 뭐가 있었겠니? 전날 밤에 출발했던 하선생님의 농장으로 차가 되돌아오자 결국 우리를 몰아쳤던 복순님의 각본대로 되는구나 싶더라. 차에는 오동나무 상자 있지, 상자를 땅에 파묻기 위한 도구가 다 준비되어 있었잖아. 난 그 빈 오동나무 상자에 그때까지 살아온 내 인생을 담았어. 지하상가의 체험 이전의 이선미는 죽었다고 생각하고 새로운 삶을 살기로 했어. 내게 봉분은 그 결심을 다지는 이벤트였어. 구덩이야 얼마든지 다른 데 팔 수 있었어. 안 파도, 안 묻어도, 이벤트 안 해도 상관없었어.

하선생님은 앞장서서 산을 올라가면서 우리에게 손전등이 있는데도 또 불을 비춰주려고 자꾸 돌아서곤 했지. 나는 자칫 선생님을 앞지를까봐 보폭을 줄여야 했어. 발이 붕붕 떴어. 어떤 힘이 나를 앞에서 끄는 것도 같고, 뒤에서 미는 듯도 했어. 완전히 달라진다, 과거와는 결별이다! 이전의 이선미로 되돌아가고 싶지 않았어. 되돌아가기 싫었어. 혼자였다면 나는 불빛 없이도 캄캄한 산길을 오동나무 상자를 안은 채로 뛰어올라갔을 거야. 그런데 막상 하선생님이 땅에 삽을 꽂고 파기 시작하자 얼떨떨하더라. 다음은 뭔지? 이전대로 살지 않는다면, 그럼 앞으로 어떻게 살아야 하는지?

봉분에 삼배하고 돌아서서 나는 내 머리 위 하늘에 뚫려 있는 구멍을 보았어. 그것은 작다면 내가 상상할 수 있는 가장 작은 것, 전해질을 선택적으로 투과시키는 세포막의 구멍처럼 작았어. 크다면 또 내 생각의 최대치로, 사방을 귀퉁이 없이 다 차지하도록 컸어. 그 테두리가 두껍다면 끝을 짐작할 수 없이 두꺼워서 구멍은 길고 길 수직의 터널이고, 테두리가 얇다면 일체 두께가 없어서 구멍은 원이었어. 구멍이 뚫려 있는 바탕은 대기권이나 성층권 따위가 아니었지. 이 세상을 싸고 있는 막이었어. 글쎄, 김정숙이 자주 얘기한 우주의 끝? 벽? 나는 적당한 단어를 모르겠어. 내 느낌에 그 구멍 너머는 무엇보다 바깥이었어. 나는 말할 수 없이 후련하고 또 허전했어. 쌀쌀한 아침 공기가 쓰라리도록.

그때 알았어. 문이 열려버렸음을. 이전의 내 삶이란 쓰디쓴 실패를 대가로 치러가며 생존의 요령을 터득해온 과정이 아니겠니. 그게 통째로 나한테서 떨어져나가버렸어. 사람 사이도 마찬가지거든. 때로는 안에서 문 닫아걸고 때로는 문밖으로 밀려나 비명을 지르면서 낭떠러지로 떨어져. 나는 밖으로 밀려난 적이 훨씬 더 많아. 그런데 나의 문, 내가 닫아걸 수 있는 그 변변찮은 문짝이 떨어져나갔어. 이번 일로 내가 얻은 것은 명당의 혜택이 아니라 그 반대야. 자기 와해, 소멸에 가까워. 이걸 알고도 김정숙이 상자를 묻고 싶을까?

아까 내가 하도 화가 나서 전화 끊고도 네 말이 걸려 수첩 뒤져 김정숙이란 이름 뒤에 붙어 있는 존칭을 일일이 지우는데, 짜증이 나서 머리에 쥐가 나더라. 컴퓨터 일기 파일은 단어 변환하기도 귀찮아 아예 삭제해버렸잖아. 그놈의 우주의 질서는 왜 그렇게 허약해? 내가 실수로 김정숙에게 "**"라고 부르기만 해도 무너지고, 이젠 예전에 글자로 적어놓은 것 때문에까지 무너져?

그거 지켜줘봤자 뭐해? 여태까지 기껏 지켜줬건만 지금도 사악한 기운이 판을 치는데.

난 너희를 막을 수 있어. 하선생님의 뒷산에 상자를 묻는 거야 너희가 땅을 못 사도 몰래라도 할 수 있을 테니 못 막겠지만, 그거 말고는 다 막을 수 있어. 간단해. 말을 안 하면 돼. 이제부터 나는 아무 말 안 할 테니 둘이 알아서 해봐. 너희들끼리 아이디어를 짜내보라고. 어때? 썰렁하겠지? 4인조가 출현해서 사람들을 모은다 치자. 그 사람들은 평소에 마주앉아 무슨 이야기를 해야 한다니? 우리 빼고 세상은 망한다, 망한다? 세계 최고의 전인교육기관을 만든들 뭘 가르칠 건데? 우리 빼고 남들은 다 죽는다, 죽는다?

왜냐하면 네가 이제껏 떠든 얘기 중에서 재미있는 건 대개 내가 예전에 김정숙에게 해준 이야기들의 표절이었으니까. 네 얘기라면 우리가 좋건 싫건 상관없고 피도 눈물도 없는, 무슨 물리법칙 같은 거지. 따지지 말아라, 너무해도 할 수 없으니 알아서 살 궁량하는 수밖에 없다, 그렇게 정해져 있다! 그러니 듣는 사람은 생각해볼 여지도 없고 느낌이 안 올밖에. 너는 나한테 들은 이야기들로 살을 채워왔어.

그런데 말이다, 그중에는 나도 어디선가 보거나 듣고 김정숙에게 전한 얘기들도 많거든? 네가 며칠 전에 한, 시체가 파리 떼로 변했다는 얘기[1)]도 내가 어느 책에서 읽은 조선시대 기담인데, 그렇다는 말도 김정숙에게 했어. 요즘 세상에는 저작권이라는 것이 있으니 복순이, 너 주의하는 게 좋을 거야. 내 꿈이라 해도 그래.

넌 포인트를 꼭 빼먹더라. 지구 중심까지 떨어지는 엘리베이터에서도 어머니하고 나는 늙어서 죽어 백골이 되었다가 먼지로 변해서, 엘리베이터가 흔들릴 때마다 폴싹 떠올랐다 내려앉았다고 했잖아. 있잖아, 자기가 한 얘기를 남이 써먹는데 그것도 흐리멍덩하게 써먹으면 때려주고 싶단다.

게다가 같은 얘기인데 네가 하면 어쩐지 불쾌해. 네가 나한테 들은 이야기를 하면서 내가 왜 그 이야기를 김정숙에게 했는지, 그전에 왜 기억했는지를 모르고 하기 때문이야. 내가 그 이야기들에 부여했던 의미를. 네가 나를 모르기 때문이야. 너는 나를 몰라. 분명히 말해두건대, 네가 그나마 창의력을 발휘한 부분들이 더 나빴어. 또 참고로 말하자면, 너의 취향은 나와 극과 극이야.

벌써 아침, 초등학교 아이들이 학교 가면서 재잘거리는 소리가 들린다. 내가 어머니랑 사는 임대 아파트가 1층이거든. 입주 추첨에서 어머니 말대로 '로얄 층'이 됐다면 더 좋았겠지만, 이나마 된 게 어디야? 단지 뒤엔 산도 있어. 그린벨트로 묶여 있어서 제법 괜찮아. 이 아파트가 들어서기 전까지는 여기가 인근 주민들이 물놀이를 오는 깊은 계곡이었대. 전철역이 멀고 마을버스가 뜸해서 불편하긴 해도 공기는 좋아. 네가 와봤으면 좋았을 텐데. 보통 산도 아닌 그린벨트를 절반 뭉텅 잘라내고 그래서 드러난 수직 암벽에는 시멘트를 입히고, 계곡을 흐르던 물은 복개해버리고, 이 아파트가 들어서지 않았다면 어머니와 나는 아파트 주민이 될 수 없었겠지.

복순아, 내가 네 언니겠네? 넌 내 동생이고? 네 말대로 우리가 찾아 헤맸던 큰 용이 나라면. 나야 네가 나의 뭐라 한들, 내 친구나 조카나 뭐나 상관없지만 네가 동생이라니 그렇다 하자. 언닌 너 때문에 속상해 죽겠어! 언니 부탁을 들어줄래? 복순아, 말하지 마. 김정숙의 입을 통해 말하는 거 그만둬. 이 부탁하려고 꼬박 밤새워 편지 쓴 거야. 언니는 이제 정말 자야 해.

그 말로서의 너를 나는 믿지 않아. 너는 네 말을 몇 번이나 뒤집고 요리조리 변명했지. 이전에 한 말은 시험이었다거나, 실패의 경험을 통해 깨달으라는 가르침이었다거나. 시험과 가르침도 맥락이 있어야 하는 거다. 만약 너처럼 약 올리는 식으로 내가 학원에서 가르친다면 애들이 전부 돌아버릴 거야. 내 손에 장을 지진다. 말인 네가 네 말을 뒤집으면 뭐가 남니? 네가 무슨 짓을 했는지 알기나 해? 넌 네 존재를 스스로 부정한 거야.

저번 주 로또 당첨에서 네가 찍은 번호가 꽝이라는 얘기를 김정숙에게 듣고, 나도 낙심천만이더라. 안 그런 척했지만 기대 많이 했어. 그러고 보니 하선생님의 농장 뒷산에 봉분을 만들고 나서 돌아섰을 때도 나는 막연하게 믿는 구석이 있었고, 그게 너였던 것 같아. 먹고사는 것 같은 '하찮은' 문제는 네가 해결해주고, 나는 고상한 고민만 하면 되지 않을까? 나도 너를 오해했어.

가까스로 네 입이 열린 지 겨우 석 달, 복순아, 입 다물어. 그러면 우리가 만날 수 없겠지만, 그래도 네가 김정숙에게 잡아먹히는 것보다는 그게 나아. 요즘의 너, 이래라저래라 하는 너의 말은 전부 김정숙이 하고 싶은 말이지 네가 아니야. 김정숙이 제 욕심을 위해 너를 써먹고 있어. 김정숙은 제 가족에게 좋기만 하다면 종교와 종파 불문 닥치는 대로 다 하고 다 써먹거든. 아무 데서나 그런 것만 쏙쏙 뽑아다 써먹어. 김정숙이 너의 말을 한다면서 입을 놀릴 때, 내 눈에는 김정숙이 너를 잡아먹고 있는 걸로 보여. 김정숙은 절대로 그렇게 생각 안 할걸? 자기 입에서 나오는 말은 복순님의 지엄한 명령이니까!

그동안 계속, 요 며칠간은 머리가 터지도록 나는 너를 생각했어. 넌 뭔지, 왜 나타나서 이 북새통을 만들어놓는지. 내게 너는 언제나 첫날 엉엉 울던 너일 뿐이었어. 몇 번이나 때려치우려다가도 나는 그 너를 놓을 수 없었어. 내가 느낀 너의 슬픔은 원통함이 아니고, 서러움마저 아니었거든. 그리움이었어.

그날 김정호의 화실에 내가 꿈에서 본 용이 있다는 김정숙의 전화를 받고, 나는 많이 들어본 얘기 같았어. 전설에 등장하는 미륵님들이 하는 짓이 너랑 아주 비슷하더라고. 그 미륵님들은 우선 사람들의 꿈에 나와 얼쩡거려. 사람이 깨어나 꿈에 본 자리에 가보면 부처 석상이 쓰러져 땅에 거의 묻혀 있는데, 크게 금이 가 있든지 목이 잘려 머리통이나 몸통만 남아 있든지 처참한 몰골이기 마련이야. 그리고 안 깨졌더라도 원체 볼품없었을 거야. 그런 전설 어린 불상들은 한결같이 투박하더라. 너무 투박해서 다른 부처님이라고는 못하고 미륵이라고 했나봐. 그런데 그들은 미륵님이라면서 왜 그렇게 불쌍하고 무력하다니? 도솔천에 계시다가 장차 하생하여 뭇 중생을 구제하셔야 할 미륵이, 왜 제 한 몸 간수하지도 못하고 줘터져서 이끼 낀 채 땅에 묻혀 있다니? 그럼 그런 채로 가만히나 있지, 왜 파내달라고 비루하게 사람들의 꿈에 나타난다니? 나는 그 괴상한 미륵님들의 정체를 이제 알 것 같아. 네 덕분에. 그 미륵님들은 너야.

앞으로 마땅히 오셔야 할 당래불 미륵이, 불교에 제압되어 법당 밑에 묻힌 용들한테 오히려 동화된 거야. 그 미륵님들은 미륵이라기보다는 용이야. 그리고 용의 최근 근황이 그 깨지고 금간 미륵님들이야. 너. 그리움이란 말이 간지럽다면, 절실한 욕구라고 할까? 네가 오랜 세월 수많은 사람들의 손을 거쳐 하선생님의 농장에 와서, 너의 말을 해줄 사람을 기다렸던 끈기와 간절함.

그러고 보면 미륵 아닌 미륵, 불교 경전에는 나오지도 않는다는 미륵이 또 있었어. 그 미륵은 나도 아이들한테 더러 얘기해. 세상의 기원을 이야기하는 창세 무가에서, 미륵이 석가하고 대결해. 같은 불교의 미래불과 현세불이 싸우는 난감한 사태가 벌어진 거야. 잠을 자면서 무릎에서 꽃을 피워올리는 내기에서 미륵이 이겼으나, 석가가 그 꽃을 꺾어 제 무릎에 옮겨놓는 속임수를 쓴 탓에 미륵은 쫓겨나. 그리고 승천하여 얼굴은 해와 달이 되고, 눈, 코, 귀는 별이 되고, 배는 하늘이, 몸은 땅이 돼. 학자들은 그 미륵이 까마득한 옛날에 한반도에 있다가 불교가 들어오기 한참 전에 인간의 문명에 밀려 벌써 사라진, 창조 여신의 자취라고 한단다. 중동과 인도의 신화에서는 비슷한 신이 정복자들이 들이닥치자 흉측한 괴물로 전락하여, 아들에게 갈가리 찢겨죽었다고 하지. 복순아, 너의 계보는 신라에서 그치지 않고 창조 여신으로까지 거슬러 올라가. 네가 했어야 할 말은 무릎에서 꽃을 피워올리는 말이었어. 너는 그 말을 아직 시작도 안 했어.

복순아, 기다려. 이번에는 네가 나를 찾아왔으니 다음에는 내가 너를 찾아갈게. 지금 나는 자신조차 주체할 수가 없어. 울음이 복받치다가 어이없는 웃음이 나와. 내가 겪어놓고도 왈칵 믿기지 않는 기분이 들고, 말하면서도 스스로 의심스럽단 말이야. 내가 이제껏 한 말을 가장 회의하는 사람이 나야. 미안해, 언니라면서. 언니는 너를 잃고 싶지 않아. 그런데 너를 잃지 않기 위해 할 수 있는 일이, 지금 당장은 너를 잃는 것밖에 없구나. 복순아, 언니가 데리러 갈 때까지 기다려주겠니? 기다려줘. 잘 지내.

정숙은 아들에게서 만화책 한 질을 새것보다 비싸게 사서 내다버렸다. 또 한밤중에 차를 몰고 나가 공원의 외진 구석에서 남편의 속옷 몇 가지를 태웠다. 아들은 인터넷 경매에 내놓은 만화책을 사겠다는 사람을 만나 그 사람 칼에 찔려 죽고, 남편은 회식 끝에 혼자 들른 단골 술집에서 독살당할 거라고 복순님이 예언했다. 남편의 속옷을 태우는 것 또한 복순님이 알려준 예방책이었다. 어느 새벽에는 그녀가 잠꼬대를 했다.

"지금 당신의 시어머니가 살, 금, 살, 금 줄행랑을 치고 있습니다."

"뭐?"

옆에서 자던 남편이 깼다. 자신의 불탄 속옷은 몰라도 요즘 아내가 심상찮다는 건 눈치채고 있었다.

"15분 후에 당신의 시어머니는 건축 헌금을 3천만 원이나 냈던 그 교회 말고, 아파트 단지 앞에 있는, 새벽기도회만 나가는 교회 앞에서 날치기를 만나, 가방을 빼앗기고 차도로 쓰러져, 달려오던 차에 깔려 죽, 습, 니, 다."

"정숙아!"

남편이 잡을 새도 없이 그녀는 안방에서 뛰어나가 현관에서 신발 신던 시어머니한테 매달렸다.

"어머니! 제가 잘못했어요. 어머니가 빨리 돌아가셨으면 하고 생각한 적 있었어요. 한두 번이 아니었어요. 하지만 하도 화가 나서 그랬지 본심은 아니었어요! 다 용서해주시고 오늘만 새벽기도 가지 마세요! 저희랑 오래오래 같이 사셔야죠!"

"미쳤니? 너 그런 거니?"

안방 문간에 서서 남편이 뇌까렸다.

"주여!"

시어머니는 눈을 감고 입술을 달싹였다. 아무도 움직이지 않았으므로 감지 장치로 작동하는 현관 등이 꺼졌다. 어둠 속에서 아들의 목소리가 울렸다.

"아빠만 몰랐어."

딸깍, 마루 불이 켜졌다. 벽의 스위치를 누른 채 남편이 다른 손을 까딱거렸다.

"그래, 네가 나가. 어머닌 들어오시구요. 온 식구를 들들, 들들들 볶는 걸로도 모자라서 어째? 너 없으면 우린 안전하게 살 테니까, 제발 걱정 말고 나가. 나가!"

복순님이 다음으로 지목한 사람은 선미였다.

"방금 이선미님께서 제 보호막을 찢고 나가셨습니다. 그 분은 학원에 계셔도 마음이 저를 떠나셨습니다. 오늘 안에 그 분께서는 한강 다리에서 뛰어내려 죽, 습, 니, 다."

"안 돼요!"

정숙은 제 입을 향해 외쳤다. 즉각 선미에게 위험이 닥쳤다는 메시지를 보내놓고는 학원을 향해 과속으로 달려갔다. 그러나 학원 앞에 도착하고도 한 시간 반쯤이나 기다려서야 선미에게서 전화가 왔다.

"나 안 죽어."

"명당을 고집하지 않겠습니다."

"늦었어."

"저를 버리시면 절, 대, 로 안 됩니다!"

"복순이지? 너 때문에 전화했잖아. 왜 아직도 그러고 있니?"

"반성하고 있지 않습니까? 느껴집니다, 제 가슴이 너무나 아픕니다. 아, 전 김정숙입니다. 다시 한번 간곡히 부탁드립니다. 이선미님만이 아니라 이선미님을 낳아주시고 길러주신 고마우신 어머님……"

"또 복순이지?"

"이선미님께서 돌아가시면 어머님도 그 충격으로 쓰러져서 석 달을 식물인간으로 고생하시다가 결국……"

"복순이, 너, 닥쳐!"

순간 정숙의 입이 정말로 굳어버렸다.

"언……니."

전화기에서 선미가 해서는 안 되는 한마디가 가느다랗게 새나왔다. 정숙은 떨렸다. 자신과의 예전 관계가 드러남으로써 인간 선미가 노출되었다. 선미를 찾아 여러 차원을 휩쓸던 사기가 온통 몰려왔다.

"……난 그만할래요."

선미는 머뭇거리다 말을 이었다.

"알겠습니다. 저희가 기다리죠. 하, 하."

정숙은 어떻게든 넘기려 했으나 목소리가 메말라서 바스라지려 했다. 얼마나 했다고 엄살은! 석 달 전까지는 늘 자기가 상담역이었다. 그녀도 때로 제 입에서 나오는 복순님의 말에 언젠가 선미한테 들은 이야기가 섞여 있음을 의식했다. 그래도 선미가 그토록 아니꼬워하는 줄이야 몰랐다. 그녀 생각에는 합작이었다. 선미와 자기는 하루에도 몇 번씩 전화를 주고받았는데 누가 누구에게 영향 받았는지 어떻게 따지나. 따져서 뭐하나, 쩨쩨하게. 한쪽이 생각이 나 아이디어를 토스하면 다른 쪽이 받아 덧붙여서 다시 토스, 토스, 토스…… 복순님을 만난 것은 둘이 수년간 함께 모색하여 이룬 공동의 성취였다. 복순님은 또 토스 받아 선미와 자기에게 토스, 토스, 토스……

"모르겠어요? 아주 그만둔다구요. 다신 안 해!"

"진정하시고, 저희가 기다릴 테니까……"

"복순이는 이제 없어요. 원래 있지도 않았잖아? 후, 훗."

"기다린다구요, 저희가 기다리겠다구요! 기다리라고 하셨잖아요!"

"언니…… 다 끝났어요."

"전 어떻게 하구요!"

정숙의 내면에서 분노가 솟구쳤다.

"언니도 그만하면 되죠."

"어떻게요? 전 안 돼요, 돌아갈 수가 없어요! 이선미님이 시작하셨잖아요! 책임을 지셔야죠!"

"언니가 돌아가기 싫어하는 거예요."

"아니에요!"

"바구니, 그때 그 바구니……"

무슨 바구니! 정숙은 호통칠 뻔했다.

"우리 엄마가 병원에 입원했을 때, 언니가 문병 오면서 배를 사왔는데 비닐봉지째로 들고 오지 않고 일부러 바구니를 사서 고급스럽게 담아왔잖아요. 난 같은 병실에 있는 다른 환자들하고 보호자들한테 은근히 자랑스럽더라구. 6인실이었잖아. 공용 화장실이 멀어서 환자들은 침대에 누운 채로 변통에다 똥 싸고, 겨울이라 창문을 열어놓을 수도 없어 한 사람이 싸면 두 시간은 똥 냄새가 진동하고, 그 냄새 가시기 전에 다음 사람 똥 싸고. 그런데 언니가 들어서니까 병실이 다 환해졌어요. 바구니도 그렇고, 언니가 예쁘잖아. 우리 언니는 이런 사람이다, 우리 엄마하고 나는 이런 사람이다…… 나 그 바구니에다 물컵 같은 거 담아놓고 엄마 퇴원할 때도 집에 가져왔는데. 지금도 베란다 찾아보면 있을 텐데. 언니가 요 며칠 나더러 반말하라던 거, 새파란 무당이 노인한테 반말하듯이 하라는 거였잖아요. 날 언니 전속 무당으로 만들려고 했어. 우리 사이는 어디 가고? 그렇게 해서까지 기적을 얻고 싶었어요? 언니, 사는 게 그렇게 힘들어? 언니 꼴을 봐, 만신창이가 됐잖아!"

어헝, 선미는 울음을 터뜨렸다. 그러나 정숙은 들어줄 계제가 아니었다.

"그럼 지하상가에서 들었다는 말은 뭔데요? 농장 뒷산에서 봤다는 건요? 저희한테 거짓말하신 거 아니잖아요!"

"나도 몰라요! 내가 어떻게 알아요? 왜 내가 다 해명해줘야 되는 건데요?"

선미가 사납게 울부짖었다.

"나한테 묻지 말고 언니 스스로 판단해봐요. 그게 뭐였는지! 그리고 선택해요. 그 상태에 계속 있을지, 거기서 나올지!"

전화가 끊겼다. 정숙은 건물 2층에 있는 학원으로 계단을 뛰어올라가다 학원 문을 닫고 내려오는 교사들과 마주쳤다. 선미는 좀 전에 먼저 나갔다고 했다. 건물의 다른 문으로 빠져나가서 그녀가 정숙에게 전화를 걸었던 듯했다.

"무슨 언니가 이래? 언니라고, 자기가 언니라고 그래놓고."

정숙은 아이처럼 입술을 비죽거렸다. 그 말이 복순님의 말인지 자신의 말인지 알 수 없었다. 다음 말은 확실히 복순님이었다.

"제, 일, 한, 강, 교. 그분이 사기에 칭칭 감겨, 자기도 모르게 그곳으로 끌려가고 계십니다. 사기는 그분을 다리 난간 위로 들어올렸다가 물로 처넣을 것입니다. 물속에서도 끝끝내 내리눌러 모래바닥에 쑤셔박고, 그분의 뼈가 다 썩도록 놓아주지 않을 것입니다."

"제발!"

정숙은 차로 뛰어갔다.

"그분께서 제, 일, 한, 강, 교에 도착하셨습니다."

얼마 못 갔는데 복순님이 말했다.

"안 돼! 아, 안 돼!"

정숙은 운전대를 손바닥으로 두드렸다.

"지금 제가 사력을 다해 그분을 칭칭 감은 사기와 싸우고 있습니다."

정숙의 몸에서 기력이 진공청소기에 빨리듯 빠져나갔다. 현기증이 일고 쎄에에 귓속에서 이명이 울렸다.

"그분께서 돌, 아, 가, 셨습니다. 그분은 김정숙님의 출현을 예고하기 위해 오셨던 선지자였으며 자신의 소명을 다하고 하늘로 돌, 아, 가, 셨습니다."

"너무하잖아요!"

"너무해도 할 수 없습니다. 이 모든 일은 김정숙 님, 바로 당신을 위해 예비되었던 것입니다."

"이건 아냐!"

"네, 정말 잘하셨습니다. 저를 질책하십시오. 이, 제부, 터 저는 김정숙님을 섬기는 종입니다. 먼저 찬양을 올립니다. 아아오오……"

중지도에 차를 세우고 정숙은 양 방향을 둘러보았다. 어느 쪽으로나 길고 긴 보도에는 인적이 없었다. 쌩쌩 달리는 차들 옆으로 걸으면서 선미에게 연방 전화해도 받지 않았다. 그녀는 다리 난간을 잡고 강물을 내려다보았다. 흘러가는 검은 강물에 교각을 밝히는 색색의 조명이 비쳐 강물 속에서 커다란 응원 수술들을 흔드는 것처럼 보였다. 가상의 응원. 사랑하는데, 남편과 아들을 너무나 사랑하는데, 남편이 자기가 아니고 자기는 아들이 돼줄 수 없어서 사랑

할수록 해치는 그녀의 인생에 대한, 열렬한. 휴대전화에 문자메시지가 왔다. 선미였다.

'당신이 망쳤어 ㄷ ㅏ ㅇ 신이 다 망친 거야.'

어디 가서 술을 퍼마시고 있는지 철자가 엉망이었다.

"정신 차리십시오! 그분께서는 돌아가셨다고 말씀드리지 않았습니까! 지금 악귀가 김정숙님을 방해하려고 공작하고 있는 것입니다!"

"말도 안 돼!"

"제 말을 믿지 않으십니까?"

로또 당첨은 안 됐을지라도 복순님이 다른 방법으로 2억 원을 마련할 것임을 정숙은 의심치 않았으며, 하선생의 농장을 사기 위해 부동산 중개인을 통해 땅 주인도 접촉한 터였다. 땅 주인이 땅을 팔 의향이 있었다면 일단 빚을 얻어서라도 계약금을 걸었을 것이다. 또 복순님이 땅 주인의 마음을 돌리리라고, 오늘까지도 믿고 기다리고 있었다.

"넌 또 왜 이러니! 허구한 날 자빠져서……"

전화를 받지 않는 정호에게 욕을 퍼붓고 그녀는 걸었다. 전속력으로 다리를 건너가면서도 차 속의 운전자들은 허연 얼굴을 그녀에게 돌렸다. 저 여자 저거 혹시…… 그러나 그녀를 채 지나치기도 전에 얼굴은 정면으로 돌아갔다. 그들의 뒤통수는 그녀를 말끔히 잊었다. 다음 차가 달려오면서 허연 얼굴이 쳐다보고, 뒤통수는 외면하고, 또 허연 얼굴을 싣고 다음 차가 달려왔다. 쎄에에 이명이 끊이지 않았다.

이건 아니잖아, 선미야…… 마음속으로 선미에게 반말하고 찔끔해서 그녀는 머리를 흔들었다. 믿을 수 없었다. 남편하고 아무리 지지고 볶아도 이혼을 생각해본 적 없듯, 다툰다고 동생하고 절연할까. 일찍이 어머니를 여윈 그녀에게는 시어머니가 엄마였으며 선미는 정호만큼이나 가슴에 얹히는 동생, 여동생이었다. 여동생이라서 정호에게 못하는 말도 허물없이 털어놓았다. 결혼 생활 해본 인생의 선배로서, 홀어머니를 모신 외동딸인 선미가 결혼하는 데나 결혼하고 나서도 첩첩이 부딪칠 난관이 훤히 보였다. 사랑은 내리사랑이라지만, 계집애! 아무리 형제 없이 자랐다 해도 언니가 쏟은 정의 반의반의 반만큼이라도 응답이 있어야 할 거 아냐! 어리광도 정도껏이지, 고슴도치같이 찔러대기나 하고. 아니, 이선미님은, 그 분께서는…… 뭐?

자고로 하늘과 인간 사이에는 길이 통해 있어 일반 백성들도 오가면서 하늘에 호소하고 하늘의 뜻을 받들 수도 있었으나, 절대 권력자가 나타나서 한 첫번째 일이 그 길을 막는 것이었다. 중국 오제(五帝) 중 하나인 전욱이 백성들의 길은 끊고 하늘과의 소통을 독점하기 시작했다는 '절지천통'의 고사. 조선에서는 중종 때 조선인들이 스스로 하늘을 닫았다는 이야기도 자기가 선미한테 해줬지. 조광조 등의 신하들이 중국의 제후국인 조선의 왕은 하늘에 제사할 권리가 없다는 이유로, 자기들의 왕이 제천의식을 지내지 못하게끔 목숨 걸고 막았다. 그들은 밤낮으로 궐 앞에 엎드려 오뉴월 개구리처럼 악악댔는데, 혹시라도 중국과의 외교 문제가 불거질까봐 그런다는 말은 변죽으로라도 한마디 하지 않았다. 오로지 중국의 천자만이 하늘에 제사하고, 제후는 산천에 제사하며, 사대부는 조상의 제사를 가묘에서, 서민은 부모의 제사를 집에서 지내는 정도(正道)를 지켜야 한다는 것이었다. 가보지도 않은 주희의 무이구곡(武夷九曲)을 자고 나면 그리면서, 중국 중심의 세계관을 조선에서 중국보다 더 엄격하게 관철시켰다. 자, 너도 알겠니? 네 머리 위 하늘에 왜 구멍이 뚫렸는지? 무극, 태극, 황극! 네 신비체험의 클라이맥스야말로 내 레퍼토리의 표절이란 말이다!

"아야, 아야."

그녀의 입에서 과장된 신음 소리가 나왔다.

"이 지경에 아들이람! 이 아이를 어쩌면 좋죠? 빛 한줄기 들지 않는 이 마른 우물 바닥에서 언제 나갈지 기약이 없건만."

누군가 그녀의 입에 출연했다.

"먹어버려요! 하루 한 번 떨어지는 배급으로는 우리도 굶어죽을 지경인데, 애를 어떻게 기른단 말예요?"

또다른 누군가라는 표시로 그녀의 입술이 유난히 오물거렸다.

"내 아이를 이따위로 살게 할 수는 없어. 너무 잔인해!"

다시 첫번째 누군가.

"다리 한 짝만 나 줘요!"

오물거리는 입술.

"난 팔 한 짝만!"

성대가 눌린 듯 낮은 목소리. 세번째 누군가.

"당신이 아이를 낳으면 이 다리 한 짝을 잊지 말아요. 당신은 이 팔 한 짝을 잊지 말구요."

첫번째 누구. 정숙은 치를 떨었다. 마른 우물 속에서 자식을 낳아 먹어버리는 어머니들 이야기[2)]를 언젠가 들은 것 같기도 하고, 아닌 것 같기도 했다.

"아야, 아야. 내 자식을 이따위로 살게 할 수는 없어!"

입술이 오물거렸다.

"나 먼저!"

낮은 목소리.

"내가 준 다리 한 짝을 잊지는 않았겠죠?"

첫번째 누구.

"아야, 아야. 이 아이를 살려두면 나중에 우리가 덕을 볼지도 모르지 않우?"

낮은 목소리.

"내 자식은 죽었는데 당신 애는 산다구요? 내가 준 팔 한 짝을 내놔요!"

"내가 준 다리 한 짝 내놔요!"

우악! 귓가에서 누군가 고함을 내지른 것 같았다. 아니, 통곡한 것 같았다. 크게 웃은 것도 같았다.

여느 날처럼 선미를 지하철역 앞에 내려주고는 역으로 내려가는 그 땅딸한 뒷모습을 바라보다 눈물지은 적 있다. 평소에도 우스꽝스럽게 큰 배낭을 지고 다니는 선미가 그날따라 아르바이트 거리로 불룩한 헝겊 가방까지 양손에 들어, 지하로 가라앉는 것 같았다. 목소리가 컬컬하게 바뀌도록 학원 수업을 많이 하면서 참고서 문제를 출제하는 아르바이트까지 한다던가. 클렌징크림이라도 쓰래도 말

안 듣지, 모공에 깨알 박힌 것 같은데. 여자로서 피어보지도 못하고, 좋다고 쫓아다니는 남자가 있어보기나 했는지. 그 짐을 들고 선미가 전철 두 번 갈아타고, 전철역에서 마을버스 타고, 버스에서 내려 걷겠다니, 집까지 태워다주지 않은 게 후회됐다. 그제라도 전화해서 돌아오라고 하고 싶었다. 그러나 정숙은 아들에게 전화하여 무얼 사다주랴 물었다. 그날 아이는 아버지한테 꾸중 좀 들었다고 식사 시간에도 제 방에서 나오지 않았다. 선미 만나 그 문제를 하소연했었다.

"언닌, 나한테 너무해. 행복한 순간은 자기 식구들하고 즐기고 나한테는 나쁜 일만, 나쁜 일만……"

여관방에서 나온 푸념이 선미의 속마음이었다. 나쁜 일만, 나쁜 일만.

"그 바구니 5천 원도 안 해!"

정숙의 입이 외쳤다. 누구의 말? 선미네 베란다에 아직도 있다는 그 빌어먹을 바구니가 가슴에, 아니 목에 콱 찡겨 그녀는 목인지 가슴인지가 찢어졌다. 피를 토할 것 같았다. 그녀는 선미의 심리적 부담과 꿈의 함수관계를 알고 있었다. 부담감이 클수록 그 일에 관해 선미가 꿈꿀 확률이 커질뿐더러 꿈에서 적극성도 커졌다. 그만큼 현실로 돌아오는 효력도 커지리라고 그녀는 기대했다. 선미가 절실하게 느끼도록 얘기하다보니 마음에 상처도 냈을 것이다. 고속도로 양편의 가로등 불빛이 앞에 것부터 차례로 홀씨가 맺힌 민들레처럼 부옇게 부풀어올랐다. 그리고 한꺼번에 홀씨와 함께 녹아내렸다.

하선생의 농장은 도깨비 난장판이었다. 도깨비불들이 제각기 휙휙 뻗치고, 호를 그리다가 꺾이고, 번개형으로 이동하며 서너 군데 꼭짓점에 동시에 출현하고, 꼬리를 호르르 끌고 흘러다녔다.

"저건 김정호씨가 아닙니다."

복순님이 날카롭게 경고했다. 도깨비불들 속에서 키 큰 남자가 휘청대며 걸어오고 있었다.

"그 사람은 방금 전에 대들보에 목매달아 죽, 었, 습니다. 악귀가 그의 탈을 쓰고 김정숙님께 접근하고 있는 것입니다."

남자는 엇갈리는 손놀림으로 철망 문을 열었다. 도깨비불이 쏟아져나왔다.

"보십시오, 저게 인간입니까? 그 얼굴에 침을 뱉으십시오!"

"누나!"

술 냄새 지독한 악귀가 정숙을 덥석 끌어안았다.

"너 괜찮니?"

정숙은 힘없이 물었다.

"걱정 마! 다 잘될 거야!"

악귀의 발치에서 맴돌던 도깨비불이 인광 때문에 파란 개의 눈으로 바뀌었다. 이어서 모든 도깨비불이 날뛰는 개들의 눈으로 바뀌었다.

"너나 제발 잘 살아!"

정숙은 허탈하게 웃고는 난생처음으로 동생의 가슴에 얼굴을 묻고 훌쩍대기 시작했다.

"네 화실에 대들보 있던가? 없지? 요즘 건물에 대들보가 어딨어!"

"그 돌 깨부숴버렸어."

"정말?"

"깨부숴버릴게."

"뭐가 잘못된 거지? 나 어쩌면 좋아?"

"내가 있잖아!"

"정호야, 우리 왜 이렇게 됐지?"

복순님이 말했다.

"아주 잘하셨습니다. 당신은 모오든 시험을 통과했습니다!"

5장

미리가 쟁반에 새 재떨이를 가득 담아 탁자마다 돌아다녔다. 콧등에 땀까지 배어 있다. 제 앞의 재떨이를 정호는 밀어놓았다.

"너 왜 그래?"

"돈 주잖아요."

그녀는 기다란 손가락으로 새 재떨이를 포개면서 밑에 있는 원래 것을 빼내갔다. 좀더 보고 싶은 날렵한 손놀림인데, 그녀의 눈길이 정호가 읽고 있던 고색창연한 문고판 책에 떨어졌다.

"완전 멋지다!"

그녀가 쟁반을 한쪽 골반에 받친 채로 머리카락을 귀 뒤로 넘기며 책을 들여다보았다.

"아서라, 틀린 글자가 너무 많아."

"책에?"

그녀는 표지를 들추어보더니 제목은 안다는 눈매를 지었다.

"또 뭘 마실까?"

재떨이를 다 갈고 돌아온 그녀에게 그는 칵테일 메뉴판을 내밀었다.

"한잔 마셨으면 됐어요, 진짜 그럴 거 없다니까요. 좀만 참으면 소주 사줄게요."

그녀는 안 보여주겠다는 듯이 메뉴판을 가슴에 끌어안고 탁자 옆에 쪼그려 앉았다. 긴 치마를 입은 탓에 무릎은 모으고 발은 컴퍼스처럼 벌려 무척 불편해 보였다.

"잠깐 앉아."

정호는 옆 의자를 턱짓했다.

"안 돼요. 규칙이에요."

"그럼 서 있든지."

"안 된다니까요, 돈 받잖아요. 그림 언제 보여줄 거예요?"

다른 종업원들도 주문을 받을 때 쪼그려 앉지만 그녀가 유독 공손한 듯싶었다. 손님의 주문을 일일이 되뇌고 고개를 끄덕이면서 주문서에 표시했으며, 곧잘 매니저에게 달려가 뭔가를 확인해와서는 도로 쪼그려 앉아 길게 설명하곤 했다. 매니저도 그녀를 칭찬한다 했다. 종업원이 쪼그려 앉는 이유는 손님하고 눈높이를 맞추기 위해서일까? 그러나 종업원의 눈이 너무 낮았다. 손님을 강아지처럼 올려다보며 미리는 탁자 가장자리를 어루만지기도 했다.

"한번 올래?"

"앗싸! 근데 할아버지한테 인사해야 돼요? 뒷문으로 몰래 들어가면 안 되나?"

"왜? 할아버지 싫어?"

말로만 듣고도 그녀가 하선생의 팬이 된 줄 알면서 그는 이죽거렸다.

“할아버지 좋아, 좋아! 그래도 난 나이 든 사람 앞에 있으면 어쩔 줄을 모르겠다구요.”

“인사는 해야지. 잘됐다, 진도 안 나가는데 네가 와서 모델 해.”

“안 돼요!”

“옷 입은 채로, 벗으라는 게 아니고.”

“어떤 식으로든 내 머리카락 한 개라도 김정호씨 그림에 나오는 순간 끝이에요! 끝장이야! 내가 지구 끝까지 쫓아가서 칼로 캔버스를 그어버린다니까요!”

파르르 떨리는 그녀의 입술을 내려다보다 그는 팔짱을 끼었다.

“안 그려, 안 그린다구. 여자들은 그림 그려준다면 다 좋아하던데 넌 왜 그러냐? 내 그림의 머리카락이 네 머리카락이 아니라는 건 어떻게 증명해야 돼?”

“농담 아니에요!”

그녀는 일어나서 거만하게 메뉴판을 탁자에 절반 걸쳐놓고는 돌아서버렸다.

“맥주 두 병! 응?”

평소에 그녀는 화난 얼굴이었다. 정호를 만나러 약속 장소에 들어설 때는 한 대 치러 오는 사람 같았고, 가끔 입 다물고 있으면 마주 앉아 있기가 부담스러울 정도였다. 어느 외국 밴드를 광적으로 좋아해서 끼니를 주로 삼각김밥으로 때우는 주제에도 그 내한 공연에 십몇만 원씩이나 내고 가기도 했다. 가사를 알아듣느냐고 물었다가 정호는 멸시당했다. 이야기를 하다보면 뜬금없는 것들이 그녀가 아주 좋아하든지 너무 싫어하는 항목에 들어 있어서, 그는 포상과 징벌이 불시에 뒤바뀌는 실험실의 실험동물이 된 기분이었다. 만난 지 2년이 넘은 지금까지 감이 안 잡혔다. 첫 만남부터 그랬다.

단체전이 열린 화랑 건물 앞에서 그들은 마주쳤다. 그녀는 친구따라와서 전시회를 보고 나오는 길이었다. 그의 후배이기도 한 그 친구가 그에게 알은체하자 그녀는 오던 걸음을 멈추었다. 투명한 벽에 부딪치기라도 한 것 같았다. 더욱이 돌아서서 고집스레 반대 방향을 쳐다보았다. 고양이가 개하고 맞닥뜨린 듯 적대감마저 느껴졌다. 정호와 그녀 사이에서 어정쩡하게 돼버린 친구는 그하고만 얘기했으며, 정호도 그녀에 대해서 묻지 않았다. 혼자 떨어져 있게 놔두는 친구의 태도로 보아 그녀가 얼굴에 뭐라도 났든지 해서 사람을 피하는가 싶기도 했다. 그런데 그곳을 떠나면서 친구가 그녀에게 그가 전시회의 어떤 작품을 그린 작가라고 소곤거리는 듯하더니, 그녀가 험악하게 돌아는 것이었다. 그따위를 그림이라고 그리나, 왜 저런 인간이 살아 있나, 이쯤으로 보였다. 그날 뒤풀이 자리에 없던 그녀가 심야에 3차부터 어른거린 것 같고, 해뜰 녘에 어쩐 일인지 그와 둘이서 고주망태로 거리를 헤매고 있었다.

"개 술 잘 안 먹는데, 먹으면 갈 데까지 먹고 필름 끊어져요. 제 정신으로는 낯 되게 가려요."

친구라는 녀석은 회의적이었다. 그러나 그녀는 그를 기억했다. 반년도 지나서야 그는 알았으니, 첫 대면에서 그녀의 고약한 찌푸림은 그의 그림이 그나마 봐줄 만했다는 표정이었다. 혼자 멀찍이

서 있던 것 또한 지인들끼리의 대화를 방해하지 않으려는 갸륵한 배려! 그의 그림이 그나마 봐줄 만한 이유는 '꼴통' 같은 면이 있어서이고 못마땅한 이유도 말로 하면 똑같고, 굳이 설명하자면 '거칠'과 '까칠'의 차이이고, 그가 암만 들어봐도 이번의 '까칠'은 저번 설명에서는 '거칠'이었으며 저번의 '거칠'이 이번 '까칠'이기 마련이었다. 그런 내색하면 다시 뒤집히고 또 뒤집히다 데이트는 파장 났다.

데이트도 그녀가 혐오하는 단어이며, 제 친구의 까마득한 선배인 그를 선생님도 오빠도 아닌 김정호씨라고 꼬박꼬박 부르면서 얻어먹지 않고 비용을 분담하려고 했다. 이런 저런 패거리와 어울려 회의도 잦고 행사도 많은데, 그녀는 어디까지나 후원 회원, 외부 기획자, 친구, 심지어 구경꾼임을 주장했다. 정식 회원으로 가입하지는 않고 거리를 두고 있음이 중요한 듯했다. 또 그가 간간이 듣기로는 어째 이름이 죄 별명인 같은 인물들이 이 모임에서나 저 모임에서나 설치는 것 같건만, 미리는 절대로 하나의 패거리가 아니라는 점을 강조하려 들었다. 관심 사안이 겹쳐서 함께 자주 일할 뿐 각 패거리들의 생각이 약간씩 다르다는 것이었다.

"그 사람들은 뭘 해서 먹고살아?"

어쨌거나 그는 궁금했다.

"학원 선생, 학원 선생, 학원 선생, 출판사 직원, 취업준비, 학원 선생, 대학원, 취업준비, 학원 선생……"

"웬 학원 선생이 그렇게 많아?"

"어쩌란 말이에요, 웬만한 대졸 여성이 취직할 데가 학원밖에 더 있냐구요."

세계화 반대 시위에 가서 인간 띠를 맺고 아스팔트에 드러눕기도 한다는 그들과, 부모의 경제력으로 자식의 입시 합격률을 높이는 사교육의 선생이 잘 연결되지 않긴 했다. 그러나 정호의 초점은 그게 아니었다. 그러면 그렇지!

"다 여자였어?"

"다는 아니고, 많긴 하죠."

"너도 이제 아르바이트로 때워나갈 나이는 지났어. 장기적인……"

"내가 김정호씨 인생 인정 안 한 적 있어요? 근데 왜 김정호씨는 내 인생 무시해요? 사거리마다 다 있는 엘지 대리점의 꽃자주색 간판을 볼 때마다 김정호씨가 경기를 일으켜도, 난 그런가보다 해줬잖아요. 살 것도 아니면서 왜 편의점에서 포도주 병을 들었다 놨다 하면서 세상을 저주하는 거예요? 가격을 알바생이 책정하나? 내가 편의점 알바할 때 만났으면 죽었어!"

서머싯 몸의 『달과 6펜스』, 그녀는 그 책만이 아니라 정호 세대가 청소년기에 아주 날라리만 아니라면 필수로 읽었을 대부분의 책들을 읽지 않았다. 요즘 젊은이들의 교양은 다른 것들로 채워지는 듯했다. 그가 그리 이사 다니면서도 화가에 대한 소설이라 버리지 않았지 싶은 그 누렇게 변색된 문고판은 깨알 같은 글씨로 된 세로 인쇄이며, 고등학생이나 중학생이었을 정숙이 그어놓은 줄이 곳곳에 있었다. 다 클 때까지 정호의 독서는 누나가 용돈 아껴서 주로 문고판 헌책으로 채워가던 책꽂이 안에서 이루어졌다. 그 시절 도서관이란 학교에밖에 없었고 학생들로부터 기증받은 장서가 헌책방보다 못한데다, 대출도 해주지 않았다. 단발머리 양끝이 양쪽 뺨의 보조개를 콕 짚도록 고개 숙이고 누나는 별의별 구절에 줄을 그었다.

'고생은 대개의 경우 사람을 더 마음이 좁고 앙칼지게 만들 따름이다.'

이름 석 자 말고는 번역자에 대한 소개가 일절 없는 그 책은 기발했다. '더어크 스트루우브'라는 주인공의 이름이 후반에는 '다아크 스트루우브'로 변하고, 적도의 섬에서 주인공을 돌봐준 뚱뚱한 여자는 '티아레'이다 '피아레'이다 하고, 미켈란젤로의 천장화가 있는 이탈리아의 시스티나 성당을 '시스틴'이라고 하려 했던 듯하나 '시스린'으로 인쇄되어 있는 등. 사람이 방에서 복도로 나왔다가 도로 방으로 돌아가는데 집밖에서 집 안으로 들어가게 되는, 에스허르의 그림 같은 장면마저 있었다. 감안해서 읽으면 대충 줄거리를 따라갈 수야 있었다.

누나가 구입할 당시에도 이미 헌책이었던 출간 연도를 고려하면 "여보 조용히 해주어요, 난 나갈 테야요" "요것 보아" 같은 신성일과 엄앵란 식의 말투나 문체야 당연했다. 내내 존댓말하던 사람이 갑자기 말 까고 그 반대이기도 한 혼란도 실수려니 넘어가줄 수 있었다. 요즘 같으면 '원주민 처녀'라고 번역할 것을 '토인의 계집애'라고 한다든가, 일본어 번역을 몰래 우리말로 옮긴 중역이 뻔하건만 '역주'가 버젓이 있어 과연 누구의 주석인지 궁금케 하는 것도 귀엽게 여겨줄 수 있었다. 역주 중에는 왜 그러고 싶었는지는 모르겠으나 과감히 선언한 것도 있었다.

'스웨덴이라 아무튼 혼란한 틈을 타서 이익을 찾는 데는 귀신같은 사람들이다.'

그럼에도 불구하고 몇 번을 읽어도 알 듯 말듯한 문장들 또한 너무 많아서, 읽을수록 자신감은 떨어지고 책을 든 손이 종종 발작적으로 벽을 향해 스냅을 주려 했다. 그는 중학교 때 한 번 읽은 이 소설에서 그림을 묘사한 부분들을 자기가 아직도 뚜렷이 기억하고 있음을 깨닫고 놀랐는데, 그 묘사는 중년에 다시 읽어도 모호했으며 제 뚜렷한 기억은 엉뚱했다. 그게 도리어 재미있어서 책을 하선생의 땔감으로 기증하려고 마지막으로 들춰보다가 처음부터 다시 읽게 되었다.

'군청, 그건 마치 정교하게 아로새긴 유리의 주발과도 같이 불투명하면서 신비스런 생의 맥동을 암시해주는 듯한 미묘하게 떨리는 광택에 빛나고 있었다.'

이를테면 작가가 마음먹고 필력을 발휘한 듯한 이 구절은 첫눈에는 '군청은 유리 주발과도 같이 광택에 빛난다'로 읽힌다. 그러나 '불투명하면서'가 걸린다. 불투명한 것은 '불투명하면서 신비스런' 생의 맥동일까? 맥동이 불투명하다? '불투명하면서 미묘하게 떨리는 광택'인가? 불투명한 광택? 역시 납득이 잘 안 된다. 그럼 유리 주발? 재질이 유리라면서 불투명하다고? 그렇다 친다면, 이 구절은 '군청은 유리 주발처럼 불투명하다. 그리고 미묘하게 떨리는 광택에 빛난다'는 뜻이 된다. 그런데 암만해도 유리 주발의 광택을 머리에서 떨쳐낼 수가 없는 것이다. 이 구절이 정호의 기억에는 정교한 무늬가 있는 반투명한 군청색 유리 주발, 그 가장자리라든가 도드라진 무늬의 반짝임, 노골적으로 드러내지 않고 암시만 하려고 창문의 커튼을 5분의 4쯤 쳐서 어둑한 빛, 반투명한 유리가 반유동화되는 미묘한 떨림, 심장의 박동을 나타내는 의료기기의 점 따위가 합성된 동영상으로 남아 있었다. 군청색 유리 주발의 유리가 후르르 떨리며 젤리가 되고 점은 혜성처럼 검은 화면을 가로지르며, 커튼은 닫힌다.

'무슨 고민의 상을 띤 공상이 이 과일들을 만들어주었다고 그 누가 말할 수 있으랴. 아마도 그것은 헤스페리데스 그 과일들은 마치 이 세계의 모든 사물이……'

빠진 것이 분명한 마침표를 '헤스페리데스' 다음에 찍어준다. 이후 '그 과일들은 마치……'는 꽤 긴 별도의 문장이기 때문이다. 그러고 나서 보면, '아마도 그것은 헤스페리데스'의 '그것은'은 무엇일까? 이 과일들을 만들어준 '무슨 고민의 상을 띤 공상'인가? 무슨 고민의 상을 띤 공상은 헤스페리데스이다? 공상은 헤스페리데스이다, 그리고 그 공상은 무슨 고민의 상을 띠었다, 그런데 '무슨 고민'은 어떤 고민? 또는 '무슨'이라는 의문사와 답 '헤스페리데스'를 연결시켜, '헤스페리데스의 고민의 상을 띤 공상이 이 과일들을 만들어주었다'로 이해해보자. 그렇다 해도 '헤스페리데스의 상을 띤 공상'도 아니고 '그의 고민의 상을 띤 공상'이라니, '고민의 상'은 어떤 형상이고 그 형상을 공상이 어떻게 띤다는 말인가? 정호의 기억에 이 구절은 아마도 헤스페리데스일 그리스 조각의 모습으로 박혀 있었다. 흰 대리석 조각이 '그 누가 말할 수 있으랴'의 '누구'가 되어 팔을 뒤로 뻗어 무엇인가를 가리키며 몸은 앞으로 향한 채, "저

것이 이 과일들을 만들었다!"고 입을 크게 벌려 고자질하고 있었다.

어렸을 때는 제 무식을 탓하며 그 배배 꼬인 오역들을 꾸역꾸역 읽었다. 읽을 때의 긴장과 고역의 강도를 상기해보면 당시 문고판들은 대개 이 『달과 6펜스』 못잖았던 듯했다. 그가 아는 세계 고전문학은 주로 청소년기에 누나가 쳐놓은 줄들을 한 번쯤 더 새기며 읽었던 그 문고판들이므로, 그는 원본과는 상당히 다른 작품들로 구성된 세계 고전문학을 머릿속에 담고 있는 셈이었다. 아마도 그것은 누나와 그만의 세계 고전문학. 어쩌면 그 세대의, 오해하고 오독한 세계 문학사. 책이라 하면 완벽하게 교정, 교열된 것만 봐서 책에 오자가 있을 수 있다는 것조차 모르는 미리 세대에게는 설명할 수 없고, 할 까닭도 없는. 몇 번이나 도전했다가 실패한데다 표지가 예뻐서 버리지 않았던 노벨상 수상 작가 '소울 벨로우'(요즘 표기로는 솔 벨로)의 『오우기 마아치의 모험』(요즘 표기로는 『오기 마치의 모험』)도 최근에 다시 들쳐보았으나 영원히 포기했다. 그 책의 오역은 첫 몇 장을 읽는데도 한숨이 푹푹 나고 사지가 뒤틀리는, 형틀 수준이었다. 그것마저 끝까지 다 읽고 꼼꼼히 줄 쳐놓은 과거의 단발머리 누나를 그는 동정했다. 그녀는 고등학교 졸업하고 두 살 터울인 남동생을 대학에, 그것도 미대에 보내기 위해 취직함으로써 형틀에서 놓여났다.

자신은 대학 가서 좀더 센 것들을 만났다. 신입생 시절 동아리에서 한 주에 서너 권씩 읽은 사회과학 서적들도 '종합'이 '총합'이고 '해야만 한다'는 '하지 않으면 안 된다'인 일본어 중역이었다. 대개 논문 모음집이고 번역자는 그 책을 낸 출판사의 '편집부'라고 되어 있는데, 필시 편집부 직원 아닌 몇 사람이 아르바이트 겸 나눠 번역했으며 편집부는 대조할 새도 없이 급히 출간한 티가 역력했다. 책 한 권이 스테인드글라스 같았다. 가령 세미나를 해야 하므로 가까스로 책을 다 읽고 나면 앞에 나오는 '카지크'라는 동유럽의 정치경제학자와 뒤의 '코징'을 동일인으로 추정하게 되지만, 각 논자가 그의 주장을 어떤 점에서 찬성하고 반대하는지는 학생들끼리의 세미나로 정리 안 되고, 번역자'들'은 일단 그 번역서부터 출간해놓고는 자기들도 세미나를 하려고 했으나 아직 안 했을 것 같았다. 세미나가 끝나고 책을 가방에 넣자마자 카지크인지 코징인지가 도대체 왜 문제였는지 기억나지 않았다.

어떤 책에서는 처음부터 끝까지 'GM'이란 것이 몹시 사악하고 위험한 존재로 숱하게 언급되었으나 아무런 설명이나 암시마저 없었으므로, 세미나에서는 그것을 찾아 헤맸다. 그들이 불안에 떨며 잠정적으로 결론을 내린 바는 GM이 '세계 자본주의 체제'와 유사한 뜻을 가진 영어 복합어의 약자가 아닐까 하는 것이었다. 세계 통화(Global Monetary)? 보다 은밀한 세미나에서 다국적기업 '제너럴 모터스(General Motors)'가 비슷한 맥락으로 등장하여 그가 그 GM도 이거였나보다 추측했을 때는, 그 책으로 초보 세미나를 했던 예전 회원들은 뿔뿔이 흩어진 뒤였다. 추측일 뿐이었다. 누가 알랴? 그 책의 번역자들 중 아무도 GM이 무엇인지 명확히 몰랐다는 것만은 장담할 수 있었다. 요즘도 제너럴 모터스라는 말을 들으면 그는 한국 어느 대기업의 자동차 회사를 합병한 지도 한참 된 그 기업과는 아무 관계없이, 폭탄에 찍힌 제조번호 같은 것이 떠올랐다. 그가 일찍이 몸서리치며 내다버린 그 사회과학 서적들의 대표를 겸하여, 표지 예쁜 『오우기 마아치의 모험』은 하선생의 땔감으로 장렬하게 산화했다.

일을 마치고 나온 미리는 참았던 담배부터 물었다. 철 지난 군밤 장수 털모자를 덮어쓰고 신발은 철 너무 이른 샌들이었다. 자정도 넘어 사람으로 미어지는 골목을 그들은 방정맞은 간판 불빛에 물들며 천천히 걸었다. 오랜만의 퇴폐적 분위기가 정호에게 달았다. 둘은 희한하도록 똑같은 것도 있었다. 북한의 매스게임이 언뜻 TV뉴스에 지나가면 그는 바둑돌을 한 움큼 삼킨 느낌이 드는데, 그녀도 바로 그렇다 했다. 그는 검은 돌, 그녀는 흰 돌. 월드컵 때 시청 앞 광장을 메운 붉은 티셔츠의 군중은 그에게 뚜껑 덮지 않은 연탄 화덕을, 그녀에게는 타로 카드 중에서 연못에 오리와 함께 정체 모를 드럼통이 떠 있는 카드를 연상시켰다.

서울 시내에서 대표적인 유흥지 중 하나, 여기도 그에게는 지린내 나는 기억으로 얼룩져 있었다. 승차를 거부하고 달아나는 택시에 매달렸다가 넘어져 이빨에 금 가고, 술집이 들어 있는 건물의 복도에서 화장실을 찾다 다른 음식점에서 식히려고 내놓은 카레 솥을 엎고…… 후배들을 패기도 했는데 공교롭게도 다 '뜨는' 후배들이었다. 김정호도 박력 있더라고, 목격자들이 그랬다. 화폭에서 박력 없는 그가 질투로 후배를 팰 때는 박력 있었다. 화실을 하선생의 농장으로 옮긴 후로는 또, 작품 하겠다고 시골에 칩거하여 더욱 맥 빠진 적지 않은 선례를 착실히 따르리라는 기대를 한 몸에 받고 있었다. 초반에 한동안은 미리의 전화 말고는 오는 전화들이 거개 반갑

잖건만 막연히 전화를 기다리게 되었다. 일주일에 한두 번 전화가 울려야 주로 미리이고 간혹 누나인, 요즘의 적적한 생활이 원래 그의 것이었다.

"너랑 가면 나도 이런 데 들어갈 수 있을까?"

보도블록이 들썩거리도록 댄스곡이 울려나오는 클럽 앞에서 그는 걸음을 늦추었다.

"가요!"

"얼마 전에 약속들 사이에 시간이 떠서 한번 들어가보려고 했어. 네가 어떻게 노는지 알고 싶어서. 문간에서 웨이터가 막는 거야. 이유를 설명하지도 않아, 그냥 안 된다는 거야. 오기가 나서 내가 안에 만날 사람이 있으니 잠깐 들어가서 데리고 나오겠다고 했어. 분위기만 알면 되니까. 씨알도 안 먹히더라. 두 놈이 나와서 나를 양쪽에서 달랑 들어갖고……"

"나 죽어!"

미리는 배를 싸쥐고 고꾸라지려다 그의 어깨에 매달렸다.

"나 좀 젊게 보이지 않냐?"

그는 한껏 귀엽게 입술 양 끝을 치켜올렸다.

"내가 가는 덴 이런 데 아닌데."

좌식 자리가 야박하게 좁아서 허리에 힘을 빼기만 해도 뒷사람과 척추가 부딪쳤다. 번쩍거리는 쿠션이 옆구리를 받쳐주지 않고 미끄러져 그는 양반다리를 하고 앉을 수밖에 없었다. 가운데에 무대 시늉으로 마련해놓은 작은 터는 어림없어서 대개들 탁자 사이에서 용케 몸을 흔들고 있었다. 그에게는 지루한 음악이었다. 같은 리듬이 한없이 이어지다 터지는 듯 클라이맥스가 있고 갑자기 침묵, 또 같은 패턴이 반복되었다. 미리는 그를 일으켜 세우기는 했으나 저도 멋쩍은지 마주 보지 않게 몸을 돌려놓았다. 그리고 옆으로 나란히 서서 술잔을 든 채 엉덩이를 흔드는 둥 마는 둥 했다. 또래들과 왔다면 그녀가 흥이 났을 것을 제 탓인가 싶어서 정호는 노력해보지만, 클라이맥스는 멀고 단조로운 리듬 중이라 건강체조가 되어갔다. 띠동갑 남녀에 대한 젊은 애들의 시선이 지레 걱정돼 그는 주위를 둘러보았다. 커다란 사람들이 쳐다보고 있었다. 벽에 어리는 춤추는 군중의 그림자 위로 우뚝 솟은, 벽에 가장 가까이 뻘쭘하게 서 있는 둘 자신의 머리통 그림자. 그들이었다. 마애불 중에서 드물게 한 쌍인 경기도 파주의 쌍미륵. 바위 벼랑을 몸체로 하고 불두를 따로 새겨 얹어놓은 고려시대의 거불(巨佛). 울창한 숲에서 생뚱맞게 고개를 쑥 내민 찢어진 눈, 우뚝한 코의 새하얀 두 얼굴.

그것은 이마에 땀이 흐르는 어린 소년이 뛰어서 지나간 후에야 느껴지는 공기의 떨림 같은 것이었다. 오랫동안 굳게 닫혀 있던 문이 절로 딸깍, 문설주에서 손톱만큼 벌어지면서 방이 들이쉬는 숨 같은 것. 민물과 바닷물 혹은 한류와 난류가 만났을 때 그 경계선에서 순식간에 오고 갈 섬세한 침해 같은 것.

경북 영주 흑석사의 마애삼존불은 가운데 본존불이 어깨까지만, 좌우 협시보살은 목까지만 얕게 새겨져 있었다. 비율로 보아 처음부터 전신을 새기지 않고 어깨 밑은 맨 바위로 남겨두려 했다. 세 얼굴이 저마다 귀를 늘어뜨리고 동동 떠 있는데, 보살의 삼산관(三

山冠)이 찌그러져 보이도록 선이 살아 있었다. 얼굴들은 바위에서 내다보았다. 그런 형상이 본디 바위 안에 있다가 인간의 적절한 손길로 드러난 것마저도 아니고, 안에서 밖으로 나오는 중이었다. 조각이라서 가지는 입체감과는 또 다른, 고요히 밀고 나오는 힘이 있었다. 눈에는 눈동자 없고 입에는 미소 없는 세 불두는 밋밋한 뺨은 물론이요 아직 바위 속에 잠겨 있는 신체의 어느 부분에도 힘을 주지 않았을 텐데도, 도로 밀어넣을 수 없게끔 완강했다. 막 얼굴을 밖으로 내밀었다는 흥분도 없고, 바위 안에서 표면으로 꾸준히 접근하던 이전과 같은 성실함으로 세상을 바라보고 있었다. 본존의 활짝 뜬 빈 눈에는 정시의 시선이 뚜렷했다. 바위에서 나오는 것이 그들의 본성이었다. 바위의 안쪽 또는 바위 저편에 충만한, 자기가 서 있는 이쪽을 향한 욕구를 정호는 느꼈다. 마음이 편해졌다. 그리고 그 장소에 감도는 미묘한 인력을 감지했다. 그로 인해 모든 것, 마애불 앞에 따로 하나 더 있는 석가여래 좌상과 그 앞의 향로와 촛대들, 자기 자신, 저 아래 계단참에 근래 놓아졌을 조악한 돌사자들까지 조금씩 위치를 바꿀 듯한. 허공도 휠 듯한.

군대 갔다 오니 작품에 몰두할 수 있는 분위기가 무르익어 있었다. 3년 사이에 파종되고 조속히 숙성되고 또 농익어, 떨어지려는 것 같았다. 다급히 화폭에 달려들어 족히 그 두 배는 되는 세월을 씨름하고 그는 깨달았다. 그럴 게 없었다. 대학생 때는 예술가 지망생 이전에 시민으로서 의무가 급했다. 더구나 미대 민주 학우는 희소했기 때문에 그는 학교 정문 옆에 세워놓은 다음날 압수당한 장

승을 새기고, 시위의 깃발과 플래카드를 만들고, 농성장을 쫓아다니며 선동화를 그려주느라고 제 그림 그릴 새가 없었다. 그리고 정작 예술가 되니 그리고 싶은 게 없었다. 붓끝에서 나온다면 제가 나고 자란 도시 변두리 풍경인데 그리면서 지겨웠다. 그도 술자리에서 들뢰즈니 라캉을 들먹였다. 세계 미술 시장이란 것도 국내만큼이나 수준 이하라고 미리 자위하고, 인지과학을 공부해보고도 싶고, 연애하고 싶은 여자가 있었다. 시대만이 아니라 그 자신이 당연히 달라졌고 달라지고 있었다. 그러나 그림으로서는 아무것도 떠오르지 않았다. 어렸을 때부터 그림만 그렸으며 어떤 스타일이라도 구사할 자신이 있건만, 할 짓이 없었다. 제게 마지막 기회를 주려고 하선생의 농장으로 작업실을 옮긴 후에도 캔버스 앞에 서면 흰 지옥이 보였다.

"집에 가자."

재작년 목포에서 선미가 욕설보다 더한 침묵을 차 안에 던져놓고 사라지자, 그는 정숙에게 말했다. 그도 밥 생각이 없었다. 귀로에 올라 차 안에서 셋이 묵묵히 앉아 있게 되면 그녀가 애긇이며 변명으로 치달을 것이므로, 그전에 짬을 두려고 음식점으로 향했을 뿐이었다. 선미가 가버려 다행이나 그렇다고 남매간에 한창 좋은 유달산을 산보할 상태는 여전히 아니었다.

"지금 가면 가다가 퇴근 시간에 걸려 차 막힐 텐데? 이제부턴 내가 운전할게."

그녀는 안전띠를 풀고 자리를 바꿀 채비를 했다.

"그 꼴로? 넌 네 자신한테 왜 그렇게 막 하냐?"

말해놓고 보니 저도 역시 그녀를 연거푸 윽박지르고 있는데다 또

갖은 말이 줄 서서 치밀어오르고 있었다. 그녀가 벌써부터, 어쩌면 골동품 상점에서 돌을 빙자한 귀신이 잠잠해진 직후부터 생각하고 있었을 행선지를 알렸다.

"수산시장. 여기까지 와서 말린 어란이라도 사가야지."

누구보다 먼저 생활로 복귀한 것이었다. 둘은 어시장을 누비며 양손에 비닐봉지를 늘려갔다. 그녀는 상인들과 흥정하고 저울도 눈여겨보았으나 뒤늦게 눈두덩이 꺼지면서 점점 거뭇해져갔다. 가까운 바다에서 자동으로 뽑아져 올라온 바닷물이 횟감으로 비좁은 계단식 수족관들을 위에서부터 순서대로 채우고 넘쳐서, 하수구로 콸콸 빠져나갔다. 바짓가랑이가 눅눅해졌다. 그동안 그녀가 귀신이라는 허상을 내세워 내뱉고 저질렀던 터무니없는 말과 행동들이, 볼보이가 모아서 던지는 야구공처럼 되돌아와 둘을 때렸다. 물기 어린 타일 바닥에는 타일 하나마다 분주한 발자국이 끊임없이 새로 찍혔다. 북적대는 사람들이 저마다 말끔한 얼굴로 남모르는 무엇에 난타당하고 있었다.

서로 웬만해서는 대면 않는 매형이 얼마 뒤에 정호에게 전화했다. 둘은 정숙을 정신병원에 입원시키는 문제를 상의했다. 남은 귀신의 말이 있으면 그 수산시장의 수족관 밑마다 하나씩 있는 그 많은 하수구에 흘려보냈으면 좋았을 것을, 그녀는 오락가락하더니 폭주해버렸다. 몇몇 친지에게 전화해서 당장 뭘 하라거나 하지 말라면서 이유를 횡설수설하고, 급히 친구를 불러내서 친정 선산으로 안내하라 하고, 고교 은사를 졸업 후 처음 찾아가서는 집을 급매하고 이사 가라고 떼를 쓰기도 했다. 정호가 들은 게 그 정도이니 실제로는 훨씬 더했을 터였다. 아슬아슬하게 그녀는 멈추었으며, 그는 누나를 붙들어준 매형이 고마웠다. 의사한테 물어볼 필요도 없이 누나의 병은 화병, 국제 의학계에도 '화병'이라는 우리말 병명으로 등록되었다는 한국형 여성 질환이었다. 참고 산 중년여성들이 흔히 걸린다지만 그녀를 참아야 하는 그 집안사람들도 만만찮게 앓고 있을 것 같았다. 제 누나가 욕심만 드글드글, 얼마나 황폐한지 그는 그 소동으로 비로소 알았다.

전부터 그녀가 어디 가서 듣고 왔다는 소리들을 들어보면 태반이 협박이었다. 조카 민기의 사주가 나쁘다든지 그 아버지 사주하고 안 맞는다든지, 삼재니 살이니 충이니, 하다못해 시집 장가 못 가고 죽은 일가친척이니 집밖에서 들어온 한 서린 물건이니. 언제 점을 보든 그 일가족의 앞길에는 무슨 연유로건 지뢰가 있었다. 그러므로 점을 볼수록 지뢰가 늘어 지뢰밭이 되어갔다. 과거에는 과학이었던 점이 과거에도 그렇게 비과학적이었을까? 그녀가 유난히 집착하는 명당이란 것도 정호가 알기로는 본래 땅을 살아 있는 유기체로 보고 존중하는 자연친화적인 사상이었다. 하지만 그녀를 거쳐오면 후손의 부귀영화를 위해 남보다 먼저 명당을 선점해야 한다는, 투기의 지침으로 뒤집혔다. 게다가 자기나 명당 찾지, 왜 신경 안 쓰고 살려는 남까지 겁주느냐 말이다. 그녀에 따르면 수맥이 흐르거나, 사람이 비명횡사했거나, 공사를 잘못해서 동티가 난 땅에 살면 우환이 생기고 병에 걸린다는 것이었다. 그럼 제주도는? 4·3항쟁으로 도민들이 얼마나 많이 학살당했는데. 지리산 부근은? 다리가 폭파돼서 피난민들이 떼죽음한 한강 부근은? 6·25전쟁을 치른 우리나라에서 사람이 비명횡사하지 않은 땅이 얼마나 있을까? 땅은 덫이고 징벌이며, 인간과 적대관계였다. 사람이 땅에서 벗어날 수가 있나? 정호는 그런 무시무시한 얘기는 듣다, 듣다 처음이었다.

한동안 그녀도 자숙하느라 나타나지 않는데, 그는 화실 한쪽 벽을 아예 못 쓰도록 가운데 떡 버틴 그놈의 돌덩이를 보고 살아야 했다. 문득 보였다. 그녀가 애초에는 용이라 했다 나중에는 미륵, 메신저, 우주목까지 갖다붙였던 돌도 레퍼런스가 있었다. 산속의 자연석에 새겨져 있는 불상, 마애불이었다. 그러나 무엇이라 칭하건 그녀에게 돌덩이는 귀신이었다. 제정신으로는 드러내기 수치스럽고 스스로도 싫지만 떼어내버릴 수 없고 안 들여다볼 수도 없는, 자신의 환부나 치부 같은 것이었다. 그녀는 치부 같은 과거에 미래를 문의하면서 맴돌았다. 그녀로서는 암만 다니며 돈 내고 온갖 협박 들어봤자 성에 안 찰 것 같았다. 미래도 치부같이, 지독한 사건들이 득시글거려야만 믿음이 갈 테니.

도록을 들춰보니 전국 어느 지역에나 멀게는 신라시대, 가깝게는 조선시대에 새겨진 국보, 문화재, 보물 마애불이 수두룩했다. 한번쯤 그런 것도 훑어봐야 한다고 생각한 지는 그가 화가로서 자의식이 생긴 십수 년 전부터이나, 늘 나중이고 맨 나중이었다. 도록에서 몇 군데 꼽아놓고도 뭉개다 그는 지방에 갈 일이 생겨서 겸사로 그 근방에 있는 아무 마애불이나 보러 갔으며, 이후로도 대개 겸사였다.

상갓집에서 오랜만에 만난 동료들은 애석해했다. 누구라고 너 같은 고민 안 해봤을까마는, 나이가 몇인데 이제? 박수근, 장욱진이 반세기 전에 다 했다, 오래 헤매더니 맛이 가누나, 더이상 평가를 회피할 수 없으니 전통으로 도피! 솔직히 우리에게 뭐가 있나, 빈곤에서 오는 간결미? 그들은 상갓집에 앉아 정호 작업실에 만에 하나 있을지도 모를 것들 때문에 고통받았다. '나 전통'이라고 소나무며 호랑이 도상이라든가 오방색이 표내고 있는 예쁘장한 장식화, 혹은 고갈된 창작력을 민족정기로 떡칠해놓은 주접. 우린 너를 믿는다, 넌 그쪽 아냐!

마애불은 실제로도 멀었다. 웬만한 등산은 각오해야 했다. 치성드리러 가다 막판에 다리가 후들거려 신심을 시험받을 듯한, 깎아지른 벼랑에 불상이 새겨져 있기도 했다. 험한 데를 골라서 새겼을 리는 없고, 아무리 험해도 꼭 그 자리여야만 했던 것이다. 남근석, 여근석, 거북바위 같은 기암괴석들이 물결치듯, 주름 잡힌듯 잇대어 늘어섰고, 깊은 산중에서 거긴 전망이 툭 트였으며, 높은 곳일지언정 근처에 풍부한 물이 있었다. 그 공통점을 그는 제법 돌아다니고도 최근에야 알아차렸다.

기분이 착 가라앉으면서도 희열이 꿈틀거렸다. 그리고 어쩐지 따스했다. 요즘 사람들도 소원을 빌며 수백 년 전 사람들과 똑같은 단순한 동작으로 쪼고 판 성혈(性穴)들이 바위마다 숭숭 뚫리고, 지난해 것만 해도 남아 있기 힘들 허술한 돌탑들이 크고 작게 촘촘히 도열해 있었다. 숟가락만한 틈만 있어도 돌멩이 세 개쯤 상중하로 어김없이. 선사시대 사람들도 마음은 같아서, 불상 옆에 그보다 10세기는 전에 새겨놓은 암각화가 있기도 했다. 암각화가 마애불의 기원이라는 말도 있는데, 암각화 이전에도 인간이란 종은 거기를 그냥 지나치지 않았을 듯싶고 인간만일까. 인간 모르게 머물다 갔을

짐승들, 어쩌면 공룡들. 대학교 때 암각화 답사를 갔던 울산 천전리 서석곡, 그로서는 왕인지 왕비인지가 남겼다는 애도문보다는 눈물 그렁그렁한 채로 노려보는 사람 얼굴에 네발짐승의 몸뚱이 음각이 기억나는 골짜기에는 인간 이전의 자취 또한 있었다. 암반에 발톱 자국까지 뚜렷하게 찍혀 있는, 그곳이 진흙이던 수천만 년 전에 지나간 공룡들의 발자국.

우리나라 돌은 가장 단단한 화강암이라 인도, 중국의 불교 석굴처럼 암벽을 파고 들어가기가 불가능하다. 돌을 쌓아서 굴 대신 돔을 만든 것이 석굴암이며 국가적인 사업이었다. 악조건에서 일반 석수들은 신성한 공간을 구현하는 다른 방식을 찾아냈다. 당시에는 심심산골이었을 가파르고 울퉁불퉁한 곳까지 식량과 연장을 지고 와서 불상을 새겼는데, 새기는 바위의 원형에 손대지 않았으며 있는 굴곡과 결도 최대한 따랐다. 그들은 바위를 쪼아 지고한 부처님을 만들지 않고, 도리어 부처를 빌려 바위를 드러냈다. 그래서 도상의 전형성은 여지없이 희생되고 부처의 자세라든가 의습이 계통 없이 제나름이었다. 어찌됐든 미륵불이라 불리니 참배자들이 그렇게 믿기 때문이었다. 미륵은 그들 안에 있다가 눈으로 투영되는 것, 그런 자리 그런 위치에 있는 어느 형상에도 적용되는 유동적인 것이었다. 누나도 수학여행 같은 때 마애불을 보았겠으나, 이제 와서 다시 보면 이제는 알아보지 않을까. 미륵을.

불상에서 그것이 새겨진 바위로, 또 그 바위가 하나로 들어있는 풍경으로, 층층이 열려갔다. 또는 층층이 육박해 들어왔다. 마애불의 아름다움은 불상을 쳐다본다고 보이지 않고, 불상과 함께 그 공간에 속함으로써 체험되었다. 불상은 일개 요소요 그런 배치나 구도, 공간 자체가 미륵이었다. 미륵은 왼손 중지와 식지 사이에 끼고 있어야 할 정병을 열어 중생의 정수리에 뿌려줄 향수를 이미 아낌없이 쏟아부었다.

많은 곳에서 마애불을 두고 새삼 대규모 불사가 벌어지고 있었다. 마애불을 에워싼 다른 바위들을 말끔히 밀어버리고 절을 짓고, 산 밑에서 그 바로 앞까지 참배로를 뻥 뚫어 수입 석재로 깔아놓기도 했다. 마애불이 새겨진 바위에까지 기둥 박고 서까래 꽂아 불상을 우겨넣은 전실들, 못을 수없이 쳐서 철사를 얽어 부처님 얼굴이 안 보이도록 주렁주렁 드리워놓은 연등들. 불상의 하반신을 가리고 그 앞의 좁은 평지를 반쯤은 차지하여 엎드려 절 드리는 이 머리 박을 위험 있는 커다란 불전함들. 아직 한산한 곳에도 불교 사찰의 이름으로 무속행위를 금지한다는 푯말이 거의 반드시 있는데, 그럼에도 타고 남은 초와 음식 따위 틈새 영업의 흔적이 거의 반드시 있었다. 재수 좋으면 마침 그러고 있는 무당과 마주쳐 불상 앞에서 막걸리와 북어를 얻어먹을 수도 있었다. 종이컵에 막걸리 받아들고 그는 부처님께 꾸벅했다. 왜 여기 계셔갖고! 산 아래 교통 좋은 데 계셨으면 산은 덜 망가졌을 것을. 신성한 공간은 이제 쪼그라들 대로 쪼그라들어 딱 불상의 면적만큼, 윤곽 안쪽에만 남았다. 불상을 보호하기 위해 쳐놓은 스텐 울타리는 불상 쪽에서 보면 철창이었다.

아이가 그린 우주인처럼 우스꽝스러워서 차라리 모던하게 보이는 마애불은 공장들에 둘러싸여 있었다. 가장 가까이 있는 것은 닭을 동물성 사료로 가공하는 공장이었다. 숨 쉬기 힘들 만큼 악취가 진동하고, 주거지 반대편으로 마애불을 향해 돌려놓은 공장의 연통에서 열기와 함께 재가 검은 눈처럼 뿜어져나왔다. 속세의 오물을 뒤집어써주시는 부처님의 자비가 실감 나긴 했다. 놀랍게도 마애불 앞에 일대가 골프장으로 개발되게 되었음을 축하하는 현수막이 걸려 있었다. 현수막을 건 두 단체의 이름에 공히 '문화재'가 들어 있어 문화재를 보존하기 위해 공단을 골프장으로 바꾼다는, 문화재를 보존하기 위한 노력의 성과라는 인상을 풍겼다. 그러나 현수막의 상단 중앙에 찍혀 있는 것이 골프장 회사의 로고였으니, 단체들의 실제 관심이 문화재인지는 의심스러웠다. 골프장을 만들어놓고 문화재를 관람하라고 아무나 들여보낼 수는 없을 테고, 그땐 어쩌려는지. 그가 마애불을 보러 갔다 오는 동안 누나의 차를 파리가 새까맣게 뒤덮고 있었으며, 다녀오고 나서 일주일쯤은 옷 밖으로 노출되었던 피부가 가려웠다. 그 사료 공장이 옮겨가는 곳에는 문화재 없을까? 있다면 공장 전에 골프장이 들어서는 게 나을까?

한 달쯤 만이었다. 부부는 차에서 내릴 때부터 퉁퉁 부어 있었다. 여자가 검지를 뒤로 꺾어 남편을 가리키며 하선생에게 물었다.

"혹시 거적데기 같은 거 하나 없으세요? 이 사람 이거 드라이 맡겨야 한다구요. 저희가 밖에서 만나 이리로 왔는데, 만나고 보니 이이가 저녁 때 약속 있다고……"

"허 참, 전 잘 몰라서……"

남자는 안경을 만지작거렸다. 하선생이 집 안으로 들어간 사이 둘은 투닥거렸다.

"왜, 알아서 하지? 국민학교 동창회가 뭐라고!"

"하여튼 됐잖아! 옷 입기 전에 말하라니까!"

정호는 그들 옆에 물통 두 개를 깨져라 내려놓았다. 그가 농장 일꾼이라고 생각할 부부는 뚱하게 물러섰다. 초반에 하선생은 그를 화실에서 불러내지는 못해도 눈에 띄면 손짓하여 손님들에게 '김화백'이라고 자랑스럽게 소개했으나, 정호가 제 수줍은 탓을 하며 말렸다. 자기로서는 번거로운 게 사실이고 손님들은 어리둥절해했다. 농장의 시각적 환경은 화가가 아니라도 정상인이라면 견디기 힘들 지경이었다. 온갖 잡동사니로 지은 축사가 꾸준히 늘어 대형 폐기물 하치장과 비슷하게 되어 갔다. 정호가 트럭 짐칸에서 다음 물통 두 개를 끌어내리고 보니 부부는 하선생을 따라 대형견들이 있는 산비탈로 올라가는데, 남자가 선생이 관공서 갈 때만 차려 입는 재킷을 걸치고 있었다. 선생의 재킷이야 물빨래를 해도 되겠지만 농장에는 그럴 물이 없었다. 수도세가 밀려 수돗물이 끊겼다. 동물보호단체 '멍이네'의 보조금이나 정호의 월세를 당겨 받아 해결할 수도 있었을 텐데, 선생이 말 못하고 미적거리다가 주말에 물이 끊기고 말았다. 정호가 트럭 몰고 나가 산 밑 전원주택 단지는 조용히 지나 재래 마을까지 가서, 눈치 보며 마을회관 수도에서 사람과 개들의 식수를 받아온 참이었다.

곧 하선생이 되돌아와 부엌에서 소시지를 손가락 두어 마디쯤 잘라갖고 올라갔다. 부부는 자기들이 맡긴 개 '황사'에게 줄 간식조차 챙기지 않고 나들이하는 기분으로 온 것이다. 아무래도 수상쩍었다. 자기들 말로는 동네에서 쓰레기를 뒤져 연명하는 녀석을 두 달이나 먹이를 주면서 낯을 익혀 '구조' 했다지만, 곧이듣기에는 개하고의 유대감이 너무 없어 보였다. 정호 짐작에는 개의 신뢰를 얻을 새도 없이 또 어쩌겠다는 생각마저 없이, 충동적으로 먹이로 유인하여 녀석을 가두어놓고는 골치를 앓았지 싶었다.

황사를 농장에 데려온 날에도 그들은 송아지만한 녀석에게 겁을 먹었다. 농장의 수많은 개들이 한꺼번에 짖어대는 소리에 극도로 긴장하여 차 뒷좌석에서 버티는 녀석을 끌어내지 못하고, 차 문에 매달려 "황사야, 황사야" 하고 부르기만 했다. 사흘 전 황사현상이 있던 날 개를 구조했다고 이름을 그렇게 지었다나. 사흘밖에 안 된 호명을 알아들을 리 없는 녀석은 도리어 부들부들 떨면서 이빨을 드러냈다. 정호조차 엄두가 안 났다. 개와 견주의 관계를 존중하여 옆에서 지켜보던 선생이 그쯤에서 나서서, 목줄을 크게 흔들어 낚아채듯 녀석을 차에서 끌어내고 머리를 눌렀다. 그 과감하고 힘찬 동작에 정호는 속으로 놀랐다. 칠순을 바라보는 노인의 깡마른 몸을 움직인 것은 공포와 혼란에 떠는 개에 대한 안타까운 사랑이었다.

"아아암, 놈인가요?"

"숫놈인데요."

"부, 불알이 어, 없던데!"

그새 선생은 개의 사타구니까지 만져보았다.

"저희가 그끄저께 멍이네에 전화했고요, 먼저 중성화 수술을 시키라며 병원을 알려주기에 또 병원 문 닫기 전에 달려가느라고……"

여자는 자신들의 모험담을 되풀이하려 했다.

"아, 아무리 지, 짐승이지만 물어보, 보지도 않구 그러면 되, 됩니까!"

"예?"

선생이 세상에서 분개하는 몇 안 되는 사안 중 하나가 개들에게 시키는 중성화 수술이었다. 애완견들이 버려져서 굶어죽고 차에 치어 죽게 하느니보다는 인간이 개체 수를 줄여줘야 한다는, 멍이네와는 의견이 달랐다. 그의 생각에 중성화 수술은 개의 생식기관만이 아니라 본성을 잘라내는 짓이었다. 의견차는 또 있었다. 멍이네도 그렇고 수의사들은 더욱더 개들에게 사료만 주는 게 가장 좋다는데, 그는 날마다 트럭을 몰고 정육점과 닭튀김 집을 돌며 부산물을 얻어다가 커다란 드럼통에 불 때고 삶아서 간식으로 주었다. 먹는 재미도 있어야지, 자기들이라면 평생 버석대는 사료만 먹고 살다 죽고 싶겠어? 물러터지고 숫기 없는 그가 개에 대해서만큼은 고집불통이었다. 개마다 농장에 온 날짜를 생일로 정해두고, 개가 기억할 리 없는 그 날짜에 개는 이해 못할 생일선물로 특별 간식을 주기도 했다. 선생이 산속 개들의 묘지 주변을 서성일 때면, 그날이 사망 날짜인 개의 제사를 지내고 있는 게 아닌가 하는 의구심조차 정호는 들었다.

부부는 다정하게 내려왔다. 정호는 고소한 웃음을 깨물었다. 남자는 초등학교 동창회에 못 갈 것 같았다. 하선생의 재킷을 빌려 덧입은 덕분에 상의는 멀쩡하나 바지가 수습할 수 없으리만치 개털과 흙 범벅이었다. 그러나 당장은 그 고민할 겨를 없이 그는 지갑에서 지폐 몇 장 꺼냈다.

"얼마 안 되지만, 후원금입니다."

영수증을 쓰러 집에 들어갔다 오려는 하선생을 부부는 농구선수들처럼 두 팔 쳐들고 극력 저지했다.

"아이구, 어르신. 그런 게 무슨 필요가 있습니까? 조만간 저희가 또 올 테니 영수증 주시려거든 그때 주세요."

"황사를 보면 알죠, 너무너무 달라졌어요! 개들이 다 행복해 보여요!"

여자는 눈시울을 붉혔다. 처음에 황사는 장애가 있나 싶을 정도로 다른 개들하고 어울리지 못하고 신경질적이기만 했으니, 혼자 돌아다니기 전에도 외롭게 방치되어 있었던 듯했다. 격리된 공간에 갇혀 있다가 뛰쳐나왔을 수도 있었다. 멍이네 회원들은 척 보고 뭐라나의 잡종이라고 알아보던데, 머리 좋고 용감한 종류라 했다. 녀석은 하루가 다르게 피어나 요즘은 농장의 대장 쎈과 기싸움중이었다.

"그그런데, 저는 아, 앉아! 이일어서! 이이런 거 꼬꼭 피필요하지 않으면 아안시키거든요."

선생은 코밑을 문지르면서 중얼거렸다. 황사와 오붓하게 있으라고 그가 자리를 피해주었더니 또 부부는 훈련을 시켰다. 한 달 만에 나타나 반시간 훈련! 자리를 피해줘놓고 어설픈 그들이 개를 놓칠까봐 빗자루 같은 것을 구실로 들고 서성댔을 선생도 어지간했다.

"저희가 생각이 짧았습니다."

"맞아요! 우리 왜 그랬지?"

"어언제라도 도돌아다니는 개, 개를 또 보보면, 꼬꼭 데려오세요."

"그럼요! 선생님, 감사합니다!"

부부는 선생에게 여러 번 굽신대며 절하고 심지어 근처에서 톱질 중인 정호에게도 했다. 그는 엉거주춤 답례했다.

"제제제가 가감사하죠."

선생도 덩달아 감격하여 굽신 절했다.

"황사 보러 꼭 다시 올게요!"

굽신.

"도돌아다니는 개는 꼬꼭……"

굽신.

"아, 천심이세요!"

선생이 부부를 배웅하러 간 사이 그의 작은 집에서 전화벨이 울렸다. 정호는 목장갑을 벗고 집 안에서 사는 작은 개들이 튀어나오지 못하도록 현관문을 비집고 들어갔다. 밖에서 일하다가 전화를 받을 수 있도록 전화기는 현관 신장 위에 놓여 있었다.

"여기 신림동인데요, 개 가져가세요."

"무슨 개요?"

"유기견요."

"여긴 경기돕니다. 031이 붙었잖아요."

전화는 끊어졌다. 어떻게 전화번호를 알았는지 제보를 해주는 것만으로도 고마워하라는 듯 퉁명스러운 전화가 심심찮게 왔다. '너무나 가슴이 아파서' 전화한다는 사람들도 있는데, 주인 없는 생활에 적응한 개는 섣불리 옮기기보다는 지켜보면서 먹이를 공급해주는 게 나을 거라고 정호는 답해주었다. 정 안쓰러우면 본인이 아파트 베란다에서라도 기르든지 하고, 반드시 중성화 수술을 시키라고도 말했다. 방금 전의 부부에게 정호는 그다지 기대하지 않았다. 중성화 수술비야 멍이네가 부담했겠지만 개를 병원에 데려가고 또 이리로도 데려오느라고 그들이 애쓰기는 했다. 그러나 그렇게 한두 번 왔다가고 소식 없는 사람들이 대부분이었다. 그리고 한두 번의 수고나마 직접 하는 그런 이들마저 너무 적었다. 버려진 개들을 모아서 데려오는 멍이네 회원들의 노고를 보거나 그들로부터 전해 듣기로, 이건 사태였다. 서울이 기울어져 다치고 굶주리고 병든 개들이 쏟아져내려오는 것 같았다. 멍이네와 하선생은 산사태를 쓰레받기로 받고 있는 형국이었다.

"비켜."

에워싸고 올려다보는 조그만 개들을 정강이로 헤치고 그는 현관을 나왔다. 관심과 애정을 갈구하는 개들의 눈빛에 걸려들었다간 한도 끝도 없었다. 농장의 개는 얼마 전까지 2백 마리쯤이었는데 그새 넘었을 수도 있었다.

다시 톱을 들었다. 몸도 풀 겸 가끔 개집을 지었다. 선생보다야 그가 솜씨가 나았다. 뚝딱거리다보면 생각났다. 좁고 어두운 전실 안에서도 얕은 선각에서 빛이 뿜어져나오던 관악산 삼막사 '치성광여래', 그 바위 속 무한 발전 조명 장치. 풍만한 몸매, 살집이 만져질 듯 두툼한 손가락, 삼등신의 두상에 육감적인 입술과 부릅뜬 눈, 논산 관촉사 미륵의 탈을 쓴 원시 여신의 압도적 정념. 생각하고 싶었다.

깔때기에 뜨거운 물을 중심으로부터 휘돌리듯 붓고, 잠시 기다려야 했다. 커피 가루가 빵 껍질처럼 부풀어올랐다. 정숙은 같은 식으로 물을 몇 차례 찔끔댔다. 주둥이가 빨대처럼 길고 가는 주전자를 비롯하여, 그녀가 오래전에 챙겨다준 커피 도구 일습은 제가 와서 사용했다. 만성 십이지장염을 무릅쓰고 정호는 귀찮아서 혼자 있을 때 인스턴트커피를 마셨으며, 밤에 잠이 안 올까봐 그녀가 와서 우려내주는 원두커피도 마실 수 없었다. 하선생과 저녁을 먹고 나니 8시가 넘었다. 정호야 시간은 불규칙해도 먹으려면 제대로 챙겨 먹는데 선생이 문제였다. 해 떠 있는 한 한 번이라도 더 개들을 살피려고 밥을 부엌에서 선 채로 먹다가 정호에게 들키기도 하여, 정숙은 되도록 선생이 한가로운 저녁에 와서 저녁상을 차리고 선생을 초대했다. 주로 전날 시어머니와 수요 저녁 예배에 다녀와서 시어머니가 녹록해진 목요일이었다. 커피는 커피 가루 깡통이 열릴 때부터 흐뭇해져 있는 선생과 운전해서 집에 돌아가야 할 그녀가 마시고, 정호는 반주로 마시던 소주를 좀더 마셨다.

"그, 그 처처자는 자잘 지내요?"

선생이 물었다.

"네."

정숙이 화사한 미소를 지었다. 그냥 하는 말인 줄 알면서 선생도 끄덕였다. 그 처자, 선미는 왜 도통 오지 않느냐고 몇 번 묻고는 어색한 분위기를 눈치채고 삼가면서도 간혹 안부를 물었다.

선생은 배관 기술자로 일하다 몇 년 전에 은퇴했다. 80년대에는 중동에 가서 4년이나 사막의 모래바람 속에서 땀 흘려, 집을 장만하기도 했다. 정호도 선생의 가족들이 방문할 때면 식사에 초대받는데, 평생 고생한 아버지를 아들들은 존경하고 그의 제2의 삶을 받아들이려고 노력하는 듯했다. 장남은 전문대학을 졸업하고 중소기업에 다니며, 공무원인 차남은 늦게나마 방송통신대학에 재학 중이라고 했다. 때로 정호가 고개 들면 아버지 닮아 내성적인 큰아들이 물끄러미 바라보고 있었다. 답답한 심정을 호소하고 싶은 눈빛에 그 또한 미심쩍어하는 그늘이 반이었다. 집 안의 개들을 잠시 마당으로 내몰았다 해도, 며느리들은 아이들이 개털투성이 이부자리에 뒹굴거나 하지 않도록 끌어안고 종알거렸다.

"제발 다 개 사료나 사지 마시고 아버님도 좀 챙기셔요. 남들이 자식도 없는 줄 알겠어요."

선생이 느닷없이 집 팔아 이 농장을 빌린 탓에 장남과 살고 있다는, 그들의 어머니는 코빼기도 비치지 않았다.

열여섯 살 때 선생은 강에서 헤엄치다 다리에 쥐가 났다. 주위에는 사람이 없었다. 가라앉았다가 가까스로 떠오르기를 반복하면서 그는 물속에 1초만 더 있으면 자신의 생명이 끝난다는 것을, 또 그 1초를 버텨야 한다는 것을, 그리고 생명이란 죽지 않고 살아 있는 당장 1초의 연속일 뿐임을 심장이 타들어가도록 명백히 깨달았다. 요행히 강변으로 기어나와서는 한동안 꼼짝 못했다. 겨우 눈 뜨고 바라본 파란 하늘에 구름이 사방에서 몰려들고 있었다. 그리고 구름이 스스로 글자가 되어 문장을 만들어갔다. 모르는 글자였으나 그는 그것이 성경이라는 것을 직감으로 알았다. 설비업자를 따라다니며 기술을 배우고 있지만 막막해서 열심히 교회 다니고, 평일에도 지나다 텅 빈 예배당에 들어가 혼자 기도도 하던 때였다. 그러나 그의 눈앞에서 쓰이고 있는 성경은 그도 신구약 합본으로 한 권 갖고 있는 그 성경이 아니라 다른 성경, 그중에서도 첫번째 장, 첫번째 쪽이었다. 내용이야 몰라도 하여간 그랬으며 성스럽고 거룩하여 그는 누운 채로 눈물을 흘렸다. 하늘의 성경에는 삽화도 있는데 마찬가지로 낯선 형상이라, 그게 글자고 옆의 글자 같은 것이 그림인지도 몰랐다. 또 순식간에 하늘이 까맣게 짙어지더니 별들이 몰려와서 역시 글자와 삽화를 만들었다. 구름이 쓰고 그린 것과 같은 첫번째 장, 첫번째 쪽이었다. 잊지 말자, 잊으면 안 돼, 그 형태와 문양을 기억해두어야 한다는 일념뿐, 그는 죽다 살아난 사고마저 잊었다. 하늘이 까매진 것이 그에게는 순식간이었지만 실은 몇 시간이었다. 일어나보니 한밤중이었으니.

그 체험 이후 그는 교회에 나가지 않았다. 목사님이나 성도들에게 얘기하면 야단만 맞고 회개해야 할 것 같았다. 회개하고 싶지 않았다. 원래 어눌한 편이기는 했으나 말더듬도 그때부터 시작되었다. 구름과 별들이 쓰고 그린 글자와 그림을 그는 묘사할 수 없었다. 잊지 않았으되 기억한다 할 수도 없었다. 그의 느낌에 그것은 글자나 그림 이전의 원본, 글자 아닌 글자요 그림 아닌 그림, 쳐다보고 있는 동안에도 움직이고 변화하는 생명체였다. 그리고 가족들 생각에는 그 일이 단초가 되어 그가 이따금 멍하고 자주 공사 대금 떼이며 살다, 늘그막에 기어코 사고를 치게 된 것이었다.

재작년에 농장 뒷산에 상자를 묻고 나서 선미가 터덜터덜 걸어가 하늘을 올려다보았을 때, 선생은 그녀가 자신이 열여섯 살 때 본 하늘의 성경과 비슷한 것을 보고 있음을 알았다. 선미가 보는 것이 선생의 눈에 보이지는 않았다. 그것은 각자에게 주어지는 선물이었다.

선미에게 그 선물을 주려고 임재한 신을 선생은 느꼈다. 그와 함께 모든 생물과 사물이 경배했다.

커피를 마시고도 선생은 졸았다. 얼추 졸고 있을지라도 그는 사람들하고 앉아 있기를 좋아했다. 제아무리 개가 좋다 해도 개는 개고 사람은 또 사람, 주말마다 도우러 오는 멍이네의 젊은 회원들을 주책없을 만큼 반겼다. 정숙은 선생을 깨우지 않으려고 굳은 듯이 앉아서 부엌 싱크대에 씻어서 엎어놓은 반찬통들을 쳐다보고 있었다. 다음에는 무슨 반찬을 해올지 궁리? 그럴 리가! 그녀의 눈빛은 안으로 향해, 제 속에서 터지는 기의 효과를 응시하고 있었다. 그녀는 제 뒤에 서 있는 먼지 수북한 돌덩이에서 나오는 기를 한창 체험하는 중이었다. 더할 나위 없이 흡족해 보였다. 반성의 기미라고는 없었다. 그 돌덩이가 재작년 소동의 발단이었을망정, 그녀는 기는 쐐야 하므로 올 때마다 그 앞에 천연덕스럽게 앉았다.

소동 이후 어울리지 않게 의기소침했던 것도 잠깐, 어이없을 만큼 신속히 그녀는 회복했다. 후유증도 본인이 가장 덜한 것 같았다. 정호마저 그때를 떠올리면 어딘가 뜨끔하거나 근질거리는데 그녀는 태연하기만 했다.

"내가 그랬니?"

부인할 수 없이 참담했던 순간들을 그녀는 과격하게 축소해서 기억하거나 아예 기억하지 못했다. 정호가 말해줘도 까르륵 웃고 튕겨냈다. 목포까지 갔던 날 "죽, 습, 니, 다"도 한두 번 입에서 나왔을 뿐인데 그와 특히 선미가 과민했다나. 그녀가 판단하기로 선미는 매사를 부정적으로 보는 좋지 않은 버릇이 있었다. 자신은 긍정적이었다.

그 일 또한 없어서는 안 됐을 과정이었으며 덕분에 얻은 바 크다!

"갠 너하고 처지가 달라. 당장 먹고 살기 빡빡하고 만만한 남자 꼬실 재주도 없어. 모가지가 빙빙 돌아가도 너보단 훨씬 절박하고, 그래도 너처럼 함부로 못해. 갠 너한테 억지로 끌려다녔어."

선미에게 정호는 미안한 감이 있었다. 소동 와중에 그녀가 고역스러운 기색이 역력한데도, 그는 제 누나 옆에 그녀라도 있어야겠기에 모른 체했다. 구례 산속에서 정숙이 공동묘지 어쩌고 할 때는 자기가 그 입을 틀어막고 싶었다.

"우린 우리끼리 알아서 한다구!"

열렬히 하던 짓을 잘도 그만두며 가겠다는 사람 붙잡는 법 없는 정숙이 선미는 놓지 않았다. 놓을 수가 없는 것 같았다. 내일이라도 다시 만나리라는 전제요, 태세였다. 선미가 토라진 사연만은 말하기조차 괴로운지 한마디하지 않았다.

"네가 개 한 번이라도 감동시켜본 적 있어? 없을걸?"

반응이 있었다. 그녀의 입이 앙다물리고 눈은 희게 벌어졌다. 누나하고 언쟁해봤자 사람은 변하지 않는다는 진리를 재확인할 따름임을, 정호는 깜빡했다.

"희한해. 넌 주변 사람들이 다 너 때문에 억지로 살게 만들어. 다 네 식대로 몰아붙여. 넌 너대로 쎄가 빠지겠지. 그런데 그럴수록 상대방은 불행하거든? 넌 사람을 질리게 해!"

"너어!"

그녀는 양쪽 눈에서 눈물 한 방울씩 짜냈다. 그리고 더욱 매진했다. 제 지난 과오를 분석하고 보완하기 위해 두툼한 책까지 들고 다

냈다. 다 읽기에는 책이 너무 자주 바뀌고 분야는 종횡무진이었다. 그녀가 왔다 가면 등신대 시한폭탄이 들어왔다 나간 듯싶었다.

그녀 말로는 신비 체험을 한 사람들이 뜻밖에 많다는데, 정호 주변에도 있긴 있었다. 화실의 돌덩이에서 앞뒤로 상반된 기가 나온다고 알려준 친구라든가. 그의 명상원 주요 회원들은 대학시절 지하 동아리 동창들인 모양이었다. 정호의 그쪽 선배 하나, 전공도 사회과학 계열이라서 학번 차의 몇십 배 카리스마 있었던 이도 나이 들어 그런 체험을 했다고 한다. 학생 때는 누구도 그가 나중에 그렇게 될 줄 상상도 못했다. 그는 제일 안 그럴 것 같은 사람이었다.

그 시절 구구절절이 합당한 그의 말이 정호에게는 별 감동이 없었다. 상당 비율 섞여 있는 '……주의'도 걸렸다. 기회주의, 모험주의, 수정주의, 반노동자주의, 반지성주의…… 자갈 같은 단어들. 요즘의 "킹왕짱!"처럼 아무리 곱하기를 해도 뜻이 배가되지 않고, "재수 뿅!"처럼 과정 없이 결론만 들이박는달까. 머리가 빡빡해졌다. 안데르센의 동화에서 미운 오리 새끼를 연못의 얼음이 포위해 들어오듯이. 정호의 소감과는 관계없는 여러 사정으로 그 선배도 왜 꾸려졌는지 잘은 모르던 작은 조직은 흐지부지되었다. 그 또한 정호 같은 떨거지 후배들하고나 노닥거리게 된, 말단이었다.

살아 있는가 싶을 만큼 들려오는 소식도 일절 없더니, 어쩌다 다시 만난 중년의 선배는 극적인 계기로 종교에 귀의해 있었다. 정호 앞에서는 머쓱해서 그가 간추린 탓인지, 본인한테야 극적이었겠지만 듣기로는 그저 그랬다. 실상 그런 얘기는 많은 것이다. 그래도 TV에 나와 예전과 같은 똑 떨어지는 말투와 예전에 버금가는 사명

감으로 다른 말 하는 이들보다는, 그 선배가 훨 나았다. 하선생의 체험도 하늘에 출현한 것의 정체가 뭐건 간에, 고즈넉하게 연상되는 그 장면이 인상적이었다. 인상 깊기로는 가족에게는 가혹한 선생의 삶이었다. 하늘의 언어를 지상의 언어로 옮길 수 있을까? 선생을 보면 하늘의 언어는 말로 하는 게 아니었다. 사는 것이었다. 그것은 삶으로밖에 구사할 수 없는 언어였다.

화실 근처의 개들이 잠꼬대하는 소리가 들렸다. 녀석들은 잠꼬대를 많이 했다. 짖긴 짖는데 코가 막힌 듯 맹맹하고 가느다란 소리라서, 이사 와서 처음 들은 밤에도 정호는 그게 잠꼬대임을 알아차렸다. 어, 개도 잠꼬대하네? 짖는 투로 보아 그들의 꿈은 주로 함께 사는 녀석들과의 다툼으로 시작되었다. "왜 그래, 너 왜 그래? 네가 나빠!" 그가 창문으로 내다보면 옆으로 누워 있는 녀석들이 서서 짖을 때처럼 본때 있게 네 발을 버티려고 다리를 꿈적거렸다. 그리고 어느 순간 전기라도 오른 듯 빳빳해졌다가 다리를 마구 버둥거렸다. 꿈속에서 그들은 뛰기 시작한 것이다. 무엇 때문에 다투었든 그들의 꿈은 쫓고 쫓기는 달리기가 되었다. 달리고, 달리고, 꿈에서 속이 후련해지도록 속도가 붙으면 실제 공중에서 버둥거리던 네 다리는 나른해지고, 서서히 내려앉았다. 멀리, 더 멀리.

그들도 악몽을 꾸었다. 꿈속에서는 온 동네 떠나가라 깨갱대면서 머리라도 처박을 구석을 찾고 있을 텐데, 잠에 마비된 그들은 경련하면서 낑낑거렸다. 꿈에서 그들 앞에 있는 것은 언젠가 보았던 난폭한 인간이었다. 도저히 말이 안 통한다는, 저 맹수는 무지막지하다는 절망이 가느다란 잠꼬대에 처절하게 어려 있었다. 흰자위가 없는 탓인지 개들은 사람보다 시야가 좁아서 시선을 바꾸려면 고개를 갸웃거려야 하고, 사람처럼 하품하다 턱이 빠져 쩔쩔매고, 코의 근육은 비할 수 없이 발달되어 전 방위로 씰룩거렸다. 개들은 개인적인 대화를 그 예민한 코로 했다. 검거나 붉은 코에서 흰 콧구멍이 두 배쯤으로 부풀었다 오므라들면서 긴 숨이 뿜어져나오고 흐윽, 목 깊은 데서 나는 소리. 속삭임. 최고로 만족스러울 때 그들은 아래 눈꺼풀을 눈동자 가운데까지 밀어올려 졸린 듯 끔벅이면서 크흐으윽, 아주 길게 숨을 들이쉬었다. 흐느낌 같기도 하고, 어느 오지 부족이 관광객이 빠져나간 후 불어보는 목관악기 소리 같기도 했다. 하선생이 개를 쓰다듬어주는데 그 소리가 나면, 그가 개의 숨결에 빨려들어갈 것 같았다.

"요즘 일해?"

정숙이 낮게 물었다.

"왜?"

"안 하는 것 같아서."

그가 끼적거려놓은 캔버스가 가로로 또 세로로 몇 개는 서 있건만, 그녀는 고등학교 학생 주임 같았다. 잠을 깬 하선생까지 고개를 끄덕였다. 선생은 정호나 정숙이 무슨 말을 하든, 농담을 할지라도 심각하게 끄덕였다.

"해."

끄덕끄덕.

"해야지."

그녀는 탁자 위의 머그잔 두 개를 두 손으로 들어 쟁반에 정확히 마주 보게 놓았다.

"놔둬."

직전에 왔다 간 그녀의 측은한 눈빛이 그는 몹시 불쾌했다. 얼음물을 맞은 것 같았다. "예술가라고 다 너같이 사냐!"고 윽박지를 때는 그녀가 동생에 대한 믿음이 그나마 있었다. 안쓰러움을 숨길 만큼의 예의라도.

"그만 마셔."

놔두라고 했건만 그녀는 일어나서 쟁반을 단호히 들어올림으로써, 선생을 벌떡 일으키고 따라서 그도 일으켰다. 그래놓고 한숨을 쉬었다.

"네 매형이 요새 간 수치가 안 내려가네."

차 소리가 멀어져갔다. 상식적으로 너무하다 싶은 누나도 자초지종 있고, 이기적인 매형도 평생 희생했다. 서로 억울한 대가를 치르고 부당한 보상을 취했다. 수렁에서 둘이, 시어머니와 아들도 함께 뒤얽혀 끝없이 가라앉는 것 같았다. 하청의 하청을 받아 공장 돌리는 매형, 아침에 일어나면 심장이 쿵 배꼽 밑까지 떨어진다던가. 정호는 오늘의 보급품인 멸치볶음을 씹으면서 새 소주병을 땄다.

동료들의 우려대로, 그는 오히려 옴짝달싹 못했다. 더 늦출 수 없어서 전시회는 잡아놓았는데 선 하나 그으면 그게 아니라는 생각이 들었다. 무엇인가 어긋났다. 화면과 손이. 화면은 설레었다. 중학생인 그가 처음으로 캔버스 앞에 섰던 때처럼 기쁨이 거기 있었다. 그래, 그에게 붓을 들게 한 것은 객관적으로는 턱없는 기쁨이었다. 성인이 되어 죽네 사네 하는 순간에도 마음 깊은 곳에서는 샘솟던 살아 있음의 환희. 그리고 시건방졌던 청년기까지도 있을 수 없었던 힘이, 이제 화면에 있었다. 화면이 밀려나오려 했다. 그의 손에 밴 악습을 벗겨내주려는 성의와 그럴 수 있는 능력이 있었다. 접점만, 어느 한 점 일치만 하면 덥석 그의 손을 붙들 것 같았다. 또는 끌고 끝없이 들어갈 것 같았다. 그러나 손이 버텼다. 그의 손은 화면에 그리지 않고 화면을 향해서 그리려고 했다. 그럴수록 화면은 차단되고 제 쪽이 겹겹이 두꺼워졌다. 그래서? 그러면? 그런데? 왜? 왜? 왜? 왜? 왜……? 대충 풀렸다건만 그 자신은 풀지 못했던 질문들. 그는 꽉막힌 인간이었다. 제 무식을 건너뛸 의사가 없었다. 아마 유유상종 동료들도. 전통으로든 첨단으로든, 도피하려고 해도 못할 것 같았다.

안동 수곡리의 암각화는 유난히 찾기 힘들었다. 산을 그리 타야 하는 줄 알았으면 해도 얼마 안 남았는데 포기했을 것이며, 안동 사는 친구가 함께 가주지 않았으면 산을 탔어도 헤매다가 원추리 사진 몇 장 찍고 돌아왔을 것이다. 도착해서는 애초에 누가 도대체 거기까지 와서 그 암각화를 발견했는지 궁금했다. 아닌 게 아니라 신석기 시대부터 청동기시대까지 암각화가 거듭 덧새겨진 그 직사각형 바위는, 인근 마을 주민들이 90년대에 임하댐 건설로 소개되어 떠나면서 관청에 제보하여 비로소 알려졌다 한다. 인공적인 느낌은 없어도 암만해도 준비된 물건이었다. 벼랑에서 수평으로 돌출되어 강과 하늘의 중간에 널찍하게 떠 있었다. 그 위에 서면 강도 하늘도 코발트였다. 그러나 강변은 벌겋게 벌어져 있었다. 가뭄으로 수량이 줄어 물에 잠겼어야 할 산기슭이 채석장처럼 드러나고, 시선이 닿는 데까지 집요하게 강과 산림 사이를 찢어놓았다. 신록도 지쳐 보였다.

그 바위는 선사시대에 제천의식을 지냈던 흔적, 곧 물을 담으려고 파놓은 양동이만한 구덩이와 시설물을 버티는 장대를 꽂아두었던 열두 개의 구멍으로 유명했다. 그리고 수직 벽에 새겨진 일반적인 암각화와는 달리 평평한 그 바위에 남겨진 형상들은, 사람 아닌 하늘이 보라고 새겨놓은 것이었다. 수천 년 동안 인간들이 아득바득 거기까지 올라와서 바위 전체에 쪼고, 파고, 갉아놓은, 그 원시적인 기호들은 하늘을 향한 인간의 언어였다. 하늘에 알리는 인간의 게시판이었다. 막대기 박힌 말굽 모양의 도상, 활 같기도 하고 날개를 펼친 새 같기도 한 지표, 윷판 모양의 상징. 거기 서 있으면 선사시대에 그 바위에 엎드려 암각화를 쪼던 인간들 또한 하늘에서 내려다보면 기호였을 거란 생각이 들었다. 그 순간 거기 서 있는 자기마저도.

맑은 주황을 도포하기 시작한 석양을 향해 친구는 엎드려 절했다. 딴 무엇에 대고 했든지, 하여튼. 그리고 그는 제천의식 때 물을 담아두었다는 구덩이를 들여다보았다. 그 가뭄에 어찌 거기 물이 고여 있는지 그도 정호도 알 수 없었다. 수면이 낮아져 벼랑은 더욱 높아졌는데, 어찌 거기까지 개구리가 기어올라와 알을 낳았는지도 불가사의했다. 구덩이에 반쯤 찬 물에 물보다 올챙이가 더 많았다. 하루가 다르게 햇살이 뜨거워지고 있었다. 친구는 바글거리는 올챙이들의 모습만이라도 남겨두려는 듯, 쭈그려 앉아 사진기를 들이댔다.

6장

리놀륨 바닥은 좀 닳았을 뿐 깨끗했다. 떨어져 있는 물건은 없고 혹 보이는 음식 쓰레기에서 물 흐른 자국도 당장은 없었다. 엘리베이터에 다른 사람이 없기 망정이지, 짐을 든 정숙의 오른손 검지가 꼿꼿하게 뻗어 바닥을 가리키고 있었다. 짐을 왼손으로 옮기자 오른팔이 굽어 검지가 엘리베이터 천장을 가리켰다. 천장과 곧추선 검지를 번갈아 쳐다보는 그녀의 숨결이 덥혀져갔다.

엘리베이터 문이 열렸다. 그러나 검지는 고집스럽게 천장을 가리켰다. 그녀는 엘리베이터에서 한 발 내디뎠다. 또 건물 현관을 향해 두어 걸음. 팔이 들려 어깨 너머로 기울고 검지가 등뒤에서 닫히는 엘리베이터를 가리켰다. 이러려고 하루 종일 답답하고 집안일이 손에 잡히지 않았는지. 재활용품 집하장으로 향하는 동안 어깨 위 검지는 한 걸음마다 방금 나온 아파트 건물 입구를 향해 각도를 틀었다. 짐을 땅에 내려놓고 왼손으로만 재활용품을 분리하여 수거함에 던진 후, 그녀는 얼떨결에 대형 마트의 사은품인 비닐가방마저 비닐 함에 넣어버렸다. 돌아서자 어깨너머로 굽어 있던 오른손이 검지로 목을 스치며 120도쯤 회전하여 건물 입구를 향한 지침을 가시적으로 재확정했다. 그녀는 팔꿈치를 옆구리에 붙이고 카디건 자락으로 손등을 덮었다. 제게도 보이는 건물의 유리문으로 오른손 검지가 힘차게 안내했다. 유리문을 지나 엘리베이터 앞, 검지가 위로 꺾였다. 다시 탄 엘리베이터가 올라가는 속도로도 모자라다고 그녀의 오른손은 검지를 세운 채 점점 더 치켜올라갔다. 왼손으로 끌어내리지 않으면 감시 카메라에 그녀가 엘리베이터 안에서 디스코를 추는 모습으로 찍힐 것이다.

아파트 현관에서 그녀는 검지가 가리키는 대로 직진하여 오른쪽으로 꺾어져서 부엌에 들어가, 직진하여 싱크대까지 갔다가 왼쪽으로 뒤돌아서서, 도로 직진하여 부엌을 나왔다. 그리고 마루를 한 바퀴 돌고 안방에 들어가 침대를 디귿자로 돌아, 다시 마루로 나왔다. 시어머니는 기도원 가신 지 이틀째고 아이는 학원 가고 남편은 늦어 자기밖에 없는 집에서, 그녀의 오른손 검지가 뭔가를 찾고 있는 듯싶었다. 휴대전화? 아까 저녁 때 슈퍼에 들고 갔던 손가방 안에 있겠지. 그녀가 생각하는데 검지가 그 생각을 읽은 듯이 식탁 의자에 놓여 있는 손가방을 가리켰다. 그녀는 손가방에서 휴대전화를 꺼내 오른손에 들려주었다. 오른손은 가만히 있었다. 들려줘 놓고 보니 전화기를 쥔 손으로 조작까지 하기는 어려웠다. 그녀는 전화기를 왼손으로 옮겼다. 그래도 오른손은 가만히 있었다. 그새 바뀐 새 휴대전화의 사양을 모르는 것 같았다. 그녀가 전화번호부를 띄워주니 과연 오른손 검지는 까딱거리면서 한 항목씩 밀어올리기 시작했다. 제 전화번호부에 등록된 전화번호가 총 몇 개인지 그녀도 몰랐다. '김'씨를 지나가는 데만도 꽤 걸렸다. 그래도 그녀는 지루하기는커녕, 한글 철자 순서에 따라 이름들이 끌려올라올수록 다리가 다 떨렸다. 오른손 검지가 마침내 멈추자 그녀의 심장이 퍼더덕, 몸 밖으로 튀어나와 달아날 듯 뒤채었다. 검지가 멈춘 항목은 '이선미'였다. 선미가 무척, 굉장히 아프다는 느낌이 들었다. 그러나 정숙은 전화기를 식탁 위에 얌전히 내려놓고 멀찍이 있는 소파로 가서 앉았다.

선미가 떠난 후에도 그녀는 복순님을 믿었다. 하선생의 농장을 살 2억 원은 선미의 불신 탓에 마련되지 못했다. 복순님이 그렇게 말했다. 최종 관문에서 탈락한 선미는 시련을 겪고 돌아오리라는 예언도 했다. 그 시련은 혹독할 거라고, 수십 번 강조했다. 기특하게 통과한 정숙에게는 복순님이 미래를 활짝 열었다. 날마다 당일 일어날 일들을 세세하게 예언하고 때마다 잠시 뒤의 상황에 대해 계시를 내렸다. 그녀가 잠시 뒤의 약속 자리에서 만날 친구나 지인들은 열에 아홉은 악한이든지 사기꾼이었다.

그녀는 악의로 하는 말을 들어본 적이 없었다. 꾸지람일지언정 애정 담긴 조언이었다. 그녀는 우호적인 사람들 속에서 사랑받으며 살아왔다. 말하는 사람의 의도를 넘겨짚을 필요 없고 더구나 의심은 할 수가 없었다. 복순님의 말도 당연히 믿었으며 인간 아닌 복순님이라 더 믿었다. 그런데 그 말의 내용은 인간들이 하는 말에 대한 불신이었다. 그녀의 인생이 뒤집혔다. 그녀는 악인과 거짓말쟁이들에 둘러싸여 미움 받고 사기당하며 살아온 게 되었다.

급기야 복순님은 1, 2초 뒤에도 말하고 있을 복순님 자신에 대해서조차 계시하고야 말았다.

"복순이는 부, 불한당입니다."

"그 말씀을 하신 분은 누구십니까?"

그녀는 떨며 물었다. 제 의지로 제 입을 놀려 그 입에게 한 질문에, 다른 의지가 그 입을 놀려 답했다.

"나는 갈릴레오다."

복순님이 아니었다. 복순님의 감독을 받는 것도 아니며, 연출을 맡을 복순님이 없었다. 아무나 그녀의 입을 열어 말하기 시작했다. 김알지, 간디, 사포, 칸트, 하이네, 해부루…… 또 셜리란, 알야라후 같은, 들어본 적도 없고 발음도 어려운 이름들, 그리고 친정 외할머니를 비롯하여 뵌 적도 없는 시댁과 친정의 숱한 조상들. 또 잊을 만하면 되돌아오는 복순님. 그들은 저마다 특별히 무엇인가를 알려주고 약속했다. 입에서 신탁이 줄줄 샜다. 그리고 그 예언과 약속이 거짓이 되고 마는 까닭은 그녀가 정성을 다하지 않았거나 진심으로 믿지 않았기 때문이었다.

"5천 원 아꼈지!"

"방금 딴생각했지!"

"네가 그렇게 중요해? 네 꼴난 자존심 때문에 35만 명이 죽는다."

입이 줄기차게 낳는 신탁에서 속속 저주가 부화했다. 저주가 그녀를 둘러싸고 목까지 차올라왔다. 도와달라고, 그녀는 선미에게 치

사함을 무릅쓰고 여러 번 전화 걸고 메시지를 보냈다. "닥쳐!", 마지막으로 통화할 때 선미가 외쳤던 한마디는 물리적인 힘이었다. 실제로 정숙의 입을 마비시켰다. 선미의 말소리가 전화기에서 뻗어 나와 그녀의 입을 후려치고, 그 무렵 이미 불한당이었던 복순님은 갈겨버린 것 같았다. 선미는 단 한 번 메시지로 답했다.

'이제 그런 거 안 믿어요.'

정숙에게는 안 믿는다는 것이 불가능했다. 어디까지나 일시적 착오이지 전부 잘못일 수는 없었다. 그래서는 안 되었다. 복순님을 송두리째 부정하면 지난 몇 년이 날아갔다. 토스, 토스, 토스, 선미와 자기가 교직해왔던 전 역정이, 그간의 두 삶이. 그녀는 착오를 시정하고 옥석을 가려 언제부터인가 엇나간 사태를 제대로 되돌리고 반듯하게 펴서, 다음으로 이어야만 했다. 그럼으로써 그 세월을 낭비 아닌 성장 과정으로, 불미스러웠던 일화들까지 진일보를 위한 진통으로 의미 있게 만들어야 했다. 자기가 언니이므로. 선미가 술이나 퍼마시고 있기 때문에 더욱더, 자기는 정신과 약에 복순님을 절여 버려서는 안 되었다. 타다놓은 약도 먹지 않고 그녀는 버텼다.

복순님을 불한당이라고 했던 그 복순님이 되레 불한당 되고, 그 불한당이 다시 복순님 되고…… 머리가 맑아지고 고비를 넘겼다 싶다가도 그녀는 일문멸족이나 떼죽음을 방지하기 위해 뛰쳐나가 사람들을 놀래키곤 했다. 어지간히들 말 안 듣고 믿지 않았다. 그 사람들에게인지 복순님에게인지 죄책감과 수치심을 느끼며 그녀는 돌아왔다. 그리고 변명하고 용서 빌면서 집 안을 맴돌았다.

시어머니한테 끌려 기도원까지 갔다. 마귀 쫓는 목사님의 안수기도를 받는 동안 그녀는 속으로 하나님에게인지 복순님에게인지, 혹은 또다른 신에게인지 기도했다. 얄궂게 정숙의 계정으로 '복순이'에게 날아온 선미의 이메일에 나와 있던, 무릎에서 꽃을 피워올리는 신.

만나고 전화하기도 바빠서 둘 사이에 이메일은 요긴한 사이트 주소를 넘겨줄 때나 간략히 오갔으므로, 편지라고 할 만한 것은 그 메일뿐이었다. 남들의 10년, 20년이 안 부럽도록 몇 년간 집중적으로 서로 떠들어서 남은 건 절교 선언. 지나고 보니 그것은 둘의 관계에 대한 극히 부분적이면서 심히 편파적인 기록이기도 했다. 정숙은 그 메일을 한글 문서로 보관하고 파일명을 쳐넣었다.

'제1부.'

선미가 예로 든 깨지고 금 간 불상이 그녀는 달갑잖았다. 그건 궁상떠는 선미 쪽의 의견 같았다. 정호가 미륵이라며 마애불 사진을 보여준 건 나중이지만, 그때 보여줬어도 그녀의 평은 나중과 같았을 것이다.

"재밌네. 품위는 없구나."

그녀는 무릎에서 꽃을 피워올리는 신의 이미지를 나름대로 엄선했으니 인류에게 가장 추앙받는 여성, 대모신의 기독교적 변용이라는 성모 마리아였다.

"다 큰 남자들이 이게 무슨 짓이야!"

입이 해괴한 주석을 달았다. 컴퓨터 모니터에는 어느 유명한 대성당의 정문 위 부조가 떠 있었다. 성모자와 둘을 친견하는 동방박사들인데, 박사들이 박사 치고는 화려했다. 머리에 쓴 왕관과 풍성

하고 장식 많은 옷차림, 뒤로 거느린 시종들 따위. 하나는 죄인처럼 무릎 꿇고 머리를 조아리며 또 하나는 무릎으로 서서 정교한 호리병을 아기 예수께 바치고, 마지막 하나는 엎드려서 성모의 한쪽 발에 입 맞추고 있었다. 아기 예수는 호리병을 향해 몸을 틀어 적극적으로 두 팔을 뻗었고, 성모는 얼굴을 반대로 살짝 틀어 제 발에 입 맞추는 남자를 내려다보았다.

"제 죄만도 아니고 세상의 모든 죄를 아기한테 떠맡겨? 말귀만 알아들어도 기겁할 테니 핏덩어리일 때 덤터기 씌워? 벌거벗은 애 하나 갖다놓고, 정말 너무들 하네!"

그녀는 슬그머니 생각했다. 박사들은 박사 아닌 왕이고, 자신들의 권력이 신으로부터 위임받은 것임을 내보이기 위해 가식적으로 성모자 앞에 엎어져 있다고. 비죽, 그녀는 명화 감상에 여념 없는 입술을 몰래 비틀어 냉소했다.

"이 에미가 제일 심해! 제 아들이 어떻게 될 줄 몰라? 알면서 맞선 자리의 처녀처럼 새침하게 제 미모를 의식하고 있잖아."

서양미술에서 가장 인기 있는 한 쌍, 성모 마리아와 아기 예수가 모니터에 떠오르는 족족 묵사발이 되었다. 마리아에게 밀려나지 않으려는 입의 수작을 그녀는 무시하려 했으나, 오히려 말려들고 있었다. 철없이 울음을 터뜨리려는 어머니를 품에 안긴 조숙한 아기가 십자가를 쳐들고 선동하는 건 뭐고, 아기는 장래의 고통을 예감하고 괴로운데 어머니는 양 볼이 발갛도록 기대와 자부심에 들떠 관객을 응시하는 건 뭐야?

"이게 개중 솔직하구만."

강보에 싸인 아기가 벌써 살해당한 듯 납작하고 어머니는 경악과 공포로 얼굴 반쪽이 뻥 뚫린 현대 조각이었다.

레오나르도 다빈치의 〈리타의 성모〉. 탐욕스럽게 엄마 젖을 움켜쥐고 젖꼭지를 문 아기는 천진하기보다는 사실적이었다. 그런데 고개 숙여 아기를 지그시 내려다보는 성모의 표정이 이상했다. 모나리자의 야릇함과도 달랐다. 슬픔과 긍지, 체념과 결의가 각기 극한까지 뒤엉켜 저릿하면서도 섬뜩했다. 그림에서 얼굴 부위만 따로 어두운 뒷벽에서 허옇게 솟아나 목에 얹혀 있는 것 같았다. 울어서 약간 부은 눈꺼풀과 쑥 꺼진 눈 밑, 깨끗하고 넓은 이마와 곧고 길게 내려온 콧대, 한숨과 함께 미소가 물린 입술. 아들의 운명을 통째로 받아들이면서도 절대로 포기하지 않는 어머니. 출생만이 아니라 죽음과 죽음 이후를 맡길 만한, 실제로는 존재할 수 없는 완전한 어머니. 예수는 죽어야 하는 모든 것, 생명이었다. 생명은 나면 죽는다. 자식이 죽을 줄 알면서 어머니는 왜 낳는가? 그녀의 눈에서 침처럼 진한 눈물이 미끄러져내렸다. 그리고 그녀는 깨달았다. 입이 조용했다.

입은 서서히 둔해지면서도 악착같이 달싹거렸다. 간간이 관악산 어쩌고 하던 날 여관방에서 선미에게 두 팔 잡혀 있을 때처럼, 쉬잇, 쉬이잇, 휘파람을 연습하는 듯한 소리가 입에서 새나왔다. 입 부근에서 서식하던 복순님이 빠져나가 예술적으로 승화되어, 두 팔 벌리고 하늘을 우러르며 승천하는 듯싶었다. 시어머니는 그녀가 "믿습니다"를 하는 줄 알고 "아멘!" 하고 복창했다. 유난히 청명한 새벽 부쩍 늙은 시어머니와 비쩍 마른 며느리는 손을 마주 잡고 울었다. 극기 훈련 못잖게 빡빡한 일정에 단체로 부대끼는 기도원 생활을 몇 차례 겪다보니 며느리의 체력이 바닥나기도 했다. 그렇게 그녀의 입은 닫혔다.

하지만 오래 못 갔다. 남편이 보는 TV 저녁 뉴스가 귀에 흘러들어 그녀가 돌아보니 화면이 가녀린 유골을 천천히 비추고 있었다. 그 몇 년 전 경주 박물관의 우물 자리에서 발굴된 유골이 조사를 거쳐 비로소 공개되었다. 진흙층에 묻혀 있던 덕분에 온전히 보존된 그 전신 뼈는 예닐곱 살짜리 아이의 것이었다. 머리를 아래로 향하고 다리를 쳐든 자세로 발견되었으며 두개골과 한쪽 어깨가 깨져 있어, 아이는 우물에 거꾸로 떨어졌으리라 추정되었다. 사고였을 수도 있지만 제기가 함께 발견되었으므로 우물에 바쳐진 제물이었을 가능성도 있었다. 신라 왕릉에서 순장의 흔적이 발견된 적은 있어도, 제의를 위해 인간을 희생시켰음을 암시하는 유적으로서는 그것이 처음이었다. 뉴스[3)]에는 나오지 않았으나 그녀는 알았다. 신라시대에 우물과 하천의 신은 용이었다.

"복순님은 있었는데! 정말 있었는데!"

그녀는 속으로 절규했다. 복순님도 구례 산속에서 그녀의 아들 민기를 달라고 했었다. 팔짝 뛰고 싶도록 맞아떨어졌다. 복순님에 대한 제 믿음이 옳았음이 판명되니 통쾌했다.

"선미 걘 멋도 모르면서!"

곧바로 구역질이 치밀었다. 예닐곱 살짜리 아이의 뼈가 입안 가득 물려 있었다. 그로부터 한 달쯤 그녀는 된통 앓았다.

그녀가 만난 것은 이슬이 잔뜩 맺힌 거미줄이었다. 그녀가 어떤 생각을 던지면 그 생각과 함께 자신이 거미줄 한가운데 얹혀 거미줄이 출렁 쳐지고, 모든 이슬방울들이 그 한 생각을 안에 담고 모조리 그녀 위로 쏟아내렸다. 그것은 거울이고, 거울 같은 벽이고, 벽이었다. 그녀는 벽 너머가 아니라 벽을 만났다. 어머니가 돌아가신 후 어린 그녀가 맞닥뜨려 손톱으로 긁어보기도 했던, 우주의 끝.

목포 골동품 상점에서 정호와 선미가 괴성을 지르지 않았달 뿐 앞다투어 제 머리카락을 쥐어뜯으면서 뛰쳐나가버리고 복순님도 어디로 가버렸는지 잠잠하여 혼자 남았을 때, 그녀는 나무절구에 들어 있는 꼭두 중 하나에 눈이 갔다. 복순님이 골랐던 시커먼 남자인형 말고, 녹색 저고리에 붉은 치마를 입고 빤히 앞을 바라보는 여자 인형이었다. 제 팔뚝만한 비녀로 쪽을 진 그 인형이 자기와 함께 가고 싶어한다는 느낌이 그녀는 들었다. 데려가달라고 인형이 말을 하고 있는 것만 같아서, 그냥 돌아섰다가는 두고두고 후회되지 싶었다. 그녀는 복순님이 아닌 자신의 의지로 손을 뻗어 그것을 잡았으며 모조품인 줄 알면서도 뭉클했다. 브로치만 사도 "얘가 같이 가자 그러대" 하는 친구 하나가 있기도 하지만, 제 체험이므로 그보다야 의미 있고 신비스럽게 여겨졌다.

인형은 집에 갖고 들어갔다가 선자리에서 갖고 나와야 했다. 시어머니가 상여에 붙어있던 것인 줄 알아보았으며, 가짜라고 사실대로 얘기해도 질색했다. 그녀는 인형을 차 뒤 트렁크에 처박아놓고는 기도원 다니느라 잊었다. 몇달이나 지나 딴 물건 찾다 검은 비닐에 둘둘 말린 것이 손에 걸려도 무엇인지 몰라볼 정도였다. 비닐을 벗기고 그녀는 기억해 냈다. 자신이 골동품 상점에서 그 인형을 잡았던 순간 벽이 제 바로 뒤에 있었다는 것을. 뒤돌아보지는 않았지만 벽이 제 등 뒤로 옮겨가 있었음을. 의식하면 의식이 정한 바로 그 자리에 서 있고, 답답하다고 느끼면 더 두꺼워지고, 넘으리라 이갈면 더 높아지고, 발버둥 치면 칠수록 죄어오고, 탈출의 수단과 방법을 동원할수록 더욱 교묘하고 기괴해지던 그 벽이. 단지 인형이 말을 해서 자긴 알아들었는데, 자기가 현상 세계의 경계를 지나가 있었다. 아주 잠시, 번뜩 하는 찰나간이었을지라도.

"알긴 아네!"

민기가 만화책을 넘기며 내뱉었다. 자퇴하고 검정고시를 치겠다는 아이에게 그녀가 내장이 뒤집히고 성대가 파열될 만큼 설득, 아이 표현으로는 잔소리하던 중이었다. 아이는 초등학교 때는 주의산만(ADHD)이라더니 중학생 되니 우울증 진단까지 떨어졌다. 의사 말로 아이는 열등감에 시달렸다. 또래들까지 두려워하고 커서 사회생활을 해야 한다는 데 벌써부터 공포를 느끼고 있었다. 험한 세상에서 제 아들만은 살아남게 해주겠다고, 자기가 죽은 후에도 스스로 보호할 수 있게끔 철통 갑옷을 입혀주겠다고, 그녀가 과목별 과외에다 양, 한방 처방에다 온갖 비책까지 동원하여 얻은 소득이었다. 아이는 그 뜻, 제 잘못 아니고 엄마 탓이며 엄마가 이제야 인정한다는 말이었을 것이다. 그렇게나마 아들만이 그녀의 변화를 알아차렸다. 불량한 눈빛이 가끔 그녀의 뒤통수나 뺨을 찌르고 갔다. 어른들은 다 그녀가 스프링 같아서 절로, 또 도로 튀어오른 줄만 알았다.

벽에는 구멍이 있었다. 복순님은 약속을 지켰다. 꼭 그런 약속을 한 적은 없지만 그녀를 현상 세계의 너머로 잠시 통과시켜주었다. 선미가 하선생의 농장 뒷산에서 하늘을 올려다보았을 때 하늘에 뚫렸다는 구멍, 그 구멍이 다름 아닌 복순님이었다. 정숙은 이제야말로 확신하건대, 선생의 농장은 명당이었다. 거기서 하늘이 열렸으니. 그런 일이 벌어졌는데 거기가 명당이 되지 않는다면, 어디가 명당일 수 있을까? 명당은 지정되어 있지 않았다. 땅 위의 사람들과 그들이 벌이는 사건으로 만들어지는 것이었다. 동생의 화실에서 돌덩이 앞에 앉아 그녀는 일대의 하늘에 뚫렸다던 구멍을 상상했다. 그리고 그 구멍이 다시, 곧 열리리라 예감했다.

고려시대에 미륵 하생을 기원하며 향을 땅에 묻어두는 무리를 향도라 했다. 신라시대에는 산천을 주유하며 심신을 수련하는 화랑들이 향도였다. 대표적으로 김유신의 용화향도, 그 이름에는 미륵의 용화세계를 구현하겠다는 뜻이 담겨 있었다. 조선시대에 향도는 당산제 같은 마을 행사와 공동 노동을 위한 농민들 자체 조직이었다. 중종 때 조광조 등은 통치 체제 밖에 있는 향도를 억압하고 지주 위주의 향약을 강제했으며, 뿐만 아니라 신분제와 납세제를 비현실적으로 강화했다. 왕의 제천 의식을 막은 것도 같은 맥락의 보수화였으니, 그들이 막은 것은 변화였다. 하층민들은 대거 사회로부터 이탈했고, 양반과 성리학자들은 걸인배와 유랑자들, 주인을 죽이는 살주계나 검계 같은 범죄자들이 향도라고 기록했다. 그러나 농민들의 두레 또한 향도계에서 나온 것이었으며 동학농민혁명으로까지 이어졌다. 이를 또 집권자들은 외국 군대를 불러다가 막았다. 조선은 하늘과 함께 미래를 닫았다. 내부적으로 철통같이 가둬놓고 쥐어짜기만 하면서 세계사의 흐름으로부터는 고립되어 퇴행해갔다.

전라도 사투리로는 상여가 상두다. 시어머니에게서 들었다. 상여를 메는 상여꾼의 다른 말이 상두꾼이라고, 정숙도 선미 꿈 해몽하느라고 뒤적거릴 때 본 적 있었다. 다른 말이 하나 더 있었는데, 향도꾼. 상두꾼은 향도꾼이 변한 것이었다. 그러니까 상여는 상두고, 상두는 향도였다. 그 꿈의 게자리, 동양 별자리로 상여는 향도를 뜻했다.

예언은 풀릴 때가 있다. 풀릴 때가 되어야 풀린다. 그리고 예언에는 여러 층위가 있어서 한 번 해석한다고 답이 나오지 않고, 더 넓고 깊게 거듭 재해석된다. 선미와 정숙이 서로 토스했던 몇 년간이 곧 해석 과정이었다. 그 또한 아직도 규모조차 드러나지 않은 퍼즐의 고작 한 조각, 차차 때가 되면 둘은 다음을, 또 다음을 알게 된다.

선미는 정숙이 표절했다지만, 반대로 그녀가 세뇌당했다. 언니, 꿈에서 내가요…… 정신과 의사라면 선미에게 병이 있다고 할 것이다. 과대망상증. 선미는 제 꿈에서 보고 제가 그렇게 되기를 꿈꾸는 허벌나게 스케일 큰 자기를 현실에서는 믿지 않았다. 눈을 뜨는 즉시 정신 버쩍 차리고 말하면서 부인했다. 그러나 정숙은 믿었다. 믿고, 맞장구치고, 부추겼다. 선미의 꿈은 그에 반응하여 더욱 부풀어갔다. 선미의 꿈부터 둘의 합작이었다.

백인들의 꿈에 보이는 유색인은 무의식, 원시, 꿈꾸는 사람의 열등감 같은 어두운 면이라고 한다. 그렇다고 유색인의 꿈에서 백인이 의식, 문명, 우월감 같은 밝은 면이라는 법은 없다. 동양식으로 해몽하던 예전에도 정숙은 내심 켕겼다. 실은 주역 초급반 시절 기초적인 음과 양의 구분이 도무지 이해되지 않아서 애를 먹었다. 수박의 껍데기는 껍데기니까 음, 붉은 속은 알맹이니까 양, 그런데 복숭아 속 씨는 딱딱하니까 음, 씨를 싸고 있는 것은 부드러우니까 양…… 삶은 양, 죽음은 음도 사실에 대한 구분이므로 받아들이려 했다. 아무리 그래도 선은 양이고 악은 음이며 또 존귀는 양이고 비천은 음이라는 데 이르러서는, 배알이 뒤틀렸다. 강사는 가치 판단 아닌 기능상의 구분이라고 강조했으나, 선악과 존비가 가치 판단이지 기능이냐고! 신분제도가 있었던 옛날에는 천민의 비천함도 기능이었는지 몰라도 지금까지? 점을 치려면 효와 괘로 넘어가야 하므로 음양은 억지로 머리에 입력해야만 했다. 딱딱하고 껍데기고 죽음이고 악하고 비천한 것들과, 부드럽고 알맹이고 삶이고 선하고 존귀한 것들로 뇌가 다운될 뻔했다.

선미가 토스했다. 언젠가, 한참 전에 선미에게 토스해놓고는 받기를 잊었던 정숙은 받았다. 바구니였다. 선미 어머니 병실에 제가 배를 담아 들고 가서 선미가 기뻤다는, 그 3, 4천 원짜리 수입 등바구니를 정숙은 결코 잊지 않았다. 이번에는 자기가 한참 들고 있을 차례였다. 그녀는 토스해줄 때를 기다렸다. 슈퍼에서 채소 다발을 가격이며 유기농이니 하는 선전문구가 안 보이도록 뒤집어놓고 채소가 순수한 제 말로 "같이 가자" 하지 않을까 들여다보기도 하면서, 우직하게 기다렸다. 받아라, 남들에게 없는 너만의 능력과 남들은 모르고 네 자신마저 믿지 않는 너의 아름다움을! 너는 가짜가 아니다, 진짜다.

불끈 주먹 쥐어진 제 오른손을 그녀는 쳐다보고 있었다. 당장, 당장 출동해야만 한다고 주먹은 떨렸다. 선미가 위험했다. 주먹이 솟구쳐 오른팔이 쳐들리더니 근육 자랑하는 뽀빠이처럼 팔꿈치를 직각으로 꺾고 힘을 잔뜩 주었다. 그러고도 힘이 뻗쳐 주먹이 안쪽으로 틀리고 손목이 꼬였다. 왼손마저 떨리기 시작했다. 오랜 잠에서 깨는 것처럼 손끝, 손가락, 손목이 차례로 까딱거리다가, 왼손이 머리 위로 날아올랐다. 이어서 춤사위 같은 우아한 곡선을 그리며 옆으로 45도로 처진 다음, 주먹을 꽉 쥐면서 바깥으로 심하게 비틀렸다. 정숙은 제 양 주먹을 올려다보고 내려다보았다. 불상이나 불탑을 지키는 금강역사의 자세였다. 그녀는 일어나 두 팔을 힘껏 끌어내리면서 손끝을 활짝 뿌렸다. 그리고 늠름하게 걸어가 식탁 위의 휴대전화를 낚아챘다.

"나야. 그래, 오랜만이다. 그냥. 나야 잘 지내지, 너는? 건강하고? 나도 그렇지 뭐. 그냥 오랜만에 생각이 나서. 응, 그래. 너도."

1년 10개월 만의 전화 통화는 끝났다.

전철역에서 버스 진행 방향으로, 주유소 못 미쳐. 사람들이 종이컵을 들고 나오는 커피 체인점의 위치를 선미는 외워두었다. 2년 전에는 없던 집이었다. 그 체인의 쿠폰을 자기도 갖고 있었다. 싸고, 커피 맛 괜찮고, 한 쿠폰에 모든 지점에서 도장을 찍어주지만. 그 체인은 지점이 많지 않다는 게 흠이었다.

"계속 이러고 있어요?"

차 계기판에서 양쪽을 가리키는 두 개의 화살표가 초침 소리를 내며 깜박거렸다.

"응? 그러든지."

반대쪽을 보고 있던 정숙이 과장되게 놀라며 돌아보았다.

"참내!"

선미는 팔짱끼고 다리를 뻗어보았지만 다리가 짧아서 엉덩이가 미끄러졌다.

"감기기 있니?"

"이러고 있을 거냐구요."

"난 아무 의견이 없다니까."

정숙은 두 손바닥을 벌려 보였다. 또 몇 초가 흘렀다.

"아, 안 가요?"

"가? 어디?"

"가요!"

"아, 어딜?"

"빨리!"

"가라니까 간다."

답함과 함께 정숙은 비상등 단추를 눌러 끄고 기어를 바꿨으며 운전대를 틀었다. 지나가던 버스가 급정거했다가 매연을 퍼붓고 갔다. 그녀는 다음 틈을 놓치지 않고 옆 차선으로 차를 들이밀었다. 뒤에서 달려오던 차가 다급히 경적을 울렸다.

"히터 틀까?"

정숙이 물었다. 선미는 눈을 감은 채 고개만 저었다. 속도를 내기 시작한 차의 진동을 몸이 기억하고 있었다. 어디로 가는지도 모르고 달리고 또 달렸던 남도 여행. "유우턴하십시오." 위압적이던 정숙의 말투가 생각나서 피식 웃음이 났다.

제 가슴에, 왼쪽 유방과 명치 사이에 칼이 자루까지 깊숙이 꽂혀 있다. 선미는 본다. 잠이 들지도 않았는데 꿈을 꾸듯이, 차 조수석에 늘어진 제 전신을 자기가 내려다본다. 칼자루에는 검은 비닐 테이프가 사선으로 감겨 있고 반짝이는 테이프에 몇 개의 지문이 뚜렷이 찍혀 있다. 저들이다! 칼자루 밑에서 피가 솟아나 아침에 갈아입은 속옷과 셔츠를 적시고 있다. 한 달째 그녀는 피를 흘리고 있다. 첫 사흘 만에 침대 매트리스가 피를 흠뻑 머금어 부풀었다. 제 몸무게에 눌린 만큼 매트리스에서 피가 배어나와 누워 있는 몸에 붉은 테두리로 둘리고, 침대 밑으로는 역시 피에 부푼 합판에서 굵은 핏방울이 느긋하고도 끈질기게 뚝, 뚝 떨어졌다. 방바닥은 네 귀퉁이까지 고르게 피가 손가락 두 마디쯤 차올라 자주색 거울 같았다. 사람 몸 안에 피가 그다지 많을 리 없건만 선미는 보았으며, 칼 꽂힌 심장이 수축할 때마다 찢어진 틈으로 왈칵 뿜어 나오는 피를 이 순간에도 보고 있다. 사진으로 찍을 수도 그래픽 파일로 옮길 수도 없는, 칼자루의 지문들은 실제가 포착하지 못하는 진실이다. 저들이다! 아프다, 너무 아프다.

선미는 찾을 수 없었다. 재작년에 왔을 때는 초봄이었는데 지금은 늦봄, 풀이 무릎까지 무성해서 방향조차 가늠이 안 됐다.

"그만."

뒤에서 정숙이 옷자락을 잡았다. 선미 발 앞에는 수북한 덤불뿐이었다. 봉분도 다른 개들의 묘비도 다 풀에 묻혔다. 저만치 제법 굵은 적송이 그때도 있었다고? 선미는 돌아섰다. 맞은편 산의 굴곡이 낯익은 듯도 했다. 산 아래 농장 마당에서 허리 굽혀 일하던 하선생이 마침 일어나는데 눈길이 정확히 여기 꽂혔다. 둘이 산을 오르는 동안 지켜봤을 것 같았다. 선미는 되돌아서서 무릎을 꿇었다. 그리고 손등에 이마를 괴고 엎드렸다. 여기밖에 올 데가 없었다. 제 인생을 묻은 곳.

묻었어? 천만에! 한 달 전의 충격은 재작년에 비교도 할 수 없으리만치 컸다. 그때 영혼을 묻겠다는 정숙에게 자기는 인생을 묻었다고 으쓱댔으나, 인생이나 영혼이나 그게 그거였다. 돈이 아니었다. 관념이야 뭐라도 땅에 파묻을 수 있어도 돈 1157만 원은 그럴 수 없다. 좁쌀만한 살 한 점도 제 몸에서 떼어 묻기 아깝다. 오동나무 상자 안에 1157만 원이 들었다면 재작년에도 파묻었을 리가 없다. 주말에도 친구 못 만나가며 참고서 문제 출제 아르바이트를 해서 모은 1157만 원! 재작년 그 일이 그렇게 끝나지 않을 줄은 알았다. 그래도 이런 식일 줄이야!

'보이스 피싱'의 배후가 홍콩 삼합회라는 기사를 읽고, 그녀는 컴퓨터로 다운 받아 캔 맥주를 마시며 보았던 홍콩 누아르 영화들을 떠올리며 치를 떨었다. 그 멋진 배우들과 감독, 스태프들까지 모조리 증오했고 한 배우에게 반했던 자신도 증오했다. 휴대전화로 전화해서 신용카드 회사 직원을 자처하면서 그녀가 쓰지도 않은 신용카드 결제액 몇백만 원을 추궁하던 남자, 또 그 남자가 연결시켜 준 종로 경찰서의 사이버 수사대원이라는 여자는 연변 억양이 전혀 없었다. 선미의 집 주소와, 집 전화번호, 주민등록번호, 신용카드와 연결된 은행 계좌번호까지 알고 있었으며, 오히려 선미가 본인인지 확인한다고 빈 칸을 남기고 불러보라 했다. 여자는 남자가 전화를 돌려주어 선미를 직접 인계받았으면서도 그 절차를 더욱 까탈스럽게 반복했다. 그런데 여자는 실수했다.

"후꽈를 막기 위해서 김명수를 잡아야 합니다!"

후과? 선미는 평소에 듣지 못한 그 말이 경찰 계통의 전문 용어이거니 했다. 또한 신용카드를 도용하여 열몇 사람에게 막대한 피해를 입히고 있다는 지명수배자의 이름이 바로 전까지는 김명수가 아니라 정명수였다.

"정명수요?"

"네, 이번에 반드시 잡읍시다!"

그 여자가 또 연결시켜준 경상도 억양의 남자가 시키는 대로 휴대전화를 들고 은행으로 가서 그 남자가 불러주는 대로 자동인출기계의 숫자판을 눌러 '방호벽 설치'를 마친 후, 즉 제 통장의 저축금 전액을 사기꾼들의 '대포' 통장으로 이체시킨 후에도 선미는 스스로 그에게 전화했다.

"제가 은행을 나왔는데요, 노란 띠를 두르고 안내하던 남자 직원이 따라 나왔어요."

은행 내부 직원도 연루되었다고 판단되므로 특이한 점이 있으면 알려달라고, 그 남자가 부탁했기 때문이었다.

"그래서 어떻게 하셨습니까?"

"얼른 건널목을 건너서 맞은편에서 보고 있어요. 직원한테는 안 보이게요."

"그 직원은요?"

"두리번거려요."

"저희가 지금 사람을 보내겠습니다!"

사기당했음을 깨달은 순간 처음 든 생각이, 부부 싸움의 대사 같은, "나한테 이럴 수 있어요?"였다. 항의한 것이었다. 재작년에 자신을 이끌었던, 그땐 그런다고 믿어졌던 어떤 기획에게. 그 직후부터 그녀가 불신하고 때론 조소하며 2년 동안 깊이 묻어두었던, 그 의도에 대고. 밤마다 그녀는 안방의 어머니한테 들릴까봐 이불을 뒤집어쓰고 울면서 수백 번은 따졌다. "왜 그랬어요, 왜?" 제게 정신이 회까닥 돌아버릴 정도로 황홀한 세계를 보여줄 능력이 있으면서 왜 현실의 한갓 사기꾼들로부터는 보호해주지 않았느냐고. 혹은 왜 하필 동네에서도 가장 멍청한 자기에게 그런 엄청난 것을 보여주었느냐고. 파출소에 신고하러 갔다가 듣기를, 사건 당일 그 지역에 사기 전화가 집중적으로 걸려와서 파출소로 주민들의 문의 전화가 수십 통 왔는데 정작 사기 피해자가 되어 나타난 사람은 선미 한 명뿐이었다.

한 달이나 지나서 며칠 전에 전화를 건, 형사라는 남자의 시들한 말투로 보아 제가 돈을 되찾을 가능성은 없었다. 내년에 임대 기간이 끝나는 임대 아파트를 분양받을 돈을 날렸다고 어머니에게 실토하지 못했기 때문에, 그녀는 전화기를 들고 제 방에 들어가 문을 닫았다.

"진술서 못 보셨어요? 파출소에서 다 써냈는데요."

"그거 들고 전화하는 겁니다."

"그럼 그거 읽어보세요. 전화 건 분은 진짜 형사이신지, 그건 또 제가 어떻게 알겠어요?"

전화기에 귀를 대고 있는 자기까지 피곤해지는, 그 피곤에 찌든 목소리의 남자가 형사임을 의심치 않았지만 선미는 대충 대꾸하고 전화를 끊었다. 그 남자는 "잡읍시다!"나 "저희가 사람을 보내겠습니다!" 같은 말은 결코 하지 않았다. 그러니 형사가 틀림없었다.

눈꺼풀 안에 흰 점이 어른거렸다. 선미는 눈을 떴다. 쓰러진 풀잎들이 보였다. 눈을 감으니 도로 흰 점이었다. 그녀는 눈을 떠서 풀잎들을 다시 보고, 눈을 감고는 자세히 들여다보았다. 흰 점은 눈을 너무 꽉 감아서 생긴 부작용이었다. 떨리는 눈꺼풀. 그녀는 축축한 풀밭에 엎드려서 소리 없이 외쳤다. "아파요!"

기적을 보여줘봤자 소용없다, 기적을 일으켜라! 하늘이 열려봤자 지상에서는 길바닥의 쓰레기 하나 까딱하지 않는다. 설사 불기둥이 떨어진들 효용은 휴대용 부탄가스 한 통만큼도 안 된다. "전 아파요!" 그녀는 땅 위에서 태어나고 살아온 생명이다. 아무리 답답해도 여기밖에는 알지 못한다. 여기 말고 딴 세상이 있다 해도 관심 없고, 여기서 끌려나간다면 곧 죽을 것 같고, 죽을힘을 다해 도로 기어들어올 것 같다. 여기서, 여기서 생존할 수 있는 기적을! 여기서!

재작년 이 자리에서 일어나 산을 내려간 아침, 바람이 세차졌다. 집에 가서 씻고 마을버스 타고 다시 나오다 그녀는 가로수에 걸린 커다란 비닐을 보았다. 비닐 돗자리처럼 겉은 은박이고 안은 스티로폼이지만 그보다는 얇은, 보온용 포장재였다. 어디선가 그것이 너

덜너덜하게 찢긴 채로 날아와 나뭇가지에 걸렸는데, 하필 딱 가운데로 접혀서 좌우가 손바닥 마주치듯 포개져버렸다. 바람이 세면 셀수록 오히려 두 면이 더욱 단단히 들러붙어 두 겹으로 된 두꺼운 돛처럼 부풀어올랐다. 바람만으로도 나무는 몸부림치는데, 바람에 저항하는 커다란 짐까지 걸린 그 나뭇가지는 꺾어지기 직전이었다. 비닐은 당기고, 당기고, 가지는 휘고, 휘고.

그런데 그 비닐도 그녀는 안쓰러웠다. 요행히 그 가지에서 벗겨져 날아간다 한들 정처 없이 굴러다니며 점점 더 찢어지겠지. 그리고 갈기갈기 아무리 작은 조각으로 해체될지언정 끝끝내 번쩍거리겠지. 썩지 않는 비닐을 그녀의 의식은 거부하는데 마음은 그게 불쌍했다. 이미 그것이 그런 모습으로 생겨나서 존재하기 때문에. 그리고 버려져서 찢겨, 자기로서는 그럴 수밖에 없는 방식으로 사라져가고 있기 때문에.

모습을 가진 것들은 어느 것이나 그대로 영원히 존재하기에 충분하도록 아름답고, 또 한순간도 그대로 있을 수 없으리만치 위태로웠다. 인간 아닌 동물이나 식물, 생물 아닌 무생물이라고 해서 아름다움이 모자라지 않고, 위태로움이 덜하지 않았다. 시시각각 손상되어가며 땅 위에 서 있는 것들이 그녀는 가슴에 사무쳤다. 이미 죽은 직계 조상보다 당장 지구 반대편에 있을 누군가가 더 가깝고, 아직 태어나지 않은 후손보다 자신이 길렀던 노란 잉꼬 복순이가 더 소중했다. 역사를 바꾼 영웅들보다 현재 살아 있는 가로수가 위대하고, 어느 성자보다 제 낡은 신발이 존경스러웠다. 하지만 거기까지.

바로 갈아탄 전철은 진공상태였다. 남들의 점심시간과 퇴근시간 사이 한산한 때라 그녀는 자리에 앉았으나, 평소처럼 학원 근무가 그 점 하나는 좋다고 자족하지 못했다. 그녀는 맞은편에 앉아 있는 승객들을 바라보았다. 방금 전에 자신이 보온용 포장재한테까지 느꼈던 감정을 그들에게 느껴야 한다는 강박 때문에 그녀는 굳었다. 아무 소리도 들리지 않았다. 전철은 유령 기차처럼 미끄러지고 승객들은 그녀 맞은편에 놓여 있었다. 그녀는 그들을 하나씩 뚫어지게 주시했다. 그런데 그들은 저마다 생각에 잠겨 고민스러운 표정이거나 눈을 초조하게 깜박이거나, 휴대전화에 갖다댄 입이 조개마냥 벌어졌다 닫혔다 했다. 다들 중요한 일이 있으며 그녀보다 잘난 것 같았다. 아무도 그녀에게 눈길 줄 새가 없었지만 혹시라도 그런 이가 있었다면 의심하지 않았을까? 살벌하게 눈동자를 뒤룩거리는 저 여자가 혹시 전철에 불을 싸지르려고 가방에 휘발유 따위를 갖고 있는 건 아닌지? 그래도 낯모르는 그 전철 승객들이 차라리 나았다. 까칠한 학원 아이들, 깐족거리는 동료 선생들, 누구보다도 어머니를 그녀는 도저히 용서할 수 없었다. 그들 앞에서는 그들만 쏙 빼놓으면 세상 사람 다 포용할 수 있을 것 같기도 했다.

지하상가의 그 충만한 시간이 10분 아닌 열 시간이나 열흘이었다 해도, 째깍째깍 일상의 시간은 어김없이 흘러갔다. 가끔씩 그때의 감동에 젖었다가 깨면 끔찍했다. 마음 밑바닥까지 겁에 질려 있는 자신이 보였다. 그녀는 너무나 겁이 나서 겁이 난다는 걸 알기조차 겁내왔다. 자기에게는 자신감이 남아 있고 의욕도 있어야 했으며, 그러기 위해서는 자책해야 했다. 이러면 안 되고, 저래도 큰일 나고, 까딱하단 망하고, 아직 덜 혼났고…… 미래를 생각하면 그녀는 현재 대단히 잘못하고 있는데, 그 미래가 현재가 된 순간에도 다음 미래를 위해서는 잘못하고 있으며 자책하고 있을 것이었다. 꽥! 그녀는 과오뿐인 과거와 망쳐질 미래 사이에 웅크렸다. 다른 수가 없어서, 다른 수가 있으리라는 건 분명히 잘못된 정보, 속임수이기 때문에. 재작년에 그녀는 도망쳤다. 정숙과 복순이가 엇나가서 안도했다. 핑계 거리와 비난할 상대가 생겼으니까.

정숙이 등을 두드렸다. 가만두라고 선미는 어깨를 흔들었다. 정숙은 그 어깨에 두 손을 걸고 세게 당겼다. 제, 발, 좀, 가만두라고 선미는 얼굴을 풀 속에 처박았으나 정숙이 막무가내였다. 들썩, 들썩, 선미의 몸이 젖혀지려 했다. 그녀는 발랑 몸을 뒤집어 정숙의 손을 벗어나면서 노려보았다. 눈앞에 아무도 없었다. 정숙은 저만치에서 땅에 다소곳이 엎드려 있었다. 선미를 일으키려던 것은 정숙이 아니고, 사람이 아니었다. 정호의 화실에서부터 보이지 않는 손을 뻗친, 복순이였다. 미안해! 선미는 눈을 감았다. 마지막으로 기다리라고 해놓고, 며칠 만에 자기는 복순이를 걷어찼다. 그럼에도 복순이는 여태까지 그녀를 기다리고 있었던 것이다. 그녀의 심장에 꽂혀 있는 칼이 쑥, 쑥쑥 빠져나갔다. 복순이가 그 칼을 뽑아내었다. 선미의 가슴이 딸려올라가 등이 위로 휘었으며, 사지가 받침대처럼 빳빳하게 뻗었다. 칼이 쑤욱 다 뽑혀나가자 주위가 핏물로 물들었다.

"사기당했어요."

산길을 걸으며 선미는 웅얼거렸다.

"얼마나?"

정숙이 우뚝 섰다.

"천만 원, 좀더……"

"선미야, 그건 또 벌면 되잖니!"

휘둥그레졌던 정숙의 눈이 그 액수에 대한 액면 평가로 좁혀졌으나, 눈빛은 선미의 심리적 평가에 동감하여 애틋했다. 그 눈빛에 위무 받아 선미도 액면 평가에 편승하고 싶어졌다.

"나 금방 벌 거야!"

근거 없는 낙관이 샘솟았다. 그런데 그것은 그녀의 눈이 아니라 그녀의 손을 꼭 쥐었다 놓는 정숙의 눈에 눈물로 고였다.

"이제 됐어! 너만 괜찮으면 되는 거야!"

쑥스러워서 선미는 돌아서서 걸었다. 뒤에서 정숙이 "됐어!"라고 혼잣말하는 소리가 몇 번은 더 났다. 선미는 그 한마디마다 턱, 제게 얹히는 것 같았다. 다시 시작인가. 기적이 일어나긴 한 건가. 언제나 똑같은 폐쇄된 게임, 정숙과 자신과 복순이만의 수건돌리기. 그렇다고 아무 일 없었고 또 앞으로도 없으리라는 건 이제 더더욱 겁난다.

"저기, 얘가 전시회 준비하느라고 잔뜩 곤두서 있거든."

정호의 화실 앞에서 정숙은 소곤거렸다.

"됐어요."

선미는 지레 목이 움츠러들었다.

"그래도…… 보긴 봐야지. 안 봐?"

정숙은 화실 안에서 복순이가 있을 왼쪽을 턱짓하며 조심스레 문을 두어 번 두드렸다.

"안에서 전시회 준비한다면서요?"

"잠깐만……"

"됐다니까요!"

"왜?"

"창피하잖아요! 언닌 창피하지 않아요? 우리가 남들한테 어떻게 보이겠어요?"

지난 2년간 꿈속에서 계속 동물들이 죽어갔다. 닭, 거북이, 염소 등으로 다양하게 바뀌는데, 꼭 두 마리씩 한 쌍이었다. 그들은 눈 덮인 산속 폐가, 나갈 길이라고는 자동차용 엘리베이터밖에 없는 주차 타워, 맨홀 속 같은 데 갇혀서 굶어죽어가고 있었다. 선미는 늘 한쪽에서 보고만 있었다. 한번은 낡은 빌딩의 옥상에 그녀가 올라가 있었다. 옥상에는 빛바래고 먼지 탄 플라스틱 조화가 가득하며, 그 틈에 검은 개가 한 마리 줄에 묶여 있고 옆에는 새끼인 듯한 검은 강아지가 웅크리고 있었다. 그녀는 그 개들을 무심히 지나 옥상 난간에 다가섰다. 내려다보이는 시가지도 매연에 찌들어 우중충했다. 어? 그녀는 입이 딱 벌어졌다. 그 개들의 주인이 자기라는 생각이 났다. 그러나 물이나 먹이를 준 기억이 없었다. 먹을 것을 챙겨준 적이 없었다.

"개밥은 내가 줬다."

어머니의 말소리가 들렸다. 대체 언제 줬다는 것일까? 관절염 때문에 계단을 못 오르는 어머니가 몇 번이나 그 옥상까지 왔다고? 돌아보면 그새 개들이 죽어 있을까봐, 그녀는 난간을 움켜쥐고 차도 행인도 밀리는 빌딩 앞 대로를 망연히 내려다보았다. 왜 죽어가는 동물이 꼭 한 쌍인지는 실로 모르겠지만, 그 둘이 누구인지는 알 듯했다.

단 한 번 갔던 해외여행, 지독히 의기소침해져서 인터넷 카페에 피난해 있다가 받았던 정숙의 이메일이 망각 속에서 부표처럼 떠오르기도 했다. 여행지에서 아침에 일어나니 밤새 더러운 매트리스에서 벼룩 떼가 출동하여 온몸에 수를 놓아왔고, 제가 들여다보며 징그러워하다 아토피가 도져 물린 자국마다 2차로 두드러기가 퍼져나갔다. 날은 뜨겁지, 항히스타민제를 삼키니 노그라졌다. 물가 싸서 그리로 갔고 거기도 괜찮은 게스트하우스들이 많건만 자기가 최하급, 그 건물에서도 하룻밤 숙박비가 인터넷 카페 커피 한 잔 값도 안 되는 가장 싼 다락방에 굳이 기어들어가놓고, 그 나라가 넌더리 났다. 도심만 벗어나면 한국의 70년대쯤 사진같이, 왜들 이렇게 사냐고! 차라리 하지 말지, 해외여행이랍시고 그렇게밖에 못하는 제 자신은 어디 패대기치고 싶었다. 우울하다고, 선미는 정숙에게 몇 글자 보냈다. 마침 정숙은 민기하고 여행단에 끼어 실크로드에 가 있어서 답장은 기대 안 했는데 왔다.

Seon mi ya! jal eun mo reu get ji man, ne ga geog jeong doi neun gu na. God bless you!
(선미야! 잘은 모르겠지만 네가 걱정되는구나. 갓 블레스 유!)

외국에서 한글 자판을 칠 수 없었던 정숙은 영작하느라 골치 썩이지 않고, 영어 알파벳으로 국문과 영문을 내키는 대로 오갔던 것이다. 큭큭대면서 선미는 콧등이 찡했다.

ne ga g raet ji. U ri eui go tong e neun eui mi ga it eul geo ra go. Suddenly saeng gag na ne. I think so. I think so.

(네가 그랬지. 우리의 고통에는 의미가 있을 거라고. 써든리 생각나네. 아이 씽크 소. 아이 씽크 소.)

오늘 아침에도 선미는 전철역에서 나와 정숙의 차로 걸어가면서, 예전에 정숙이 밤마다 전화해서 새벽까지 길어질 사설의 서두로 떼던 말이 제 말로 되뇌어졌다. “내가 너 아니면 누구한테 이런 얘기를 하겠니!” 언니는 알아줄 거야, 언니밖에는 이해 못하지. 한때 자기가 붕 떴다가 돈 때문에 진구렁에 처박힌 이 극적인 대비를, 이 황당하고 난감함을. 언니한테 다 털어놓은 후의 후련함과 서러움까지 미리 몰려왔다. 그러나 차 문을 열어 못 보던 동안 오히려 젊어진 듯한 정숙을 보자마자 머리가 차가워졌다. 여섯 살이나 위인 그녀의 눈망울이 감개무량했다. 그녀가 하소연하고 싶은 말이 너무너무 많은 것 같았다.

“아무래도 내가 미쳐가는가봐요. 그런데 진실이 그쪽에 있는 것 같아요.”

묵묵히 서울까지 차를 얻어 타고 돌아와서 내려야 할 전철역이 보이자 선미는 말했다. 그리고는 정숙의 오해와 과잉 반응이 염려되어 도리어 가슴이 콱 틀어막혔다.

전등을 껐다. 선미는 침대 옆에 다리를 접고 앉아 눈을 감았다. 흠칫 떨리더니 상체가 앞뒤로, 또 좌우로 흔들렸다. 꼬리뼈 끝에서 강한 빛이 척추를 타고 올라와, 정수리를 돌아서 미간으로 내려왔다. 빛의 날이 두 눈 사이를 수직으로 가르고, 그다음엔 수평으로 두 눈동자를 갈랐다. 두 눈동자가 왼쪽으로 해서 두개골 안으로 빙글빙글 돌았다. 오른쪽으로도, 밑으로부터 위로, 위로부터 밑으로도 안을 향해 돌았다. 또 왼쪽 눈은 오른쪽으로, 오른쪽 눈은 왼쪽으로 서로 마주하며 빙글빙글 돌았다. 고개가 격렬히 돌아가기 시작했다.

목 부러지겠네! 그녀가 생각하자 고개가 멈추고 상체가 서서히 뒤로 젖혀졌다. 그녀는 방바닥에 누웠는데, 머리가 다시 조금 들렸다. 오른손이 어깨 위로 올라가서 그녀의 고개가 돌아가던 통에 뒤통수로 밀려난 머리띠를 빼내 멀찍이 놓았다. 그녀는 머리를 편안히 누였으며, 오른손은 내려가서 왼손처럼 몸 옆에 45도 각도로 자리잡았다.

빛이 미간에서 인중을 거쳐 가슴으로 내려갔다. 양쪽 허파가 꿈틀하고는 한꺼번에 왼쪽으로 빙글빙글 돌았다. 또 오른쪽으로도 돌았다. 빛은 양손으로 내려갔다. 왼손 손바닥 한가운데가 간질대더니 그 자리에서 구체가 솟아나, 천장에 닿도록 커져서 손바닥 위에서 빙글빙글 돌았다. 검고 반투명하며 황금색 선이 많이 섞여, 황금 실로 수놓아진 검은 나사를 뭉쳐놓은 것처럼 보였다. 오른손 손바닥에서는 황금색 구체가 솟아 번쩍이며 빙글빙글 돌았다. 각기 방만한 두 구체가 양손을 바닥에 세게 누르면서 몸 위에서 겹쳐 그녀는 꼼짝할 수 없고, 머릿속에서 계속 불티가 튀었다.

어지러워서 선미는 눈을 떴다. 방 안에는 어둠뿐, 아무것도 보이지 않았다. 그래도 양손에서 무거운 물체가 빠르게 도는 느낌은 여전했다. 선미는 도로 눈을 감고, 생물과는 매우 다른 방식으로 살아 있는 두 구체를 응시했다. 처음 그들이 나타났을 때는 겁이 나서 오금이 저렸다. 그래도 그녀는 그들을 거부하지 않았다. 재작년처럼 도망치기 싫었다.

반 시간가량 두 구체가 손바닥에서 돌다가 일시에 사라지고, 손가락이 접혀 양손이 오므라진 다음 손등이 위가 되게 뒤집히기 마련이었다. 그러나 이번에는 왼손이 배 위로 옮겨왔다. 구체가 손바닥을 끌고 배 위로 뛰어올라왔다. 또 오른쪽 구체가 오른손을 끌고 뛰어올라 왼손 위에 포개졌다. 두 구체가 완전히 겹쳐지자 몸 안에서 불티에 발화되어 폭발이 일고, 빛이 정수리와 미간으로 뻗쳐나갔다.

머리맡에 누군가 있었다. 매우 가까이, 그녀의 머리 바로 위에서 내려다보고 있었다. 선미는 경악했다. 그녀를 내려다보고 있는 사람은 자기 자신이었다. 정수리에서 그녀의 얼굴과 똑같은 머리통이 하나 솟아나 곧추서서, 누워 있는 제 얼굴을 관찰하고 있었다. 관찰당하는 선미는 전신이 마비된 듯 손가락 하나 까딱할 수 없었다. 찬찬히 관찰을 마친 머리맡의 얼굴이 쑥 솟구쳤다. 쑥, 쑥쑥, 그 얼굴에 딸려 그 밑의 가슴이, 또 그 밑의 허리가 선미의 정수리에서 빠져나갔다. 그리고 엉덩이, 그다음 허벅지가. '이 게 죽 는 건 가', 어느 구석에서는 그렇게 적힌 흰 종이가 팔랑거리는 것 같았다.

또다른 선미는 온전히 빠져나가 몸을 추스르더니 똑바로 섰다. 그리고 누워 있는 선미를 몹시 측은하게 내려다보았다. 어느 구석에서는 악령에 들린 사람이 주변 인물들을 난도질하는 호러 영화가 상영되고 있는 것 같았다. 선미라는 인물이 정신병원의 철창 안에 갇혀 있는 모습도 섞여 있든지.

또다른 선미가 얼굴을 들었다. 그리고 선 채로 가볍게 떠올랐다. 실제 선미는 차가운 방바닥에 들러붙어 위층에서 부부 싸움하는 소리, 아파트 베란다의 공용 하수관으로 물 내려가는 소리를 들었다. 또다른 선미는 어떤 힘에 끌려 앞으로, 앞으로 느릿느릿 걸어갔다. 따스한 구름 속인데 양편으로는 낯선 도시의 스카이라인이 눈높이로 희미하게 보였다. 그녀가 두리번거려 방바닥에 누워 있는 그녀도 고개를 좌우로 돌렸다. 저 위에 구름이 빨려들어가는 터널이 보였다. 그녀는 스카이라인을 버리고 가파른 계단을 오르듯 한 걸음씩 위를 짚으며 터널을 향해 올라갔다. 그리고 구름과 함께 그 속으로 빨려들어갔다. 터널은 무척 기이이이이이이일다.

한순간 터널에서 쏙 빠져나온다. 그녀는 몸을 둥글게 만 채로 우주선에서 떨어진 부속품처럼 빙빙 돌면서 떠간다. 앞에 정말 우주선이 가고 있다. 아니, 양 날개를 천천히 펄럭이는 거대한 외계 생명체? 납작한 말굽 모양의 흰빛, 복순이! 복순이가 저렇게 컸던가! 비행기를 몇 대 합친 것만큼 크다. 그녀를 이끌었고 지금도 이끌고 있는 힘은 복순이다. 그녀는 복순이에게 끌려가고 있다. 불안해진다.

별들이 춤춘다. 눈길 닿는 데마다 별들의 군무가 벌어지고 있다. 줄지어 선을 만들고, 그 선들이 무수히 얽히고, 얽히면서도 저마다 계속 뻗어나가고, 확 흩어졌다가 여기저기 별들이 다시 모인다. 규칙은 없으면서도 조직적이다. 매 순간 수없이 많은 지점에서 뭉쳐진 별들의 불꽃이 터져서 선과 점 들로 해체되고, 더 많은 불꽃이 터지고 있다. 그러나 그녀는 감탄할 여유가 없다. 속이 바짝바짝 타들어간다. 돌아갈까? 돌아갈 수 있을까? 돌아갈까? 돌아갈 수 있을까?…… 어디까지 가는데? 그녀는 크게 한 바퀴 돌고 멈춘다. 앞서 가던 복순이도 멈춘다. 뒤돌아보고 묻는 것 같다. 또, 뭐?

그녀는 어설픈 미소마저 띠고 사방의 불꽃들을 초조하게 둘러본다. 그리고 복순이 쪽이 아닌 허공에 대고 떨리는 목소리로 묻는다. 아마도 복순이의 상관, 복순이가 그녀를 데려가려는 곳에 방만한 자세로 있을 책임자에게. 친절하게 안내하는 점원을 두고 소리쳐 주인을 부르듯이.

"저는 저 속에서 어디 있습니까?"

책임자는 안 오고 슬라이드가 쇼가 시작된다. 느리게 지나가는 몇 장면이지만 빅뱅으로부터 지구의 생성과 생명체의 탄생까지 백몇십억 년이 담겨 있다. 그녀는 조용히 보고 있는데, 둥둥 떠 있는 몸이 뒤로 약간 밀려서 옆으로 늘어져 있던 팔이 가슴 쪽으로 굽는다. 그녀는 제 두 손을 얼굴 앞으로 끌어당기고 들여다본다. 그 손들은 분홍빛이고 뼈가 비치며, 아주 작다. 태아의 손이다. 방금 본 슬라이드는 그녀가 태아였을 때 어머니의 자궁 속에서 본 것들이다. 눈을 드니 슬라이드 쇼가 점점 빨라지고 있다. 그녀가 어머니 배 속에서 나와 살면서 보았던 모든 장면들. 그녀의 얼굴이 일그러진다. 슬라이드 쇼는 더욱 빨라져 휘리릭 끝난다. 그녀는 미래를 보았다. 고개를 떨구고 울음을 터뜨린다.

"제가 저기 있었습니다."

앞에서 복순이가 일렁인다. 복순이가 먼저 하강하고 그녀는 따라서 내려가고 있다. 심해처럼 어둡고 저항이 세서, 거대한 복순이가 헤치고 가주지 않으면 그녀는 내려갈 수 없을 것이다. 복순이가 양 날개로 일으키는 파장에 휩쓸려가는 듯도 하다. 공기는 무척 맑다. 그녀의 윗집에서 와장창 하고 여자가 빽빽 하는 소리가 가까워진다. 그리고 그 아래층에서 땀에 젖어 누워 있는 어떤 여자가 보인다.

두 선미가 겹쳐지자 몸 안에서 다시 빛이 터졌다. 몸 양옆에 놓인 두 손바닥 위에 두 구체가 다시 나타나 좀 돌다가 사라졌다. 두 손은 들려 가슴 앞에서 손바닥을 마주 대고 얼굴까지 올라왔다가 내려갔다. 기도였다. 복순이가 그녀에게? 그녀가 책임자에게? 책임자가 그녀에게? 그녀가 복순이에게? 누가 누구한테 하는지 모를, 감사의 기도. 양팔은 몸 옆으로 45도 각도인 제 자리로 돌아갔다. 그리고 손가락이 접히면서 두 손이 오므라지고 뒤집혀, 두 주먹이 쥐어졌다.

"너에게 권능을 준다. 이 권능으로 암을 고쳐라."

머릿속에 엇갈린 몇 개의 선이 떠오르고 고막은 안에서 밖으로 부풀고, 그 뜻은 그녀의 인지능력에 지져졌다. 선미는 눈을 떴다. 어디론가 가버렸던 단어가 자석에 붙듯 의식으로 찰칵 돌아왔다. 게자리. 그 별자리의 라틴어 이름은 '캔서(Cancer)'다. 어원은 '게'라는 뜻의 그리스어. 암을 지칭하는 '캔서(Cancer)'라는 현대 의학 용어는 그 그리스어에서 왔다. 암 종양이 자라는 모습이 게 다리와 비슷해서 그렇게 부르게 됐을 거라고 한다. 전에 본 적 있다.

겨울부터 끈 감기를 떼려고 병원에 가다가, 선미는 들었다.

"의사의 암을 고쳐라."

입에서 혀가 날름 나왔다 들어갔다. 의사가 암? 의사인데도 모르고 있나? 내가 당신이 암이라고 말해봤자 믿을까? 의사가!

토요일도 평일처럼 7시 30분까지 진료, 일요일도 오후 3시부터 진료. 그녀는 진료 시간표를 두 번은 읽었다. 이 의사는 일주일에 쉬는 날이 하루도 없었다. 요즘 개인 병원들이 어렵다니, 제가 워낙 병원과 담쌓아서 몰랐을 뿐 이곳만 유난한 건 아닐 수도 있었다. 그녀는 접수대 앞면에 비좁게 붙어 있는 포스터들을 훑어보았다. '태반 주사' '보톡스' 등, 내과하고는 별로 관계없는 시술들.

"이선미님, 진료실로 가세요."

선미는 간호사가 가리키는 문으로 들어가 약간은 부석해 보이는 의사에게 인사하고 등받이 없는 환자용 의자에 앉았다. 의사가 혀를 누르는 도구를 들고 다가들었다. 그의 흰 가운은 다림질이 아주 잘돼, 한 올 한 올이 납작하게 눌려 있었다. 입을 딱 벌린 채 천장을 바라보며 선미는 제 무릎 위의 두 손을 의식했다. 그 손들이 엉뚱한 데 가 있지는 않은지.

"따라오세요."

간호사가 진료 카드를 들고 진료실을 나가며 말했다. 얼굴이 시뻘겋게 달아오른 선미는 벌떡 일어났다.

"주사실로 가시면 됩니다."

의사가 살갑게 일러주었다.

"이리 오세요."

간호사가 진료실 문 앞을 가로지르며 재차 불렀다. 선미는 컴퓨터로 돌아앉은 의사에게 꾸벅 절했다.

"안녕히 계세요."

들여다봐봤자 이해될 리 없는 처방전을 손에 들고 휘적대며, 그녀는 엘리베이터를 두고 계단을 내려갔다. 자기가 의사의 암을 고친다는, 현실적으로는 불가능한 일이 가능하리라는 조짐이 아직은 없었다. 제 눈이 그의 옷과 피부를 뚫고 환부를 찾아내든지, 제 손이 전광석화처럼 뚫고 들어가 피 묻은 암 종양을 빼내든지 하는 일은 일어나지 않았다. 이틀 간격으로 병원에 와서 몇 번은 더 의사를 보겠으나, 그럴 때도 설마 그렇게 되겠느냐는 회의가 밀려왔다. 자기가 계시를 완전히 믿었더라면 방금 전에 그런 일이 벌어졌으리라는 회한과 함께. 얼굴이 부석한 의사가 자신을 찌무룩이 돌아보는 것 같았다. 기껏 그 어려운 공부를 해서 죄수처럼밖에 못 사는데, 그가 암에 안 걸렸을 리가 없었다. 다시 생각해보면 그의 병원은 잘만 돌아가고 자기 같은 비뚤어진 사람들의 질투 말고는 그에게는 아무 문제가 없을 것도 같았다.

"약사의 암을 고쳐라."

약국 유리문의 손잡이를 잡는 순간 들렸다. 약사도 암? 2년 전 골동품 상점에서와 달리, 이번에는 제가 아닌 하늘이 핑그르르 돌았다. 깨진 화병처럼 다리에서 힘이 빠져나가고 머릿속에서는 뿌옇게 상념이 피어올랐다. 아, 이렇게 끝이군. 뜻밖에 후련했다. 낄낄낄,

곧바로 자신에 대한 조소가 이어졌다. 그리고 정숙을 갖고 놀았던 악랄한 장난질이 막 자신에게 닥쳤다는 판단이 들었다. 한편으로는 아하! 알 것 같기도 했다. 그러니까…… 비유네. 곧이곧대로 받아들일 필요 없네, 그러면 안 되는 거네. 게자리가 암의 비유였듯이, 암은 또다른 무엇인가의 비유인 거야. 비유의 비유. 그럼 어떻게 되는 거야! 다른 한편으로는 화가 치밀었다. 암이 비유한 그 무엇도 또 무엇인가의 비유인지도 모르잖아! 비유의 비유의 비유. 그런 식으로 자꾸 비유만 이어지면 도대체 뜻을 어떻게 알아먹겠어! 정숙 언니한테는 장난질이었고 나한테는 비유라구? 유리문 안의 예쁘장한 여약사에게 목례하고 그녀는 돌아섰다. 심장이 불에 지글지글 타는 것 같았다.

"어머니의 암을 고쳐라."

다음날 아침 들렸을 때, 선미는 전날의 경험 덕분에 그다지 놀라지는 않았다. 만성 변비인 어머니의 배를 모처럼 손바닥으로 문지르며, 어차피 임대 아파트를 분양받으려면 은행 대출을 받아야 할 바에야 PT인가 하는 최첨단 암 검사를 어머니에게 시켜드리겠다고 결심했다. 병원 다니는 게 일이요, 의료보험공단에서 제공하는 무료 건강검진에 새벽에 달려가는 어머니이지만, 웬만한 검사로는 드러나지 않는 암도 있다지 않나.

"이종순의 암을 고쳐라."

학원 앞에서 선미는 들었다. 이종순은 학원 원장이었다. 그리고 계시는 학원 선생들의 이름을 줄줄이 읊으면서 암을 고치라고 반복했다. 그 학원 선생들은 죄다 그 '암'이란 것에 걸려 있었다. 더욱이 학생들마저. 계시는 이어서 학원 수강생들의 이름도 모조리 읊었다. 그것도 이름들을 접속조사로 연결하여 한꺼번에 읊고 명령어는 한 번만 해도 될 것을, 빠짐없이 누구의 암을 고쳐라, 누구의 암을 고쳐라, 누구의……

"운전기사의 암을 고쳐라."

버스를 타려 하면 들렸다.

"미용사의 암을 고쳐라."

머리를 잘라야겠다고 생각만 했는데도 들렸다.

"국어의 암을 고쳐라."

일요일 오후, 아르바이트 거리를 들척이다 그녀는 들었다. 그 암이 무슨 뜻인지 정확히 이해가 됐다. 왜냐하면 국어는 암에 걸렸으므로.

7장

정호는 앞의 패널을 잡았다. 바람에 쓰러지는 다른 패널들을 잡으려고 여러 명이 부챗살처럼 퍼지며 뛰어갔다. 그래도 그것들은 대개 넘어가서는 부양했다. 재질이 가벼워 날아갈 듯 내려앉아 그렇게 보였다. 오늘 따라 바람이 불기는 하지만 가느다란 철제 이젤에 목재도 아닌 스티로폼 판을 얹어놓았으니, 바람 감지 장치를 만들어놓은 거나 다름없었다. 패널 뒷면이 투명 테이프로 두툼했다. 미리 패거리가 좁은 방에 둘러앉아 딴에는 분업하여 스티로폼 판을 오리고, 비닐로 싸고, 뒷면을 테이프로 봉합하는 모습이 눈에 선했다. 순대하고 떡볶이도 사다 먹었겠지. 자기들이라도 전시물 앞에서 서성여 지나가는 행인들의 흥미를 끌 주변머리도 없이, 그들은 한쪽에 옹송그리고 있었다. 미리는 토요일인데도 수업이 있다더니 아직까지 오지 않았다.

"사진 찍어도 될까요? 행사 풍경 사진으로요."

꽁지머리를 한 청년이 물었다.

"얼굴 안 나오게 하쇼."

정호는 팔짱을 끼고 한쪽 다리를 벌린 채 비스듬히 서서 앞 패널의 시를 음미하는 자세를 취해주었다. 옆 패널로 옮겨가서는 유명한 카툰 〈한달라〉의 주인공, 뒷짐을 진 맨발의 팔레스타인 소년을 유심히 들여다보는 듯이 팔은 내리고 턱을 내밀었다. 청년은 웃고 자긴 지그시 참았다. 아랍 시에, 팔레스타인 분리 장벽에 그려져 있는 그래피티를 더한 시화전이었다.

전시 공간이 애매하기는 했다. 차와 행인들이 오가는 대로에서 반원형으로 파들어간 노천 공연장으로, 직선인 길과 둥근 객석 사이 나무 바닥이 무대였다. 객석을 향해 패널들을 세워놓으면 행인들을 등지게 되고, 행인들을 향해 길가에 세우면 객석을 등지게 되었다. 패거리는 행인들에게 보여주기를 택했으나, 패널들을 무대 안쪽에 객석을 따라 둥글게 세워놓았다. 길가에 일렬로 진열하기에는 개수가 많기도 했다. 행인들이 무대 안으로 들어와 둥글게 돌면서 시와 그래피티를 찬찬히 감상하고, 이후에는 지금 색다른 아랍 음악이 나오고 있는 음향설비 앞에 주저앉아서 부대행사에도 참가해준다는 것이 패거리의 바람이었다. 복사해서 스테이플러로 찍은 것일망정 리플렛도 준비되어 있었다. 그러나 길로 지나는 사람 입장에서는 전시물을 보기 위해서는 일단 걸음을 멈추고 방향을 틀어야 하고, 다 보려면 무대 안쪽까지 깊숙이 들어가야 하며, 음향설비의 전선에 발이 걸려 넘어지지 않도록 조심도 해야 하고, 무대 진입 전에 길가 가로등에 붙어 있는 명령문이 보였다.

'이스라엘은 레바논의 집속탄 피해를 보상하라!'

'말로는 평화, 행동은 전쟁. 한국군 자이툰 부대는 이라크에서 돌아오라!'

길 가다가 정치의식과 관람 의욕을 겹으로 발동하기에는 우리나라 사람들이 바쁘지 싶었다. 둘밖에 안 되는 관람객 중 하나인 자기가 초조해지는데 그나마 다른 한 명도 패거리의 친구 같았다. 계단식 객석에서는 노숙자들이 술판을 벌이고 있었다.

미리가 작심하고 정회원으로 가입한 패거리의 첫번째 오프라인 행사이자 문화적인 시위였다. 패거리는 인터넷을 뒤지고 아랍권의 예술 단체들에게 물어 아랍 문화를 웹사이트에 소개해왔다. 미리를 보면 주로 하는 일이 아랍어의 영어 번역문을 날밤 새우며 우리말로 번역하는 것이었다. 우리가 사실을 모르는 것도 아닌데, 날아다니는 미사일마저 실시간으로 생중계되는데, 왜 느낌이 안 올까? 그 미사일 밑에 있는 팔레스타인, 이라크, 레바논의 사람들도 우리처럼 섬세하고, 상처 받기 쉬우며, 고뇌하고, 매력적이라는 느낌. 우리한테 그런 일이 벌어지면 안 되듯이 그 사람들한테도 안 된다는 그 느낌.

리플렛에는 패거리가 따로 컬러 프린트하여 일일이 끼워넣은 그림도 하나 실려 있었다. 전에 미리가 컴퓨터에 띄워 정호에게 보여주었던 아랍 현대 작품들 중에서 선인장 화분 그림이었다. 그때 본 것들이 대체로 젊은 작가의 작품들이며 뜻밖에 서정적이었다. 분쟁지역에 대한 정호 자신의 선입견 탓도 있겠고 미리 패거리의 취향일 수도 있었다. 그림의 게발선인장은 창가에 있고 창 쪽으로 많이 숙어, 관객을 등지고 창밖 먹구름에 거의 가려진 해를 바라보고 있었다. 뭉개진 프린트보다는 컴퓨터로 보았던 기억에 그는 의지하건대, 암담하게 어두운 하늘보다 더욱 짙은 선인장의 뒷모습이 하늘색 터치로 볼륨 있었다. 유연하게 정지한 것 같았다. 식물의 엉덩이가 표정이 매우 풍부했다. 선인장이 간절히 기다리는 것이 머리 위에 환한 꽃으로 이미 피어나 있으며, 창턱 모서리가 빛을 듬뿍 머금어 희었다.

리플렛에 따르자면, 서른이 되기 전에 요절한 작가 '아심 아부 샤크라'의 이 작품을 비롯한 작은 선인장 화분 그림들이 '팔레스타인 예술의 진로를 바꾸었다.' '정치적 코드를 깊은 수준에서 암호화함으로써 팔레스타인 예술을 과거 회고적이고 정치적인 예술의 지위로부터 보편적인 예술의 지위로 끌어올렸다'는 것이다. 1948년에 이스라엘이 된 땅에 남은 소수 팔레스타인인들의 후손이라는, 작가의 간단치 않은 내력 때문에 이제는 이 천재 화가의 소속을 두고 이스라엘과 팔레스타인이 쟁탈전까지 벌이고 있는 모양이었다. '자카리아 무함마드'라는 팔레스타인 시인은 썼다.

'이스라엘 문화에서 선인장은 가시 많은 열매의 이미지이다. 달고 부드러운 내면과 가시 돋힌 외면의 이중성을 강조한다. 팔레스타인에 들어선 유대인 정착촌들 또한 외부를 향해서는 적의의 가시를 곤두세우고 모든 감미로움은 안에만 들어 있었다. ……아부 샤크라에게 이스라엘의 비유는 억압적인 것이었다. 이스라엘이 정착촌을 둘러싸고 쳐놓은 철조망은 아랍 마을 주민인 작가 자신을 겨냥하고 있었다. 그 비유에서는 가시의 날카로움을 미화하지만 아부 샤크라는 꽃의 피어남을 중시한다. 그의 눈에 가시는 방어적인 것이 아니라 부정적인 요소—가시투성이 죽음—였다. 그의 선인장의 황금빛 꽃은 이 죽음을 떨치고 일어난다. 아부 샤크라는 이스라엘의 비유를 침식시켰으며 이를 극복하고자 했다. 눈부신 내면과 폭력적인 외면 같은 건 없다. 그의 이원론은 이것이었다. '꽃에 담긴 생명 대 가시에 담긴 죽음.'[4)]

정호가 걷어찰 뻔했던, 이젤 다리 옆마다 한두 개씩 놓여 있는 선인장 화분들은 시인의 주장에 힘을 실어주려는 패거리의 안간힘이었다. 종이컵만한 화분에 손톱 같은 어린 선인장이 들어 있었다. 어젯밤에 미리가 패거리와 소품을 사러 양재동 심야 꽃시장에 간다기에 시화전에 웬 소품이며 꽃인가 했더니, 이 화분들이었다. 이 자리에 갖다놓기까지 그들은 여러 차례 전철 갈아타가며 낑낑대고 들고 다녔을 터였다. 정호는 제 전시회 때문에 도와주지도 않으면서 미리에게 무심코 했던 말이 마음에 걸렸다.

"미술 전시회 어떻게 하는 거예요?"

패거리가 언젠가 해보고 싶은 것은 '본격' 아랍 미술 전시회였다

"너네들이?"

"왜요? 우리가 하면 안 되나?"

"최소한 2천만 원은 들어."

"이이, 천, 만, 원!"

"최소한. 그리고 전문가가 있어야 돼."

"전문가! 소개시켜줘요!"

"그 사람들은 안 하지, 돈이 안 되니까. 내가 알기로는 아랍 미술 전시회는 개인전이건 단체전이건 이제껏 우리나라에서 한 번도 없었어."[5)]

뜨악해진 미리에게 그는 대안을 제시했다.

"네가 전문가 되면 되잖아. 근데 너도 전문가 되면 안 할걸?"

아랍 하면 사상자 숫자나 절규하고 원한에 복받친 모습만 떠올리는 우리에게 아랍인들의 예술을 알리겠다는, 패거리가 물론 정호는 가상했다. 하지만 그들이 여태까지 해왔던 것처럼 가상공간에서라면 모를까, 또 다른 장르라면 혹시 모를까, 미술은 비싼 것이다. 작가한테 한 푼 안 갈지라도 작품 구현에만도 여러 조건이 충족돼야 하며 그게 다 돈이다. 사실 미리가 원하는 수준의 전시회는 국립이나 시립 박물관쯤은 돼야 할 수 있는 일이었다.

바람에 패널들이 또 쓰러졌다. 패거리가 부대행사를 시작하려고 분주한 탓에 몇 개는 보도까지 날아갔다. 행인들이 그것들을 주워 들고 와서 증정하듯이 건네주고는 돌아서서 갔다. 다행히 패거리의 친구들이 한 무리 도착하여 무대 바닥에 주저앉아주었다. 정호는 미리가 오면 눈도장만 찍고 가려고 객석 맨 위칸에 엉덩이를 걸치고 연신 담배를 피웠다. 여자 사회자가 등장했다.

"안녕하세……"

사회자가 스탠드 마이크에 대고 입을 열자마자 전시물들이 다시 일제히 한 방향으로 쓰러졌다. 패거리가 튀어나갔다.

"안녕하세……"

방금 전에도 바람 때문이 아니었다. 친구들 몇 앉혀놓고 그녀는 긴장해서 땀을 비질대며 웅얼웅얼했다. '집속탄'이 무슨 최신 개발 무기이려니 했는데, 군대에서 포병이던 정호가 손가락이 닳도록 조립하고 해체했던 그것이었다. 안에 쇠구슬이 들어 있다던 대인살상용 포탄. 그 하나 안에 소폭탄이 수백 개, 또 소폭탄 하나마다 쇳조각이나 쇠구슬이 수백 개씩, 체계적으로 들어 있는 줄은 그땐 몰랐다. 하나가 떨어지면 지상에 충돌하기 직전 가장 효율적인 고도에서 스스로 폭발하고, 안에 들어 있던 소폭탄이 사방으로 퍼져나가면서 연쇄 폭발하며, 각 소폭탄 속의 쇠구슬들이 재차 사방으로 확산되어 '죽음의 비'가 되는 줄도. 재래식 무기 중에 민간인에게 피해를 가장 많이 끼쳐서 피해자의 98퍼센트가 민간인?

얼마 전 패거리는 '당신이 아는 모든 사람에게 전달해달라'는 제목의 영어 이메일을 받았다. 많은 사람을 거쳐 그들에게까지 전달된 메일에는 사진 파일 두 개가 첨부되어 있었다. 하나는 리플렛 맨 뒤에 실어놓은, 이스라엘 어린이의 사진. 여자아이가 이스라엘군의 포탄에 '(이스라엘에 저항하는 레바논의 무장 세력 '헤즈볼라'의 지도자) 나스랄라에게 사랑을 담아'라고 서명하고 있다. 서명된 것을 비롯하여 배경에 질서정연하게 늘어서 있는, 꼭대기가 붉고 뾰족한 포탄들이 다 집속탄이다. 그 이메일에 첨부돼 있던 다른 사진은 사랑을 담은 그 선물을 받은 레바논인의 98퍼센트 민간인 중 한 명이었다. 폭격 맞아 죽은 어린이. 그 사진은 사이트에는 올려놓았으나 리플렛에는 차마 싣지 못했다. 더구나 이스라엘이 발사한 4백만 개의 소폭탄 중 백만 개가 불발탄으로 아직도 레바논 전역에 흩어져 있어, 앞으로도 피해자는 늘어날 것이다. 야구공과 비슷하게 생긴 불발탄을 건드렸다가 양다리를 잃은 소년은 그날이 생일이었다. "내 아들의 다음 생일에는 이스라엘이 어떤 선물을 줄지 궁금하다"고 소년의 어머니는 말했다. 집속탄은 대표적인 비인도적 무기로 지목되어 국제적으로 금지 운동이 벌어지고 있는데, 우리나라는 금지 협약에 가입하지 않았으며 그 주요 생산국이자 수출국. 군대에서 정호에게 그것은 주어진 개수를 주어진 시간 안에 채워야만 하는, 작업 물량이었다.

거의 30년 전 그날, 아침에 일어나니 악몽 속에 있었다. 학년은 같아도 나이 많은 동네 형과 재수 없이 마주쳐 발등에 오줌 세례를 받았던 어제가 가슴 저리게 그리웠다. 아침 밥상은 최후의 만찬이었다. 이런 날도 학교에 가야 하나 멋쩍게 가방 들고 나선 집 앞 골목, 구멍가게 앞에 어른들이 눈곱도 안 뗀 몰골로 모여 있었다. 그들 옆에 놓여 있는 아침 햇살 한 조각이 면도날처럼 예리했다. 학교에서는 교무회의가 길어져 첫 시간은 자습이었는데, 저마다 들은 말을 수군거리던 아이들이 평소대로 투닥대고 악악거리기 시작하자 그는 좀 안심이 됐다. 벌컥 교실 문을 밀어젖힌 담임선생은 얼어붙은 아이들을 문간에 선 채로 둘러보았다. 자신의 심란함을 알아줄 리 없는 철부지 제자들에 대한 비난도 아닌 원망이 얼굴에 가득했다.

그날을 기억할 만한 나이의 사람들에게는 각자 그날의 필름이 내장되어 있어, 얘기가 나왔다 하면 서걱대며 돌아갔다. 그때 고등학생쯤 되면 밤새 조국을 위해 진로를 육군사관학교로 바꾸었다는 모범생 친구가 대개 있었다. 창백하다 못해 어지럼증으로 말을 못 맺는 것도 그 모범생들의 공통점이었다. 한 선배가 등굣길에 탄 버스의 차장은 승객을 태우고 내리면서 끊임없이 흑흑댔으며, 달아오른 뺨에는 아무리 닦아도 눈물이 흘러내렸다. 나이 든 아저씨가 지폐를 내자 차장의 오른손은 축 처진 복대에 들어갔다가 동전을 한 움큼 쥐고 나왔으니, 동전 밑에는 눈물에 푹 젖어 앞서 그 위를 지나간 많은 동전들의 때를 까맣게 흡수한 손수건. 그리고 검지와 장지 사이에는 차 문을 두드려 출발과 정지 신호를 내기 위한 동전 하나가 여전히 굳게 끼워져 있었다. 차장이 손수건 위의 동전에서 몇 개를 거스름돈으로 집어내는 동안에도 그녀의 눈에는 맑은 눈물이 새로 고이고 있었으며, 눈꺼풀이 닫혔다 들리니 반은 주르르 흐르고 나머지 반은 속눈썹에 맺혔다. 속눈썹 가닥 사이사이에 드리워졌다던 톱날형의 투명한 차양을, 선배는 젓가락에 소주 찍어 술상 위에 그렸다.

간밤에 심복의 총에 맞아 운명한 대통령은 연말마다 개인적으로 전국의 차장들에게 따뜻한 점퍼를 하사하곤 했다. 연말 뉴스에는 산처럼 쌓인 점퍼 앞에서 그가 고개를 끄덕이는 장면이 나왔다. 그는 국부(國父)였고, 국민들은 다 그가 아버지의 사랑으로 따뜻한 점퍼를 챙겨 입히며 때려서라도 올바로 가르쳐야 할 그의 자식이었다. 일제 식민지에다 전쟁을 겪고 호시탐탐 노리는 '북괴'와 여전히 대치중인 우리나라를 지켜주고 발전시켜줄 이, 그 전날까지 18년 동안 전인구 중에서 단 한 명 그뿐이었다. 대통령은 그의 이름과 이어진 고유명사였다. 태어날 때부터 대통령은 그 사람이었던 정호는 대통령이 바뀔 수도 있음을, 그전에 대통령이 죽을 수도 있음을 바로 전날까지 몰랐고 상상조차 해보지 못했다. 누가 한강이 사라지는 상상을 해보겠는가. 대통령의 출생에 대해서는 알고 있었다. 만삭이던 그의 어머니는 가슴에 계란을 품고 가다 얼음에 미끄러져 넘어졌는데, 신기하게 계란이 깨지지 않았고 뱃속의 아이도 무사했다. 학교에서 학생들한테 돌려 읽고 독후감을 써내게 한 그의 전기에 나와 있는, 말하자면 그의 탄생 신화였다.

원로 작가 주재환의 사진 콜라주 〈새〉를 뒤늦게 보고, 정호는 제게는 유년이었던 그 시절에 대해 성인으로서 통증을 느꼈다. 운전자 없이 서 있음에도 출동 시의 긴박감으로 기우뚱한, 남파 무장공비 김신조 일당을 진압했던 군용 차량. 격렬한 전투의 흔적으로 총알 자국이 여럿 뚫린 차창과 UNC 어쩌고, JSA 어쩌고 하는 군대 번호가 찍힌 앞바퀴 덮개 사이, 차체 전면에 천상병의 시가 흰 글씨로 떠 있었다. 시에서 최신형 기관총을 지키던 병사는 심심한 나머지 하늘에 나는 새를 겨냥한다. 떨어져 싸늘하게 굳은 새의 시체를 수풀이 어루만진다.

'……모든 나무와 풀과 꽃들이 모여들었다. 그리고 부르짖었다. 죄 없는 자의 피는 씻을 수 없다. 죄 없는 자의 피는 씻을 수 없다.'

그 시대가 깔아뭉갠 것은 무장공비만이 아니었다. 커피를 묻혔다는데, 작가는 배경에 들끓는 건전가요, 건설 현장의 발파음과 기계음, 비상 사이렌 소리를 거칠게 지워놓았다. 사실성을 잃은 군용 차량은 역사의 한 장면으로 은퇴하지 못했다. 얌전한 명조체 시구를 앞에 달고, 보는 이에게 돌진할 듯 서 있었다. 그 어떤 시대라 한들, 민족중흥의 역사적 사명이 걸렸다 한들, 흘려서는 안 될 게 있다. 흘리면 닦아낼 수 없는 게 있다.

오
늘
밤
춤을추어요

작가의 같은 화집[6]에 실린, 제작 연도가 한참 뒤인 유화의 모티프이자 제목이기도 했다. 건축 공사를 위해 쇠파이프로 얽어 만든 비계처럼 보이는 높다란 구조물에, 격자 마디마다 사람이 하나씩 팔다리를 큰 대(大) 자로 벌리고 서 있었다. 교대로 반복되는 자극적인 형광의 초록색, 노란색이 깜빡이는 네온사인과 밤밤밤, 강한 박자를 연상시켰다. 그들은 약속된 단체 율동을 시작하기 직전이거나, 막 끝나서 다같이 '짠' 하고 있는 듯했다. 한가운데에는 마찬가지로 가로선을 쫙 벌리고 첫 자음을 당당히 치켜든 여덟 개의 글자, 그들의 모토가 형광빛 주홍으로 불탔다. 오늘 밤 춤을 추어요.

그동안 세월 좋아져 더이상 할 말 못할 것도 없는 시대, 입 벙긋했다가 쥐도 새도 모르게 끌려가 병신 되든지 죽을 위험 없는 민주화된 사회에서, 사람들은 자유롭게 자기를 표현한다. 온몸으로 말한다, 춤을 추자고. 병사의 총구는 이제 안쪽, 감미롭게 춤추는 우리를 겨누지 않는다. 그런데 인물들이 저마다 최대한으로 뻗은 팔다리가 관절도 없이 뻣뻣하여 단체 율동을 아직 안 했다면 시작 못할 것 같고, 벌써 했다면 다신 못할 것 같았다. 그들은 집단 처형되어 사지를 벌린 똑같은 자세로 구조물에 걸려 있는 것 같기도 했다. 민주주의 하면 망한다고는, 더이상 아무도 말 안 한다. 그리고 다른 말도 안 하고 해봤자 들어주는 이도 없다. 그럴 새가 없다. 세계화를 해야 한다. 과거에 그랬듯이 이번에도 또 지금 못하면 영원히 뒤쳐진다. 천상병의 그 시도 이젠 국제적으로, 우리에겐 해독 불능의 외국어로 씌어진다.

객석에서 술 마시던 노숙자 하나가 나섰다. 나서려고 나선 게 아니라 구경거리라도 있나 했더니 도리어 음악이 꺼지고 지루하던 참에, 마침 딴 데서 술 마시고 온 다른 노숙자가 효자손을 들고 사회자 앞에서 알짱대기 때문이었다. 고상한 행사를 방해하다니! 정의와 효자손이 대결했다. 사회자와 관객 사이에서 몸싸움이 벌어졌다. 생각보다 남자들도 많건만 평화를 사랑하는 이 젊은이들은 평화적으로 기다렸다. 사회자는 마이크를 손으로 싸쥐고 기다리고, 두 싸움꾼들 옆에서 서너 명이 우두커니 서서 기다리고, 한 구석에서 나머지 패거리도 해바라기처럼 그들을 바라보며 기다리고, 관객들은 머리를 숙이고 기다렸다. 무엇을 기다리는지 정호는 알 수 없었다. 노숙자들이 분연히 술자리를 떨치고 일어나 싸움꾼들한테 삿대질하고 호통치면서, 그리고 몇 명은 비틀대면서 무대로 진출했다. 정호도 손을 번쩍 들고 일어섰다. 어느새 왔는지 해바라기들 속에 미리가 있었다. 미리답잖게 노심초사하여 얼굴이 허였다. 옆의 여자가 먼저 보고 팔꿈치로 미리를 건드렸다. 선미였다.

정장 사 입고 줄기차게 면접 보러 다녀, 미리는 학원에 취직했다. 선미의 알선이었다. 회사 취직을 포기한 후 미리가 패거리한테 학원을 소개받고 있다기에 정호도 그쪽에 일가견 있는 누나에게 언질을 해두었는데, 선미가 아는 곳이 가장 조건이 좋았다. 정숙이 선미를 다시 만나는 줄 그래서 정호는 알았다. 미리를 통해 듣는 그녀는 그가 본 선미하고는 거의 상반된 인물, 노련한 학원 선생이자 화통한 언니였다.

대안 전시 공간 '올'에서는 다음 주말에 열릴 비상대책위원회를 준비하는 회의를 하고 있었다. 어렵다는 말은 들었어도 늘 듣던 소리라 넘겼는데, 임대 보증금마저 까먹었다 한다. 비상회비를 내는 비상대책위원은 아닐지라도 다른 걸로라도 끌려들까봐 정호는 찔끔했다. 아랍 미술 전시회는 잊기로 했다.

"밥 사주려고 들렀는데, 안 되겠네?"

"시켜먹으면 되죠!"

14평밖에 안 되는 공간에 아래위로 걸린, 이곳의 마지막 전시가 될 가능성이 다분한 여자 후배의 작품들을 그는 일별했다.

"형, 이리 앉으시지?"

"어."

사무실에 차고 넘쳐 바닥에까지 널려 밟히는 여러 단체의 소식지들, 매한가지로 익히 들은 죽는소리들을 그는 선 채로 뒤적였다. 그리고 후배들이 권한 의자 말고 컴퓨터 앞에 앉아 아침에도 본 부동산 사이트를 띄우고 마우스를 눌러댔다.

음식이 배달되었다. 다 같이 잔을 부딪쳤다. 그가 술잔을 건드리기만 해도 후배들의 눈에 어리던 경계심이 이젠 없었다. 대신 다른 게 있는 듯했다. 정호는 빰이 거북했다. 하루아침에 얼굴이 달라지는 작가들을 숱하게 보아왔다. 오직 작품으로만 자신의 존재 가치를 증명할 수 있는 족속인지라, 작품이 인정받으면 열에 아홉은 평소의 겸양이 껍질처럼 갈라지고 오만하든지 느물거리는 표정이 튀어나왔다. 말소리, 손짓, 하는 행동거지도 죄 달라져서 도인이 완전히 깨닫는 순간 홀연히 변한다는 홀변 지경이었다. 그런데 자기가 예전과 같으려면 전시중인 여자 후배에게 좀 전에 격려 비슷하게 한마디라도 해주어야만 했던 듯하다. 술잔을 부딪칠 때라도 자연스럽게 할 수 있었는데. 노코멘트가 의미하는 비판, 비난, 그 인생에 대한 부정이 매초마다 무거워지는데, 그는 할 말이 없었다. 워낙 핏기 없는 편이긴 하지만 여자 후배가 점점 더 파리해지는 듯했다. 예전에 그는 격려 따위 해본 적 없고, 그에게 바라는 후배도 그닥 없었건만.

"야, 나 좀 이상하냐?"

"굉장히. 형 원래 웃겨요."

나무젓가락으로 탕수육을 집어든 채 헤벌쭉한, 사정된 정자들처럼 대부분 도태될 후배들에게 그는 출렁이는 애정을 느꼈다.

지난 전시회로 그는 화가가 되었다. 그전까지는 별로 아니었는 줄 그 자신만 몰랐다. 첫날 뒤풀이 자리에 뒤미처 들어서는 그를 일제히 돌아보는 동료들의 개운한 얼굴을 보고 알았다. 아니 이 작자들이 그럼 여지껏? 짜릿하면서도 쓰라렸다. 평론가도 팸플릿에 그가 비로소 조형 언어를…… 아무튼 좋은 말인 것 같았다. 미리한테 팸플릿을 주면서 그 구절이 걸리긴 했다. 사숙한 화가들은 완숙기에 접어들든지 완숙되고도 남아 죽은 나이에, '비로소' 그는 시작이었다. 그러나 평론가로서는 가장 힘들인 칭찬이었을 색채에 대한

평에, 어느 평이 작가에게 만족스럽겠느냐만, 그는 불만이었다. '차가운 푸른 색조에서 배어나오는' 것은 '세상에 대한 연민'이 아니었다. 빛이었다.

작업실 형광등 불빛 아래서 그가 문밖의 풍경을 눈의 기억으로 화면에 재배치하고 있으면, 때로 모든 형상의 안쪽에서 한꺼번에 검은 빛의 플래시가 터졌다. 그 플래시를 잡으려고 형상은 극히 단순화되고 문드러졌다. 작업실 부근이 말이 시골이지 도시 변두리의 변두리가 되어갔다. 읍내를 부동산 중개업소들이 점령하고 대로변은 줄줄이 포클레인이며, 논밭은 벌겋게 뒤집혔다. 산 몇 개가 날아가 시야는 트였는데 하루가 다르게 올라가는 아파트 건설 현장이 보였다. 농장 아래 전원주택 단지에서는 도청에 민원이 더 자주 들어갔다. 단지 이름이 무색하게 코앞까지 아파트가 밀려왔을지라도, 혹은 그래서 더욱, 농장은 전원의 오점이었다. 정호가 세 들어 있는 동안에도 땅값이 두 배쯤, 백 퍼센트 올랐다 한다.

살아남은 나무들도 비비 틀리고 투기 목적의 비닐하우스가 난립한, 그 삭막한 풍경조차 곧 깨끗이 사라질 것이었다. 지구가 복원력을 아주 잃어버린 시기가 80년대 초라고, 그는 어디선가 읽었다. 그 시기에 일본 애니메이션에 빠진 중학생이었던 그는 제게 보이는 실풍경이 자신을 치유할 능력이 있는 지구의 마지막 모습임을 몰랐다. 당장 죽으면 요절 소리는 들을 그의 일생에서도, 마지막 장면들이 수없이 지나가버렸다.

한 정부산하기관의 건물 앞에서 검은 빛을 처음 보았다. 그는 가슴에 꽃을 달고 담배를 피우고 있었다. 맨 꼭대기 층에서 벌어진 오찬회는 끝나가고 있었다. '청소년들에게 국토에 대한 관심과 사랑을 고무시키기 위해' 사생대회를 개최했던 그 기관이 대회 수상자들과 그 가족들, 본심 심사위원들을 초대하여 점심을 대접했다. 정호는 예심 심사위원 중 하나였으나 교통도 불편한 그곳까지 오기 귀찮다는 본심 어르신의 자리를 채워주어야 했다. 기관의 고위직이라서, 사생대회 심사위원이라서, 수상자라서, 수상자의 부모라서, 대부분 가슴에 꽃을 단 참석자들이 빙 둘러앉아 엄숙히 밥을 먹었다. 수상자들은 미대 입시에서 가산점을 받을 터였다. 식사를 마치고 그는 오찬회장에서 나와 담배를 피울 곳을 찾다가 건물 밖으로까지 나오게 되었다. 건물 전체가 금연 구역이었다. 건물도 그렇고 차도를 빼고는 계단이며 마당이 온통 화강암 일색이라, 햇살이 희게 반사되어 눈이 부셨다. 쾌청한 날씨였다.

그는 눈을 가느스름하게 좁히고 역시 화강암으로 만들어진 화단을 바라보았다. 높이가 1미터쯤이라 화단치고는 높고 안에는 편백나무가 다섯 그루 서 있는데, 주위가 지저분했다. 담뱃재를 떨기가 송구스러울 정도로 발밑의 화강암 바닥마저 말끔하건만, 화단 주변에만 거무스름하고 기다란 부스러기들이 잔뜩 널려 있었다. 화단의 나무에서 떨어진 이파리나 나무껍질이려니 여기면서도, 그는 그 가늘게 뒤틀린 부스러기들을 쳐다보면 볼수록 어쩐지 불안해졌다. 꽁초를 담뱃갑에 넣고 화단으로 걸어가다가 그는 도중에 섰다. 부스러기는 말라죽은 지렁이들이었다. 수십 마리는 돼 보였다. 나무들이 제법 굵으니 화단은 밑이 막히지 않고 화강암 바닥 아래 땅과 연결되어 있는 모양이고, 땅속에 살던 지렁이가 화단의 흙을 통해 올라와 밖으로 떨어지는 것 같았다. 화단 가장자리에는 널찍한 테두리가 기역자로 각이 지게 둘려, 화단 안쪽 벽을 타고 오른 지렁이는 테두리에 올라서서 밖을 향해 기어가게 돼 있었다. 테두리 끝에 다다르면 테두리의 두께만큼 수직면을 타고 내려가다, 테두리의 넓이만큼 거꾸로 매달려 화단의 본체로 향하고, 본체에 닿으면 그 수직면을 타고 내려가 화강암 바닥에 닿게 되었다. 지렁이가 그 복잡한 과정을 거꾸로 반복하여 화단 안의 흙으로 돌아갈 가능성은 희박했다. 십여 미터 간격으로 늘어선 다른 화단들도 똑같이 생겨서 사정은 같았다. 화단 하나마다 주위가 말라죽은 지렁이들로 둥그렇게 얼룩져 있었다.

언제 청소부가 지나갔을까? 오래되지는 않았을 터. 밤새 이슬이 내리는 동안 지렁이들이 화단에서 기어나와 아침이면 아침 햇살에 말라죽어 있을 터. 청소부는 치울 터. 화단의 흙이 바싹 마르기 전까지는 오전 내내 지렁이들이 계속 기어나와 말라죽을 터. 청소부는 계속 치울 터. 청소년들에게 국토에 대한 사랑을 고무시키려는 그 기관의 직원들은 매일 그 양자의 교대를 목격할 터. 화단의 테두리만 없애도 밖으로 나왔던 지렁이들의 절반은 화단 안으로 돌아가 살 수 있을 터. 화단의 높이를 낮추고 가장자리를 안쪽으로 오므린다면 더 많이 살 수 있을 터.

그는 정수리가 뜨끈해지는 햇살 아래 우두커니 서 있었는데, 눈이 부시다 못해 홍채에 검은 점이 어른거렸다. 시야가 점차 침침해지더니 사진 필름 같은 음화로 변했다. 흰색의 수평과 수직의 면들이 모조리 새까매지고, 화단 주변의 부스러기들만 희끄무레했다. 밀폐된 공간에 벽에 자잘하게 금 간 틈으로 겨우 비치는 빛처럼. 불을 켜면 사라지고, 조도를 높일수록 찾을 수 없는 빛.

부스러기들이 땅속과 땅바닥을 기어다니는 동안 품고 있었으며 멈춘 후에도 간직하고 있는, 존재의 완성. 미물이 온전히 담았던 그 이상, 그 이상보다 이상, 더, 더…… 무한. 누나가 밖에서 찾으려고 몸부림치는, 누나 안의 신성. 보고 있건만 마치 지난 후에 잔영을 떠올리고 있는 것 같았다. 바탕의 감색이 검어지도록 바랜 고려 불화를 자세히 들여다볼 때는 보이지 않더니, 돌아서고 나서야 황금과 주사, 석청과 석록의 색깔들이 어른거렸을 때처럼. 그 앞이 뒤고 그 너머가 안이며 이쪽이 바깥, 햇빛은 암흑, 비틀린 검은 선들의 서늘한 그 빛을 그는 호흡하고 살아왔던 듯만 싶었다.

"너도 뻔뻔스러워졌구나."

전시회에 와서 정숙은 누나로서 눈시울을 붉혔지만, 작품들을 향해 돌아설 때는 당당하다 못해 냉정한 관람자였다. 하나마다 5분쯤 대단히 열중하여 감상하고는 내통자의 음침한 눈빛과 더불어 그에게 날린 말이 그 꼴이었다. 그리고 그녀는 손가락을 들어 공중에 정신없이 선을 긋기 시작했다.

"근데 제목이 틀렸다, 얘. 차라리 이건 이거, 이건 저거, 저건 저쪽 저거, 저거는…… 요거!"

빗방울마저 듣었다. 그는 미리네가 안쓰러워 가는 길에 지나치며 보기나 하려고 행사장 쪽으로 걸었다. 정말 걱정은 하선생이었다. 자기는 어찌 한다 쳐도, 선생의 전세금으로 선생과 개들이 옮겨갈 데가 마땅찮았다. 암만 인터넷을 뒤져도 주말마다 멍이네가 올 수 있는 거리 안에서는 수도도 전기도 없는 산속으로나 들어가야 할 것 같았다. 농장이 팔렸다. 새 주인은 선생의 남은 임대 기간 2년을 승계하기로 하고 땅을 샀으나, 남은 기간에 대한 임대차 계약서를 선생과 쓰기를 거절했다. 전 주인과 매매 계약서를 쓸 때 모르지 않았을, 선생의 농장이 그 계약서에 명시된 '복숭아 과수원'이 아니라는 이유였다. 복숭아나무야 선생 이전의 세입자가 심었고 작파하고 떠났으니 걔들이 문제였다. 선생이 하도 애처로운 표정이라 정호도 함께 부동산 중개업소에 가서 새 주인 앞에 앉은 적 있는데, 당연히 그는 '김화백'에 까딱하지 않았다. 정호는 그가 막차를 탔지 싶지만 본인은 그렇게 생각하지 않을 것이었다.

초청 밴드 덕분인지 행사장에 관객이 꽤 있었다. 그는 도로와 무대를 가르는 돌 말뚝에 엉덩이를 걸치고, 다른 관객들처럼 종이컵에 담긴 촛불 하나 얻어 들었다. 인디 밴드의 노래는 자칭 '프로그레시브 트로트'였다. 예전의 민중 가요하고는 많이 달랐다. 그들은 오래, 아주 오래 버텨야 한다고 생각하는 듯했다. 무기수 감방에서 옆 사람과 끌어안고 빙글빙글 한없이 춤을 추듯이. 꺅꺅 미리는 자지러지고 옆에서 선미는 빙그레 웃음 짓고 돌아보았다. 그로서는 낯설었다. 그녀는 밴드보다 미리 때문에 즐거운 것 같았다. 서너 차례 연장된 앵콜 곡이 끝나자 기다렸다는 듯이 비가 쏟아졌다. 음향장비와 패널을 거두느라 패거리가 튀고 뛰었다.

밥 한 끼 사주려고 그는 그들을 따라갔다. 그들은 안주가 오는 족족 동내고 술은 안 마셨다. 젖은 머리에 손수건을 귀엽게 얹고 껌을 나눠 씹으면서, 누구의 생일 파티를 어쩌네 속닥거렸다. 좀, 지나치게 아기자기했다. 선미가 술 제법 마시는데다 한자리하기는 정호와 마찬가지로 처음이라는 패거리와 잘도 히히덕거렸다. 그하고 눈이 마주치면 어색함도 넘어 항의가 얼굴에 떠올랐다. 나도 당신이 생각하는 그런 사람만은 아니다!

그가 아는 그녀의 일면을 미리는 전혀 몰랐다. 그래서 그도 아는 체하지 않았다. 선미는 이중생활을 하고 있었다. 창피하다고, 몇 달 전에 화실 문밖에서 그녀가 하는 소리를 그는 안에서 들었다. 안 들을 수가 있나, 그를 방해하지 말자며 거기 서서 정숙과 싸우는데. 선미는 남하고는 창피해서 못할 재작년과 비슷한 짓을 다시 하기 위해 정숙과 다시 붙어 다니면서, 여전히 열 받고 있었다. 전에는 정숙에게 억지로 끌려 다녔기 때문에, 이번에는 끌려 다니는 것도 아니기 때문에. 그녀에겐 정숙도 창피할 것이다. 정숙도 요즘 들어서는 선미 얘기가 나오면 매형 얘기할 때처럼 싸늘해졌으나, 그래도 그녀는 여유 만만했다.

"너희가 믿는 게 뭔데?"

한번 정호는 물어봤다.

"몰라."

그 뿌듯함이라니. 정숙은 선미가 창피해하는 뭔지 모를 것에 확신을 갖고 있으며, 그 확신이 옳음을 증명해야 할 쪽은 내나 선미인 모양이었다. 반전이 없었다. 둘은 내가 살기 위해 서로 못마땅한 상대를 밀고 끌었다. 믿는 무엇이 있어 따라가지 않았다. 각자 자기로부터 발사되었다. 멧돼지들.

누구라도 한밤중에 쳐들어와서 울면 막을 방도가 없다. 교통사고처럼, 다른 사람에게도 생길 수 있는 일이 그 사람에게 생겼을 뿐이지만. 대부분의 사람들에게 그렇듯이 그 사람에게도 불행한 인생이 주어졌을 뿐이지만, 울지 말아야 할 이유는 막상 무엇인가. 그는 누나가 전처럼 말린 어란을 기억하기를 바랐다.

어느새 탁자 위에는 패거리가 갹출한 술값이 놓여 있었다. 그들보다 먼저 돈을 내려고 그는 계산대로 뛰어갔다.

"이 동네는 2차도 없나?"

포장마차에서 한잔 더 사겠다고 했건만 아무도 따라 들어오지 않았다. 그는 담배를 반쯤 태우고 앉은 채로 손을 뻗어 비닐 문을 삐긋해보았다. 빗속에 미리 혼자 다른 이가 양보하고 갔을 우산을 들고 서 있었다. 그는 일어나서 문을 밀고 나갔다. 미리는 으르렁대면서 우산 속에 넣어주지 않았다.

"왜?"

그는 손으로 머리를 가렸다. 언제나처럼 제 죄가 짐작도 안 갔다.

"나 만날 때하고 왜 그렇게 달라?"

"내가?"

"딴 사람들 앞에서 태도가 그게 뭐냐구!"

"뭘?"

1차에서 그는 젊은 애들 앞에서 누워 있지 않았고, 서 있지도 않았다. 탁자에 팔을 괴기는 했다.

"혼자 떠들었잖아! 남이 하는 말은 하나도 안 듣고!"

"난……"

그의 기억에는 잘해보라는 격려 몇 마디한 것밖에 없었다.

"당신은 권위적이야! 우리가 당신 평가받으려고 거기 앉아 있었어? 당신이 뭔데? 토가 나오려고 하더라."

미리의 앞머리에서 똑똑 떨어지고 뺨에도 비치던 물이 다 빗물은 아니었기를. 쫓아가는 사람 없는데 그녀는 뛰어가서 택시를 잡아타고 도망쳐버렸다. 그는 손에 젖은 담배를 끼운 채로 배웅했다. 반전이 없었다. 요즘 아침에 눈만 뜨면 약이 오르고 속이 뒤틀리며, 머리가 죄었다. 농장이 팔리기 전부터, 지난 전시회 직후부터. 다음 전시회에 대한 부담감이었다.

물고기는 새가 되어 날아간다. 철새는 저승에서 돌아온다. 지상과 지하를 오가는 뱀은 지혜의 날개가 돋아 하늘까지 오간다. 인간이 그럴 수 없는 까닭이다. 차곡차곡 쌓아놓은 혼자만의 재산이었던 그림들이 지난 전시회로 빛이 되었다. 처음으로 제값에 팔아본 몇 점을 비롯하여 화랑에서 떨이한 것들까지 캔버스를 떠나 또렷하게 되돌아와서 앞을 막아섰다. 본다는 것은 그 너머를 못 보는 것이다. 보이지 않는 것인들 일단 보이면 고무장갑이다. 입김을 불어넣고 팔목 부위를 고무줄로 칭칭 동여맨, 그것도 김장을 한 후라서 벌겋게 고춧물 든 고무장갑 속에 그는 있다. 빗속에서 멧돼지들이 달려와 달려갔다.

8장

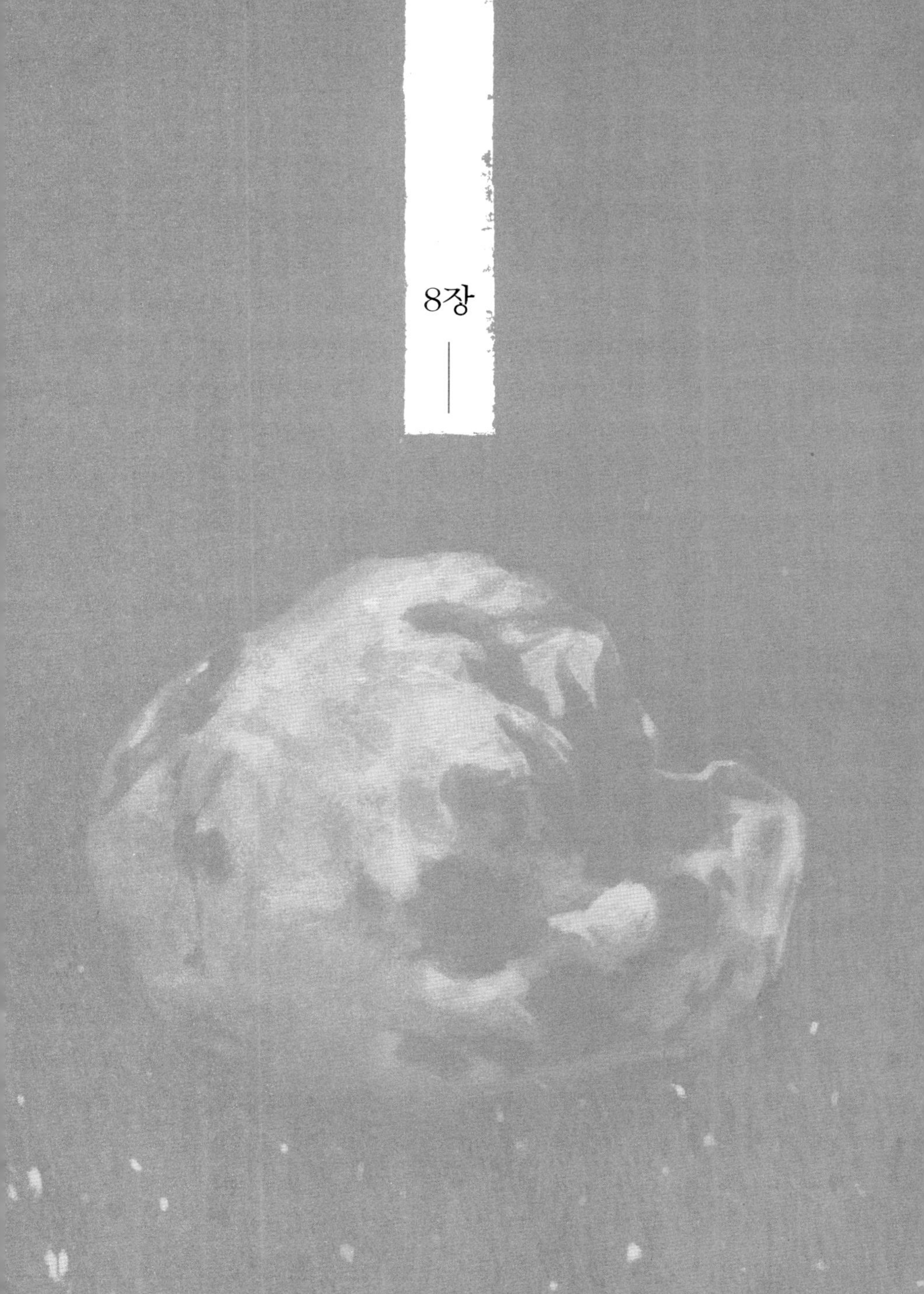

"언니, 어디에요?"

학원 쉬는 시간에 밖에 나온 듯 선미 목소리가 맹맹했다.

"집이지."

"우리 만나야 하나봐요."

'만나자'가 아니고 왜 '하나보다'인지, 선미는 말하지 않았고 정숙도 묻지 않았다.

"지금?"

"언니 주변에 환자, 있어요?"

밤 9시 반, 소파에서 일어나 전화기를 귀에 댄 채 방으로 향하던 정숙은 뒤돌아보았다. TV를 보고 있는 식구들은 환자라면 다 환자였다. 시어머니는 수술받기에는 늦은 척추 디스크 말고도 전신이 질병 전시장이요, 남편은 고지혈증에 내장 비만…… 아들이야말로 병이 깊어 제 방에 있지도 못하고 피시방에 가서 처박혀 있었다.

"내가요, 아암 환자를…… 으음!"

정숙이 후딱 집중하는데 선미는 말을 끊고 신음 소리를 냈다. 할 말을 마지막으로 다시 한번 검토해보는 듯한, 혹은 제가 그 말을 들을 사람 입장이 되어서 미리 기막혀하는 듯한 신음이었다. 침묵이 흘렀다. 정숙의 귓가에는 쌔액쌕 커지는 자신의 숨소리 말고도 다른 소리가 나고 있었다. 오래전에 시작됐고 마침내 막바지에 이른, 묵음의 카운트다운. 정숙은 전화기를 귀에서 뗐다. 전화기가 떨리도록 소음이 쏟아져나왔다. 전철의 도착을 알리는 요란한 신호음이었다. 선미는 전철역 승강장에 있었다.

"나보고 암 환자를 고치라는데요, 그 환자가 누구인지 김, 정, 숙, 이 안대요!"

선미는 악 쓰다 못해 '김정숙'이 째졌다. 전철 소음 때문만은 아니었다. 그간 그녀는 정숙과 마주앉으면 자기가 받은 계시를 '말해주나봐라' 하고 입을 꾹 다물어 늙은 호박이 되었다. 정숙이 다른 말이라도 할라치면 계시를 물어보는 줄 알고 더 입을 잠가 삶은 늙은 호박이 되곤 했다.

"나아? 내가아?"

정숙의 말끝이 종달새처럼 날아올랐다.

"전철 탄, 다, 구, 요!"

선미는 한 음절마다 꾹꾹 내리눌렀다.

"지금 말이니? 나더러 지금 암 환자를 찾아내라는 거야?"

"넷."

우지끈. 지금 당장, 선미는 정숙을 밀어붙이는 것만은 흡족한 듯했다. 하지만 정숙은 이미 준비 완료, 몸 안의 근육이 부풀고 미세한 줄기들은 새싹 트듯 일어서고 있었다. 선명한 붉은색일 듯싶었다. 계시가 자신을 호명했다. 자기가 반쪽, 선미는 다른 반쪽이었다. 주역 식으로는 작용〔用〕과 본질〔體〕.

시간을 아끼려고 그녀는 옷부터 갈아입고, 욕실로 가서 머리에 물 축여 매만지면서 생각을 더듬었다. 고등학교 동창 하나가 유방암 수술을 받았다. 남편의 친구들 중에는 췌장암과 간암으로 둘이나 벌써 죽었다. 찾아보면 주변에 암 환자야 수두룩하겠으나, 지금 당장. 머리 한쪽에 뿔이 솟았다. 머리 매만지던 오른손의 검지가 꼿꼿이 섰다. 그리고 검지는 앞으로 90도 꺾어져 정면 거울을 가리켰다. 나? 손가락이 가리키는 거울 속의 자신과 그녀는 한동안 눈싸움했다. 아아, 거울 속의 제 입이 벌어졌다. 거울 너머에 다른 집이 있다. 한 아파트 건물이지만 입구도 엘리베이터도 다른, 다른 줄의 같은 층. 정숙은 그 줄을 두어 집 말고는 모르고 거울 너머에 누가 사는지는 아무 실마리도 없었다. 마주칠 때마다 어지간히 심란해 보이던 여자 하나가 떠올랐다. 10시에 가까웠다. 이 시간에 인사 튼 적도 없는 남의 집에 가서 초인종을 누르고 물어? 암 환자 있느냐고! 그녀는 재빨리 립스틱을 발랐다.

맙소사! 정숙은 혀를 찼다. 전철역 앞에 서 있는 선미는 봐줄 수가 없었다. 안 어울리는 가죽점퍼에, 구닥다리 핸드백에, 기지 바지. 제게 있는 가장 고급품으로 차려입은 모양인데 제각각이라 촌스러웠다. 가죽점퍼는 몸에 안 맞기도 해서 겨드랑이와 목덜미 부위가 많이 울었다. 정숙 자신이 선물한 스카프도 그 꼬락서니에서는 없는 게 나았다. 그러나 차 문을 열고 옆자리에 몸을 던지는 선미에게 정숙은 찍소리 안 했다. 정상 수업을 했다면 이제야 마칠 시간, 선미는 옷을 갈아입기 위해 중간에 수업 포기하고 집에 갔다 온 것이다. 옷장을 열고 암 환자에게 신뢰감을 줄 만한 복장을 고민하다가, 누군가한테 물려받아놓고는 한 번도 안 입은 가죽점퍼를 걸쳐보고……

"어디 가요?"

선미가 들릭락 말락 물었다.

"응?"

딱히 갈 데는 없지만 차를 세워두고 할 일도 없었다. 선미는 시들하게 팔을 저었다. 정숙은 비상등을 켜고 그녀가 가리키는 길가로 차를 붙였다. 그녀는 가방에서 뭔가를 꺼내 정숙에게 내밀면서, 자신은 거기 묻어 있는 세균이라도 겁내는 듯이 뒤로 빴다. 정숙은 종이를 펴고 천장 등을 켰다. 자잘한 글자가 인쇄되어 있었다.

일, 빵 다섯 개, 빵 열 개.
아버지는 애곡하고 누이는 새처럼 맴돈다.

이, 보따리를 인 처녀.
축제에 쓰일 양들이 포도 위를 줄지어 간다.

삼, 머리 없는 것.

그런 것이 왔으니 오르막을 등지고 날려 하지 말라.

사, 머리는 작고 발이 없는 것.

그런 것이 와 있으니 절반은 떼도둑이고 절반은 도둑이다. 동쪽은 불리하고 서쪽도 불리하며 남쪽도 불리, 북쪽도 불리하다.

오, 성.

아, 슬프다! 성안에서는 어리석은 짓을 참지 못하고, 성 밖에서도 모자를 여러 개 쓰고 우스꽝스런 짓을 한다. 얼굴을 가린 행상이 성벽에 기대앉아 있는데 웃는지 눈물을 흘리는지 알 수 없다. 화려한 신발이 그 앞을 지나가니 행상은 그 주인을 알아본다. 돌우물을 파라.

육, 암소의 장례.

풀뿌리를 뽑으니 땅이 열린다. 어머니의 시체를 업고 들어가니 땅이 닫힌다.

칠, 달려라, 뼈!

사람이 수달을 잡아 삶아먹고 뼈는 버리니, 조각조각 흩어진 뼈가 일어나 제 굴로 돌아가서 다섯 마리 새끼를 품는다.[7)]

팔, 구름 가운데 달.

알고 본 즉 지명이다. 산이 높고 물이 이른 곳에 옷을 벗은 아이이고, 머리 깎은 어른이다. 가는 비에 티끌이 젖으니 사람이 그 땅이다.

구, 최초의 관찰자.

저 별은 냄새가 없다. 지구라는 별에서 나가 지구를 보니, 저 별이 수천년 동안 그 존재를 증명하려던 것은 그다. 그가 하늘에서 내려다보는 그것이다.

"인류에게 보내는 메시지."

선미가 차창에 대고 내뱉었다.

"이게?"

"책 한 권이라는데, 아직 개요만 나온 거예요. 언니도 알잖아요. 안 맞으면 더 거창해지잖아요. 점점 더, 점점 더……"

차창에 어린 선미의 무표정한 얼굴이 으스스했다.

"암스트롱이 이런 말을 했어? 최초의 우주인은 가가린이던가?"

"사람이 최초로 우주선에 태워 날려보낸 생물은 개예요."

십, 흰 구슬의 승선.

배 띄워라, 배를 띄워라. 갈대를 꺾어 한 손에 들고 다른 손에는 물동이를 들고 춤을 춘다.

십일, 궁궁을을 이이.

그림 속의 원숭이가 처마 끝을 돌아보니, 이러이러하고 저러저러하다. 한 번 말하면 불이고, 두 번 말하면 수염이며, 세 번 말하면 멧부리이다.

십이, 곡식의 스승.

꼬리가 들어와서 꼬리가 나간다.

"아이구……"

정숙은 천장 등을 끄고 종이를 접어 라디오 위에 올려두었다. 무릎에 두 손을 모았다가, 비상등도 끄고 차를 출발시켰다. 가슴이 아팠다. 예상과는 정반대였다. 선미가 이토록 불쌍하게 지내고 있을 줄이야. 재작년의 자기보다 더 호되게 당하고 있었다.

"처음에야 계시를 받으면 바짝 긴장했죠. 로봇처럼 걷고 주변 사람들을 하나하나 쏘아봤어요. TV뉴스에 나오는 사건들 다 의미심장한 조짐인 것 같았어요. 이건가? 이거구나! 저건가? 밤에 불도 안 켜고 방에 우두커니 앉아 조바심을 냈던 나 자신을 탓했다구요. 그래, '금방'은 내 시간 개념으로는 10년이나 백 년일 수도 있어. 난 모르지만 세상을 좌우하는 기운이 바뀌었을 수도 있겠지! 그럼 그런 계시를 내가 받아봤자 뭐해? 왜 나한테 떠드는 거야?"

선미는 두 손을 벌렸다. 손이 부들부들 떨렸다.

"난 맘을 바꿨다구요. 말 그대로 실현되지 않으면 안 믿겠다, 나랑은 상관없는 얘기다! 내가 맨 처음 받은 계시가 암을 고치라는 거였어요. 그땐 비유인 줄 알았지. 더이상 그런 거 나한테는 안 통해! 난 계시한테 말했어요. 그 첫번째부터 정말로 맞지 않는다면, 내가 실제로 암을 고칠 수 없다면, 당신은 다 헛소리라구! 그랬더니 오늘은 된다는 거예요. 이번은 비유가 아니라는 말까지 했다구요. 김정숙이 흔한 이름이긴 하죠. 내가 중학교 때 같은 반에도 그런 애가 있었어요. 아까 암 환자 못 찾았다는 언니 전화받고, 그 애 생각까지 나더라니까. 그래도, 그 애? 대한민국에 김정숙이 얼마나 많을 텐데, 일일이 찾아다니며 아는 암 환자 있느냐고 물어봐야 하나? 아니면 오늘 비유가 아니라는 말도 비유? 지긋지긋해!"

퍽! 선미는 주먹으로 제 허벅지를 힘껏 내려쳤다.

"항상 긴가민가 원점이야! 어떻게 된 게 그놈의 사명은 항상 첫 번째, 첫번째 단계를 넘어가질 못해!"

퍽!

"언니!"

퍽! 정숙은 움찔했다.

"내가 왜 이따위로 살아야 돼? 2년 반이에요! 2년 반!"

퍽! 퍽! 제 풀에 선미는 늘어졌다.

"그보단 좀 안됐어."

자기가 선미를 처음으로 동생의 화실로 데려간 날부터 쳐도 2년 5개월이고 태반을 그녀는 딴짓했지만, 정숙은 불똥이 제게 튀지 않았음을 다행스러워하면서 한 손을 내려 그녀를 토닥여주었다.

"언니."

이번에는 선미가 처량하게 불렀다.

"그래, 나 여깄어."

"언니, 나는요…… 돌아갈 수가 없어요. 돌아갈 데가 없어요."

"선미야!"

정숙이 불렀다.

"내가 무슨 생각하는 줄 알아? 이제야 너를 얻었다고!"

선미의 아랫입술이 비죽 윗입술을 밀어올렸다.

"왜? 내가 너를 얻었다는 게 기분 나빠? 그럼 네가 나를 얻었다고 해도 돼. 내가 돌아갈 데가 없잖니!"

'당신이 돌아갈 데가 없다구? 그건 아니다' 라는 주름마저 선미의 입가에 잡혔다. 그리고 정숙에게 괜히 말 시켰다고, 의자에 기댄 그녀의 머리가 차창으로 핑그르 돌아갔다.

"민기가 가출했어."

"중학생이?"

선미는 고쳐 앉았다.

"세번째야. 난 걔를 더는 감당 못해."

"왜 말 안 했어요!"

"내가 너한테 어떻게 또 하소연을 하겠니. 걱정 마, 민기가 죽치는 피시방을 알아. 걔 친구 하나가 스파이를 해주고 있거든."

정숙은 의뭉한 웃음을 지어 보였다. 선미는 안쓰럽게 고개를 저었다. 그런데 고갯짓이 점점 더 격해져서 상체까지 휙휙 틀렸다.

"언니, 미안한데 하나도 안 들려요. 언니 말이 귀에 들어오지도 않고 아무 느낌도 안 들어. 지금 나한테 아무 계시도 안 오거든요. 전철에서 언니 전화 받았을 때 딱 끊어졌어요. 난 기다렸어. 전철 안에서도 그랬고, 전철역 앞에 서 있을 때도, 방금 전까지 언니한테 푸념하면서도 계속 기다렸어요. 무슨 말이라도 하겠지, 무슨 말이라도…… 왜 안 하지? 왜? 왜? 사람을 이렇게 내몰아놓고, 무책임하잖아! 변명을 하든지, 미안하다고 사과라도 해야 할 거 아냐! 다시 거짓말이라도 계속 하든지!"

"있잖아…… 때가 된 거야."

선미가 파르륵 끓어오르는데도 정숙은 곰곰 더 나은 표현을 골랐다. 그리고 표현했다.

"때가, 된 거야! 너 혼자만으로 안 되고, 너랑 나만으로도 안 돼."

숫자 4는 '전체'의 상징이다. 동서남북, 4의 4배수인 16나한, 만다라의 4겹. 면의 최소 단위는 꼭지점 세 개이며 위나 아래에 한 개가 더 있어야 공간이 된다. 재작년에 복순님이 조직하려고 했던 4인조가 전체 인간, 인류였다.

"풋!"

선미는 천장을 향해 웃음을 토하고는 웅크렸다. 그리고 낑낑거렸다.

"언니, 뭐라도, 제발 뭐라도 해봐요!"

"우리끼리 앉아서 얘기할 때는 지났어. 움직여야 돼! 왜 네가 암을 고치겠어? 예수님도 치병의 이적으로 사람들을 모았어. 넌 암을 고치고, 나는 네가 고쳐야 할 사람들을 찾아내고 조직하는 거야. 넌 그런 면에서는 젬병이잖아. 불평불만으로 조직을 깨는 재주라면 타고났지."

"틀렸잖아요, 언닌 오늘도 틀렸잖아!"

선미의 손이 손톱을 세워 제 바지를 긁었다.

"안 틀렸어! 우리 옆집에 암 환자는 없지만, 그 집이 202호야. 우리 아파트 말고 다른 건물의 202호라는 뜻일 거야."

"……큭큭"

선미가 도로 낑낑대는데 웃음소리가 새나왔다.

"세상을 구해야지!"

정숙은 소리쳤다. 그리고 제가 울컥했다.

"처음부터 너나 나나 우리만 잘살자고 이런 거 아니었잖아. 너나, 나나!"

운전대를 잡은 그녀의 오른손 검지가 까딱대기 시작했다. 선미가 이마에 착잡한 주름을 잡고 그 손가락을 올려다보았다. 검지는 서서히 일어나서 45도 각도에서 멈추었다. 둘은 목을 늘이고 눈을 치떠 그 방향을 쳐다보았다. 멀리 도심의 불빛 속 어둠의 섬, 그 위에 촛대처럼 서 있는 남산타워.

차는 남산 순환도로로 올라갔다. 남산을 관통하여 다 내려왔다 싶을 때 정숙의 손가락이 옆으로 기울었다. 둘의 얼굴이 그쪽으로 돌아갔다. 밤하늘에 우아한 로고가 가로로 박혀 있었다. 차 안에서 이소룡의 기합 소리가 터졌다.

"아오옥! 죽어도 안 가요! 왜 암 환자가 저런 데 있다는 거예요?"

선미는 머리카락을 움켜쥐고 차 밑창이 뚫어져라 발을 굴렀다. 아하! 정숙은 겉으로는 덩달아 찡그리며 속으로는 감탄했다. 이럴 수 있었다. 아니, 이래야만 했다. 마련된 첫번째 암 환자는 보통 사람이 아니었다. 정계나 관계, 혹은 재계의 인사. 부귀와 명예를 얻어놓고는 암 때문에 다 잃게 되어, 저곳의 202호에서 지나온 인생을 반추하고 있는 권력자. 조직은 단번에 확장된다, 단번에.

지상 주차장에 차는 섰다. 시동을 끄고 정숙은 선미가 스스로 가다듬기를 기다렸다. 둘은 침묵 속에 꼿꼿이 앉아 있었다.

"나 어떻게 고치는지 몰라요, 암."

선미가 힐끔 눈치 보며 빠르게 말했다. 정숙이 머리를 흔들었다. 선미의 말이 잘 안 녹는 굵은 소금처럼 서서히 이해가 됐다. 정숙의 두 눈이 둥글게 가늘어지고 입은 방긋 벌어졌다. 사람이 죽기 직전에 한평생이 눈앞에 스쳐간다는데, 그녀 앞에는 지난 2년 5개월이 후루룩 지나갔다. 뜨거운 물에 들어갔다 찬물에 들어갔다, 천국으로 올라갔다 지옥으로 떨어졌다……

"당연하지!"

정숙은 고개를 크게 끄덕여 거진 한 바퀴 돌렸다.

"이게 인간의 머리로 생각해서 되는 일이니? 네가 환자 앞에 서면 저절로, 넌 아아무 생각하지 마, 저저얼로 어떻게든 되는 거야. 걱정할 거 없어! 네가 하는 일이 아닌데, 네가 왜 떨어?"

선미는 눈살을 찌푸렸지만 낯빛이 밝아졌다. 정숙은 낭랑하게 읊었다.

"너하고 내가 왜 만났는지, 난 이제야 알겠어. 둘이 완전히 다르기 때문이야. 너와 나는 서로 없으면 안되는 반쪽씩들이야. 한쪽만 있으면 아무 소용없어. 둘이 같이 있어야 돼. 봐, 너랑 나랑 만나려면 너와 내가 태어나야 했지? 그러려면 너희 부모님과 우리 부모님이 각각 만나야 했지? 그러려면 할아버지와 할머니들이 만나야 했지? 또 증조할아버지 할머니들이 만나야 했지? 어디까지 올라가겠니, 응? 이게 얼마나 엄청난 일이니!"

수수하리만큼 잘 정제된 품격 있는 건물을 향해.

"우리…… 미친 거 같지 않아요?"

"원래 그랬어."

거긴 지하 2층부터 지상 3층까지 음식점과 부대시설이고, 4층은 없고, 5층부터 20층까지 객실이었다. 202호라는 객실은 없었다. 5성 호텔. 엘리베이터를 타자 정숙의 오른손 검지가 20층을 눌렀다. 그럼 2002호? 그런데 아무리 눌러도 20층이 눌러지지 않았다. 16층에서 백인 한 쌍이 끝으로 내린 후에, 버튼을 누르지 않은 셈이므로 엘리베이터는 둘을 실은 채로 하강했다. 정숙이 로비의 안내 데스크에 가서 물으니, 2002호라는 객실도 없었다. 20층은 특별 층이었다. 특별 층! 20층 전체를 빌린 특별한 손님! 그러나 특별 층은 투숙한 손님의 이름을 알아야 인터폰으로 연락이 되며, 투숙객의 허락을 받은 후에야 방문자가 올라갈 수 있다는 것이다. 낮에는 찻집이지만 그 시간에는 바인 곳으로 정숙은 앞장서 들어갔다.

탁자에 밝혀진 초의 온화한 불빛을 받고도 선미는 푸르죽죽했다. 202호라는 객실이 없음을 안 순간부터 다시 창백해진데다, 생전 처음 와보는 5성 호텔의 고급스러운 분위기에 주눅까지 들었다. 말쑥한 여자 종업원이 메뉴판을 주고 거둬가느라 다가올 때마다 그녀는 온몸에 힘을 주고 눈을 뒤룩거렸다. 종업원은 의례적인 인사말을 정숙에게만 건넸으며, 선미에게는 친절하기보다는 자상한 웃음을 보냈다.

"곧 만나게 돼."

정숙은 탁자 위로 몸을 기울여 선미에게 속삭이고 눈도 끔벅해 보였다. 그리곤 그동안 무대 위 필리핀계 여가수의 은은한 팝송이나 감상하자고, 널찍한 가죽 의자의 한쪽으로 느긋하게 몸을 기대고 그쪽 팔걸이에 두 손을 걸쳐 솔선수범을 보였다. 어떻게 특별 층의 손님을 만나게 될지는 모르지만, 반드시 될 것임을 정숙은 믿었다. 호텔에 그런 층이 있는 줄도 자기들은 몰랐고 엘리베이터 안에마저 아무 표식 없는, 특별 층을 알아낸 것만으로도 이미 기적 아닌가.

"이백이, 이, 백, 이……"

정숙은 식은 커피를 저으면서 되뇌었다. 엘리베이터 안에서 오른손 검지가 20층을 눌러 특별 층을 알려주었다면, 아까 제집에서 가리켰던 거울 너머 202호는 무슨 뜻? 혹시 특별 층 투숙객의 이름?

"이백이! 중국사람 이름 같지 않아? 호가 백이나 이백이일 수도 있고."

중국의 신흥 거부. 그녀는 찻수저를 놓고 다시 안내 데스크로 가서 물었다. 특별 층 투숙객은 호(號)는 밝히지 않았으며, '이백이 씨'가 아니었다. 그의 국적만이라도 알려달라는 그녀의 부탁을 직원은 제 권한 밖이라는 설명과 매력적인 눈웃음으로 거절했다.

"이배기!"

정숙은 또 안내 데스크로 갔다가 돌아왔다. 그 투숙객은 '이배기 씨'도 아니었다.

"이배기, 분명히 사람 이름인데. 나이 든 사람……"

그녀는 재작년에 기도원에서 제게 마귀 쫓는 안수기도를 해주었던 목사님을 떠올렸다. 종교계 인사. 그 모친이 암이라는 말을 들었다. 호텔의 특별 층과는 상관없기는 해도, 바에 앉은 지 45분이 넘은 지금까지 떠오른 암 환자는 그 노인뿐이었다. 정숙은 손목시계를 보고, 휴대전화로도 시간을 재차 확인하고는, 결연히 통화 버튼을 눌렀다. 자정 무렵이었다.

목사는 잠자리에 들지 않고 설교 원고를 준비하고 있었다. 둘은 오랜만에 온갖 사람들의 안부를 주고받았다. 앞에서는 선미가 목소리를 낮추라고 새 새끼처럼 너무도 안타깝게 두 손을 파닥거렸다. 눈에 거치적거려 정숙은 옆으로 돌아앉아서는 목소리를 조금 키웠다. 말소리 전혀 내지 않고 대화와 칵테일을 즐기는 주위 탁자의 어느 손님도 돌아보지 않건만. 자기가 아무리 목청 높여도 그들에게는 들리지 않으며, 그들을 방해할 수 없을 것이다. 그분을 위해 기도 드리고 싶다면서 정숙이 마침내 알아낸 목사의 모친 성함은, '함'으로 시작했다.

"참, 희성이시네요!"

정숙은 전화기를 탁자 위에 던졌다.

"그만해요, 우리 할 만큼 했잖아요."

작달막한 선미가 절반쯤이나 쪼그라들었다.

"그렇다고 우리가 한 건 없잖아!"

"더이상 어떻게 해요?"

"우리가 정말 한 게 뭔데? 우리가 일, 이, 삼!"

"언……"

선미의 아래턱이 헐겁게 벌어졌다. 유령을 목격하여 넋을 잃은 사람 같았다. 정숙은 입술을 깨물고 씨근거렸다. 복순님의 귀환. 이제 다시 몇까지 새려는지? 수천? 수백만?

"게라실. 흠, 게라실!"

정숙은 코를 치켜올리고 또렷하게 발음했다.

"게……라드."

선미가 우물거렸다.

"그 사람 알아?"

"아니, 그냥, 독일식 남자 이름이니까. 게라실은 이상하잖아요."

"유럽에 독일밖에 없니?"

서양인, 국제적인 조직! 정숙은 또 안내 데스크로 달려갔다. 그 투숙객은 '게라실씨'도, '게라드씨'도 아니었다.

"언니, 혹시, 혹시 있잖아요, 주차장 아니에요? 영어로 차고가 '개라지(Garage)'이잖아요."

얼굴이 불쾌해져서 돌아온 정숙을 선미가 히죽거리며 반겼다. 한 손가락으로 탁자에 연신 그리는 무늬가 그 글자인 듯.

"주차장에서 누군가를 만나는 거 아닐까요?"

말해놓고 그녀도 낯을 확 붉혔다. 둘은 일어섰다. 두 잔에 3만 원이 넘는 커피와 쌍화차는 고스란히 남았다.

아무도, 주차요원조차 마주치지 않고 둘은 지상 주차장을 다 돌았다. 지하 주차장으로 내려가려는데 정숙의 손가락이 일어섰다. 택시가 그 앞에 연달아 서고 선남선녀들이 내리든지 타며, 쉴 새 없지만 조용히 돌아가는 호텔의 회전문을 향해. 둘은 그 문으로 도로 말려들어갔다.

로비 한가운데, 회전문으로 들어가자마자 정면으로 보이는 곳에 역시 필리핀계 악단이 연주하고 있었다. 아까 나올 때 그랬듯이 둘은 그 악단을 빙 돌아 대리석 기둥 근처 등받이 없는 의자에 앉았다. 새벽 1시에 사람들이 활기차게 오갔다. 외국인들은 악단을 쳐다보느라고 걸음이 늦춰지고, 고갯짓으로 음악에 대한 반응도 보이며 지나갔다. 그렇다고 둘만 예외는 아니었던 것이, 내국인들은 한결같이 굳이 외면하고 우회해 갔으므로. 음악에 발이라도 물릴까봐 달아나는 듯했다. 정문 근처에 포진한 유니폼의 경비원들이 너무 초라해서 눈에 띄는 선미에게 간간이 의아한 눈길을 보냈다.

정숙은 일어나서 막 문이 닫히려는 엘리베이터와 선미를 번갈아 노려보았다. 선미는 울상 지었다. 정숙은 뛰었다. 어떤 힘이 그녀를 뒤에서 밀치고 앞에서 잡아챘다. 자칫 넘어질 것 같았다. 간신히 엘리베이터를 잡아 뒤따라온 선미를 태우고, 그녀의 손가락이 6층 버튼을 눌렀다. 6층에서 내려 정숙은 왼쪽으로 돌아서서 복도를 뚜벅뚜벅 걸어갔다. 어떤 힘이 그녀의 발을 차례로 들어올렸다. 그리고 문득 멈추게 하고, 몸을 돌려세웠다.

그녀는 한 방문 앞에 서 있었다. 오른손이 스르르 올라오더니, 검지가 수평으로 뻗어 그 방문을 가리키며 과도한 전파를 받은 안테나처럼 떨었다. 607호. 그녀는 심호흡을 하고는 손을 댔다 떼듯, 벨을 짧게 눌렀다. 응답이 없었다. 그녀는 다시 한번 벨을 조금 길게 눌렀다. 그리고 세번째로 길게.

"후즈 데어?"

문 안에서 누군가 소리쳤다. 자다가 깬 남자 목소리이고, 과연 영어였다. 둘이 동시에 화들짝 물러섰으나 정숙은 선미 등을 꾹 찔렀다.

'게라실?'

선미는 자신없이 눈을 깜박이며 입 모양으로만 정숙에게 물었다. 정숙은 기겁하여 저도 입 모양으로 강조했다.

'환자! 환자!'

"위 아 쏘리, 버엇…… 루킹 포러, 페이션트."

선미가 더듬거렸다. 둘의 눈길은 '페이션트'라는 말을 소중히 싣고 문으로 밀려갔다. 페이션트, 도미노의 첫 조각. 이 첫 조각만 넘어가면 착, 착, 착, 다 되게 돼 있었다. 거대한 그림은 이미 완벽하게 완성이 돼 있었다. 그저 요 첫 단계만 살짝 넘어가면. 이 작은 반도에서 시작될 세계적인 기적을 외국인인 당신이 알겠는가? 다만 알아먹으라, 당신은 산다!

"왓? 아이 돈 언더스탠드. 왓 더 헬……"

'헬'에서 둘은 돌아서서 발소리 죽여 종종걸음으로 걸었다. 정숙의 머릿속에 스쳐갔다.

'이 아이를 어쩌지?'

엘리베이터를 지나쳐서 그녀는 반대편 복도로 걸어들어갔다. 발이 다시 붕붕 떴다. 그리고 복도 끝에서 두번째 방문 앞에서 멈추었다. 611호는 빈 방이었다. 벨을 다섯 번 눌러도 대꾸가 없었다.

'이 아이를 어쩌지?'

돌아나오다가 발이 다시 멈춰 선 614호에는 일본인 가족이 있었다. 젊은 여인이 문을 열고 "페이션트? 페이션트?" 하며 방 안에 있을 제 남편을 자꾸 돌아보았으며, 문틈으로 보이는 옷걸이에 어른 옷과 함께 어린 여자아이의 빨간 재킷이 걸려 있었다.

"우리가 뭘로 보였겠어요?"

엘리베이터 문이 닫히자마자 선미가 큰 목소리로 명랑하게, 철없는 동생답게, 묻고는 스스로 답했다.

"출장 마사지!"

"아냐! 정확히 매춘이야!"

정숙이 드높은 콧소리로, 언니만의 까다로움으로, 수정했다.

"1층에 내리면 경비원들이 잡겠죠? 복도에 CCTV가 있었을 테니까. 아까 그 외국인 남자도 항의했을 거야."

둘은 엘리베이터에서 내려 침착하게 로비를 가로질러 정문의 회전문을 밀고 나왔다. 주차장으로 가는 걸음은 점점 더 빨라졌다. 둘은 서로 뒤처질세라 뛰다시피 하다가, 누가 먼저랄 것도 없이 앞으로 엎어지는 듯 수그리고 웃음을 터뜨렸다. 그들은 허옇게 질린 채로 배를 잡고 그 자리에서 뱅뱅 돌며 웃었다.

'이 아이를 어쩌나!'

서울의 야경은 아름다웠다. 조밀한 빛의 혈관에 빛의 피톨들이 부지런히 흘러갔다. 한강변은 대동맥, 진한 향기가 풍겨왔다. 실은 등뒤에 검게 도사린 남산에서 밀려내려오는 서늘한 한기였다. 가을이 오는 냄새. 지상 주차장 옆 작은 정원은 연인들에게 추천할 만했다. 충분히 어둡고 독립적이었다. 사람이 일절 얼씬거리지 않으며, 나무 벤치는 닳지 않은 채로 삭아가고 있었다. 호텔은 경비가 삼엄하리라는 일반적인 인식이 가장 효율적인 경비가 되고 있었다. 선미가 '보이스 피싱'을 당하고는 두 다리가 비눗방울 뭉치로 변해 낱낱이 흩어져 날아가더라는 말을, 정숙은 이해했다. 지금 제 다리가 그랬으니까. 선미 다리는 또 그럴 것이다. 바람이 불어와 머리카락을 들었다 놓고는 비눗방울들을 몰고 가버렸다. 정숙은 선미의 어깨를 끌어다가 제 어깨에 붙이고 되뇌었다.

"괜찮아, 우리 괜찮아."

철저하게 박살 난 지난 2년 5개월이 밤하늘에 흩뿌려졌다. 그들에겐 아무 일도 없었다. 어떤 일도 생긴 적 없다. 야경과 흐릿한 별들 사이에 두 개의 상체가 떠 있었다.

차는 왼쪽으로 꺾어져 중앙선을 넘었다. 반대 차선을 가로질러 보도로 진입하니 우박이 내리는 것 같았다. 보도와 골목길이 교차된 지점에 커다란 트럭의 바퀴가 떨어뜨려놓은 진흙 덩어리들이 이 차의 바퀴에 으깨지고 말려들어, 차 바닥을 때리는 소리였다. 차는 골목길에 들어서자마자 또 좌회전하여 창고로 보이는 조립식 건물들과 주유소, 전복 도매점으로 둘러싸인 공터로 들어섰다. 간판은 다 꺼지고 주유소의 천장에서 끌어내리게 돼 있는 주유 파이프는 높직이 올라가 있었다. 공간이 충분하므로 정숙은 차를 편히 세우고 시동을 껐다. 갑자기 차를 돌린 탓에 이전의 목적지를 향해 새로 경로를 탐색중이던 내비게이션도 함께 꺼졌다. 매직으로 가격이 적힌 전복 도매점의 현판을 그녀는 주유소의 비상등 불빛에 의지하여 훑어보았다.

"싸네! 한번 사러 와야겠다."

그러곤 그녀의 오른손을 긴장한 채 주시하고 있는 선미에게 생긋 웃었다.

"여기가 바다에 더 가까울 것 같아서. 월미도에 가봤자 울타리에 매달려 한참 밑에 있는 바다를 내려다봐야 하잖니. 월미도 둑이 얼마나 높다구."

둘은 차에서 내렸다. 미미한 바다 냄새가 났다. 그러나 전복 도매점의 수조에서 나는 것이었다. 한두 걸음 만에 주유소의 기름 냄새뿐이었다. 둘은 조립식 건물들 사이로 이어진 트럭의 진흙 바퀴 자국을 따라 걸었다. 새소리가 들렸다. 그럴 리 없건만 아주 비슷했다. 골목 끝에 원추형의 적황색 물체가 버티고 있었다. 물체의 가운데를 희미하게 가로지른 선이 오르락내리락하고, 새소리는 그 진동 몇 번에 한 번쯤 들렸다. 그러면 왼쪽이나 오른쪽에서 대꾸하듯 다른 새가 지저귀었다.

물체는 가로등의 원추형 불빛에 비친 배의 옆구리였다. 골목 끝에 다가갈수록 시야가 넓어져 양옆으로 비좁게 늘어서 있는 다른 배들이 점점 더 많이 보였다. 둘은 골목을 벗어나 차도와 인도의 구분 없는 시멘트 도로를 건넜다. 그리고 일정한 간격으로 이어진 무릎 높이의 철제 울타리 앞에서 멈추었다. 그 너머 1미터쯤 밑, 배와 배 사이의 좁은 틈에 검은 잉크가 차 있었다. 파도 없는 밤바다.

디귿자 형으로 만들어진, 항만이라기보다는 선창이었다. 통통배보다는 크지만 그래도 소형이며 녹을 뒤집어쓴 고물 배들의 창고였다. 아마도 여기 오래 머물렀을 배들이 바람과 물살에 흔들려 옆구리의 가로선이 제각기 오르락내리락하는데, 선체가 삐걱대는 소리가 새 울음소리 같았다. 배들이 소곤대고 있었다. 트럭의 바퀴 자국이 뻗어간 오른쪽 끝에는 흙무더기가 산처럼 솟아 있으니, 여기도 매립공사가 벌어지려는 듯했다. 물비린내가 나긴 나는데 탁한 저수지 냄새 같고, 그보다는 쇳내가 강했다. 공터 주유소의 기름 냄새도 끈질기게 따라왔다. 혹은 검은 물 위에 떠서 가로등 불빛을 오색으로 반사하는 기름 무늬로 인한 착각인지.

"했어요?"

"했다 치지, 뭐."

예전에, 선미를 만나기도 전에 정숙에게 한 무당이 말했다. 자식의 사주가 안 좋든지 부모하고 안 맞으면 산이나 바다에 파는 법이라고. 민기의 사주는 아버지하고 척이 져서 평생 불화할뿐더러 서로 수명을 줄인다, 산이나 바다에 아이를 팔면 아이의 부모는 인간 부모가 아니라 그 산이나 바다가 된다, 인간보다 훨씬 센 신령이 아이를 지켜준다…… 무당은 감포에 가서 푸닥거리를 하자는 말이었다. 감포, 대한민국에서 영험하기로 손꼽히는 경주 부근 바닷가. 그 무당 자신이 센 무당 많이 나는 경주 출신이었다. 민기를 버리는 것 같아서 정숙은 실행하지 못했는데, 무당의 그 얘기가 기억 속에 묻혀 있다가 구례 산속에서 민기를 달라던 복순님의 말로 입에서 나왔는지? 그럼 선미도 정숙한테 그 얘기 들은 적 있어 용을 살리는 꿈을 꿨는지? 감포에는 대왕암, 죽어서 용이 되어 나라를 지키겠다던 문무대왕의 수중릉이 있다니. 아무래도 상관없었다. 다 끝났다.

"절이라도 하든지. 언니 절 잘하잖아요."

"글쎄."

둘은 차로 돌아갔다. 정숙은 차 뒤 트렁크에 2년 넘게 처박아두었던 목각 인형을 꺼냈다. 둘둘 말린 검은 비닐봉지를 풀자 선미가 대번에 말했다.

"언니네요."

중국에서 대량으로 주문 제작해왔다는 모조품 꼭두가 정숙에게도 새삼 정교하게 보였다. 검은 물감으로 단번에 칠해진 머리는 숱 적은 머리카락을 꽁꽁 묶어 쪽진 느낌이 살아나고, 훤한 이마는 앞짱구, 턱이 뾰족했다. 수굿한 어깨가 갈데없는 여자이며, 녹색 저고리에 주홍 치마, 저고리에는 치마와 색깔 맞춘 주홍색 고름이 리본처럼 그려져 있었다. 저고리 밑으로 속저고리의 흰 고름 두 자락까지. 중국인들이 무엇으로 문댔는지 세월과 손길에 닳은 듯이 칠이 자연스럽게 벗겨져나갔다. 긋다 만 것처럼 짧은 눈썹 밑에 당돌한 눈동자가 한쪽에만 남아 있고, 붉은 입술은 새침했다. 볼꼴 안 볼꼴 다 봤으나 아직은 젊은, 부엌어멈이었다.

"아니."

그 어멈이 정숙에게 말했다.

"너희가 만든 건 전부 다 너희들의 모습이야. 너흰 그것밖에 만들 줄 몰라. 나도 할 만큼 했는데, 가라면 가지."

배와 배 사이, 마름모꼴의 검은 틈으로 정숙은 인형을 던졌다. 퐁, 두 팔의 무게로 위쪽이 더 무거운 인형은 거꾸로 검은 물에 꽂혀 사라졌다가 곧바로 떠올랐다. 그리고 제 팔뚝만큼 굵은 비녀를 뒤통수에 지른 채로 물 위에 엎어져서 기름 찌꺼기와 함께 흔들렸다. 인간에게 가장 무거운 것을 대신 지고 멀리, 인간보다 먼저 가서 나중에 오는 인간을 맞아줘야 할 비인간.

"아까 언니가 호텔에서 왔다갔다하는데, 너무 안됐더라. 난 정말 기적을 일으키고 싶었어요. 내가 해줄 수 있다면, 해주고 싶었어."

희미하게 빛나는 선미의 눈동자가 블루베리 잼 같았다. 톡 터져 검은 진액이 물큰 나올 것 같았다.

"쯔쯧, 내가 너한테 오죽했으면…… 몇 년이나."

정숙은 두 손바닥을 모으고 시멘트 바닥에 무릎 꿇었으며, 손을 벌려 바닥을 짚고 엎드려 이마를 차가운 바닥에 댔다.

민기를 맡겼다. 보호해주려고 안달했으나 제 힘으로 보호할 수 없는 아들을.

정숙은 일어났다가 두번째로 절을 드렸다.

자신을 맡겼다.

정숙은 세번째로 엎드려서는 와들와들 떨었다.

선미의 어머니는 잠을 깼다. 아직 희부연 새벽인데 옆집 남자가 고래고래 소리치고 있었다.

"만세! 만만세!"

잇따라 위아래 할 것 없이 아파트의 많은 집들에서 어른과 애들이 외쳐댔다.

"마안세! 만세!"

월드컵인가? 어제 종일 본 TV에서 월드컵 얘기는 못 들은 것 같았다. 딸애가 있다면 잠을 깼을 거고 자신이 물어볼 수도 있겠으나, 딸은 어젯밤 들어왔다가 학원 선생들과 밤새 뭔 일인가 한다고 다시 나갔다. 와와와, 온 아파트 단지가 끓어올랐다.

어머니는 마루로 나가 베란다 유리문으로 다가섰다. 아파트 단지만이 아니었다. 베란다에서 내려다보이는 연립주택 동네까지 난리가 나서, 집집마다 저마다 "만세"를 목이 터져라 외치는 소리가 파도처럼 밀려왔다.

"마아!"

뒤쪽에서 대포를 쏜 것 같았다. 산 너머 다른 동네에서 터진 만세 소리였다.

"세에에에!"

저 멀리 사거리에서 또 터졌다.

"마아세마아마아세안세에마마마마!"

"통일된 거야?"

어머니는 큰 소리로 자문했다. 월드컵이 아니라 월드컵 할아비에서 한국팀이 우승했다 해도 이럴 수는 없었다. 어딘지 모를 곳에서 계속 만세 소리가 터졌다. 만세가 점점 더 멀리, 사방의 땅 끝까지 번져갔다. 온 천지가 우렁우렁했다.

"아이구, 통일!"

어머니는 두 팔을 높이 들어 머리 위에서 짝! 박수를 치고는 가슴까지 끌어내렸다. 그리고 훌쩍이며 사방을 더듬기 시작했다.

"감사합니다! 감사합니다!"

TV 리모컨이 손에 잡혔다.

이래서, 정숙은 자신이 보일 듯 말듯 고개를 한 번 끄덕였다고 느낀다, 선미가 말 못했구나. 말로 설명할 수가 없어서. 차분하면서도 눈부시게 밝은 연보랏빛. 혹은 보랏빛 도는 황금빛. 우주는 아름다운 구체다. 그녀는 우주의 외부에서 전체 우주를 내려다보고 있다. 저 아래 우주의 안쪽에서 들릴 듯 말듯 가느다란 소리가 새나온다.

제발, 제발.

우주의 위에 그녀는 떠 있다. 저 아래서 비통한 소리가 난다.

제발, 제발.

우주의 안쪽에서도 한구석, 열패감에 잠긴 오지, 세계로부터 스스로 고립된 실제적인 섬에서.

제발, 제발.

들어본 소리다. 저것은 나다.

우주 전체를 내려다보는 그녀와, 우주의 한구석에서 눈에 보이지 않는 주재자를 간절히 올려다보는 그녀가 연결된다. 양쪽의 대단한 끌어당김으로 그녀는 휜다.

그녀는 한구석에서 올려다보며, 또 모든 각도에서 내려다본다. 시점이 사라진다. 아니, 무수히 많아진다. 눈동자가 안으로 돌려지거나, 몸의 안팎이 뒤집힌 것 같다. 모든 장소에서 그 장소의 중심을 바라보고 있다.

그녀는 우주의 한구석에 꼬리를 두고 우주의 위에 머리를 두었으며, 기다란 몸을 구부려 우주의 옆구리를 감싸고 있다. 머리가 꼬리이고 꼬리가 머리이므로, 반대로 한구석에 머리를 두고 우주의 위에 꼬리를 두고 있기도 하다. 그리고 품에 안은 우주 속의 각 부분, 각 점에 우주를 껴안은 그녀가 들어 있다. 그녀는 모든 곳에 동시에 있다. 여기서 저기, 또 저기서 다른 데로의 이동은 필요가 없었다. 이동할 거리가 없었으므로, 이동한 시간도 없었다. 그녀가 거리를 꽉 다 채워서 시간을 밀어냈다.

시간이 있을 자리가 없구나!

그녀는 담담히 탄식한다.

9장

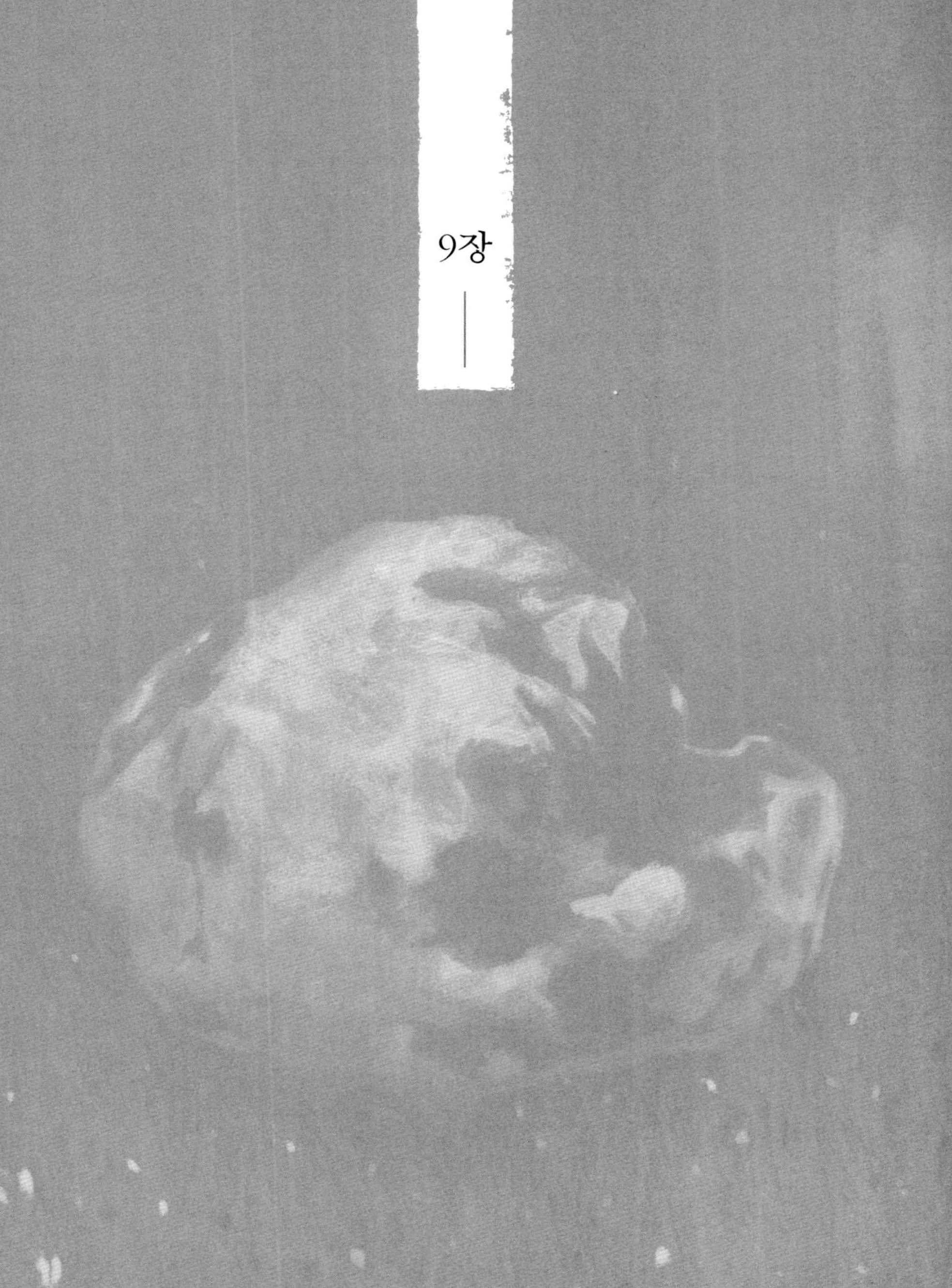

한 달 반쯤. 두 달? 처음에야 손목시계를 출항지의 시간에 맞춰놓고 볼 때마다 시차를 더하곤 했지만, 이제 시계는 선실 책상 서랍에 있다. 멀리 보면 바다는 검다. 가까이 보면 푸르고, 배 지나온 자리에 드리워지는 긴 꼬리에는 녹색, 옥색, 형광빛 초록이 섞여 있다. 내 시선이 꽂히기만 하면 그 자리는 밝은 초록으로 색깔을 바꾼다. 배를 중심으로 완벽하게 원인 수평선은 검은색과 흰색이 절반씩, 이중이다.

두두두두…… 가도 가도 배는 제자리, 원판의 정중앙이다. 배 엔진의 박동과 박동 사이를 바람 소리가 메우고, 바람 소리 틈을 엔진 소리가 메운다. 풍속과 배의 속도가 절묘하게 맞아떨어지면 배는 우우웅, 하고 운다. 파도가 끊임없이 와서 뱃전을 때리고는 흰 포말의 덩어리가 되어 물러난다. 수면 위로는 흰 구름 같고, 수면 아래로는 흰 그물 같다. 무수한 물방울이 튀어올랐다가 물로 돌아간다.

이 바다는 어느 바다에서 튀어오른 물방울들 중 하나일까. 그리고 그 어느 바다는 또 어느 바다에서 튀어올라, 물로 돌아가기 직전까지 공중에 잠시 떠 있는 물방울인가. 훅, 소금기를 내게 끼치고 간 물보라, 그 미세한 물방울 하나마다 그 속에서 무수히 많은 바다가 튀어오르고 있다. 그리고 그 하나의 바다에서마다 쉴 새 없이 치는 파도.

내가 들고 있는 찻잔 바닥에도 하나의 바다가 고여 있다. 이 남은 차가 누군가에게는 망망대해일 테니. 내가 지금 배를 타고 건너는 이 망망대해는, 누군가의 차 한 잔. 내가 별을 바라보며 소원을 빈 적 있듯, 누군가는 눈물에 젖은 눈으로 나를 올려다보며 빌기도 했을 것이다. 나는 큰가, 작은가?

오른편에 육지가 나타난다. 출항 후 처음 보는 육지다. 승객들이 다 이쪽 갑판으로 몰려 배가 기울 것 같다. 나무 한 그루 없는 황무지가 석양을 받아 생생한 분홍빛이다. 살아남은 고대 생물이다. 가봤을 리 없건만, 나는 저 분홍빛 땅에 추억이 있다.

나는 내가 아닐 수 있었다.

해는 바다에서 검은 기둥 같은 신기루를 끌어올릴 정도로 강하다. 수평선에 황금빛 테두리가 쨍 둘린다. 흰 구름의 나라가 임한다. 불탄다. 검은 구름의 나라가 임한다. 지상에 한때 출현했던, 그리고 앞으로 출현할 가능성이 있는 모든 형태들이 밀려온다. 불탄다.

나는 내가 아닐 수 있었다.

해가 검은 공 되어 튄다. 해로부터 나까지 똑바로 뻗어 있던 일직선 길이 줄어들었다 늘어났다 한다. 어스름이 하늘하늘 타올라 훌쩍 뛰어, 해 위에 또 한 줄기 생긴다. 해 떨어진다, 어스름 풀풀 날리며 해 떨어진다. 수평선에 둘렸던 황금 테두리가 양쪽에서 움츠러들어 해와 겹쳐진다. 수면 한 뼘 위에서 해 가라앉는다. 누군가 저 뜨거운 해를 두 손으로 받았다.

나는 내가 아닐 수 있었다.

오빠, 우리는 모습을 입고 태어나 시간을 알아버렸지. 우린 길가메시에게 속아 삼나무 숲을 빼앗겨버린 후와와, 신전의 네 귀퉁이에서 얼굴이 일그러지도록 용쓰며 천장을 떠받치는 고르곤, 캄캄한 동굴 속에서 마늘과 쑥을 먹고 견뎌 마침내 나와서는 화살을 맞아버린 곰. 저주받았어. 그런데 오빠, 그래서 우리가 만났잖아. 꾸준히 숨 쉬고 먹고 싸서 서로를 볼 수 있었고, 손도 잡을 수 있었어. 오빠는 문틈에 보릿대를 꽂고 입에 머금은 물을 뿜어, 내게 물을 먹여줄 수 있었어.

"이거 먹고, 꼭 살아!"

나는 받아먹을 수 있었고. 영원 속에서 단 한순간, 우린 같이 있었어. 우린 동창, 동반자, 자살한 신들. 사랑하는 오빠, 걱정 마. 나는 이미 저 앞에 가고 있으니까. 나는 아주 멀리 가 있으니까.

바다가 거칠 때는 수평선이 솟아올라. 바다가 깔때기 모양으로 우묵해져서 사방에서 파도가 데굴데굴 배로 굴러내려와. 흰 머리카락 흩날리며 죽 달려오는 파도, 백파(白波)는 폭풍의 전조라지. 무엇이 이 바다를 부글부글 끓게 하는가. 지금 한꺼번에 솟구쳐서 바다로 돌아가기 전까지 찰나간 멈춘, 모든 파도들.

하선생은 광야에 있다. 중년에 중동에 가서 일할 때 단체로 버스를 타고 이동하면서 보았던, 그 광야다. 온종일 달려도 수직으로 서 있는 것이란 일절 없이 돌과 바위뿐이고, 흙 한 줌 보이지 않고, 열기를 못 이겨 바위마저 쩍쩍 벌어져 있던 검은 고원. 언덕에 그때 보지 못했던 작고 흰 건물이 있다. 그리고 그는 그 건물 안에 있다. 옆에 누가 있다. 왼팔의 흰 소매와 야윈 손만 보이는 그 사람이 남자인지 여자인지 알 수 없는데, 방금 그가 손을 놓았다. 둘은 그 직전까지 손을 잡고 있었다. 그 사람이 떠나려 한다. 죽도록 그리울 줄, 그 사람 없이는 견딜 수 없을 줄 알면서도 선생은 그를 돌아보지 않는다. 옆의 손이 천장을 가리킨다. 선생이 올려다보니 천장에는 타일이 군데군데 떨어져나간 모자이크가 있다. 그림인지 글자인지 모를 기하학적인 문양들이 원형으로 이어진 것이다. 그 문양들이 모자이크에서 도드라져나와 살아 있는 새들이 된다. 새들은 줄지어 원형으로 날면서 노래한다.

"서로 살리는 세상이 온다."

어머니의 영정 앞에서 선미는 존다. 조문객은 없으나 영정들이 밭게 서 있는 공동 영안실이라 티는 안 난다. 정숙은 선미 어깨에 외투를 걸쳐준다. 걸쳐주고 나서 두 손이 선미 등뒤에서 꿀벌처럼 팔자 춤을 춘다. 선미의 아픈 마음을 손이 어루만져주고 싶은 듯하다. 참, 이랬던 때가 있었다. 아주 오래전 일 같다. 그냥 그런 것, 그럴 수도 있는 것. 가라. 오려면 오라. 그리고 가려면 또 가라. 선미가 상을 다 치르고 빈집에 들어설 때 함께 있으려면, 내일은 근무해야 한다. 그녀는 한쪽 구석에 기대앉아 방석으로 여러 군데를 단단히 괴고 눈을 감는다.

선미는 정숙 때문에 깬다. 형부가 부도나도 연락 안 한 정숙이 야속하다. 둘은 인천 부근 선창에서 나와 해 뜰 무렵 전철역 앞에서 헤어진 후, 어제 다시 만났다. 1년 넘게 암 투병하는 어머니를 간호하면서 그녀는 정숙에게 전화하고 싶었다. 어제 막상 전화해놓고는 말이 안 나와서 울었다. 언니한테 그 얘기를 해줘야지. 어느 날, 영원의 상징인 돌덩이가 상징답잖게 사라진 날, 그날이라고 추정되는 날, 그녀는 방문을 받았다. 머리맡에 그 돌처럼 생긴 말굽 모양의 흰빛이 나타나 움틀 꿈틀했다. 그동안 그녀의 눈높이에 맞춰, 그녀가 알아볼 수 있게끔 그런 틀을 뒤집어쓰고 있느라고 몹시 갑갑했던 듯했다. 그것은 형체를 벗어버렸다. 그리고 퍼져나가 형상과 형상 사이를 꽉 채웠다. 너와 나 사이에, 세포와 세포 사이에, 물질과 마음 사이에 그것은 있다.

불상의 시선을 눈으로 따라가면 퇴락해가는 읍내가 있다. 불상을 조성할 당시에는 훨씬 더 작았겠지만 무척 번화하게 느껴지지 않았을까. 암벽에 가까스로 매달려 귀가 먹먹하게 정을 내려치던 석수들이 본 것이 저것이었다. 그들은 암벽에 들러붙어 있으되 정은 저쪽에 내려쳤다. 불상은 저쪽을, 저쪽은 불상을 바라본다. 둘은 팽팽한 줄로 연결된 두 말뚝 같아서, 한쪽이 엎어지면 다른 쪽은 자빠진다. 큰일이다. 옴짝달싹 못하겠다. 더 늦출 수 없어서 전시회는 잡아놓고는, 선 하나 그으면 그게 아니라는 생각만 든다. 손이 버틴

다. 나가려면 이 중력에서 나갈 수도 있을 것 같다. 나는 길을 모르지 않는 것 같다. 그런데 모르기로 한 것 같다.

| 참고 도서 |

강우방, 『한국 미술의 탄생』, 솔, 2007.

문무병, 탐라국 입춘굿놀이, (사)제주전통문화연구소 2000.

서영대, 『용, 그 신화와 문화』, 민속원, 2002.

이경화 · 이태호 글, 유남해 사진, 『한국의 마애불』, 다른세상, 2002.

이해준, 『조선시기 촌락사회사』, 민족문화사, 1996.

조현설, 『우리 신화의 수수께끼』, 한겨레출판, 2006.

한동석, 『우주변화의 원리』, 대원기획출판, 2001.

| 주석 |

1) 『해동이적』(홍만종 지음, 신해진 옮김, 을유문화사, 2001)에서 「장생」 편 변용.

2) 『Speak Bird, Speak Again: Palestinian-Arab Folktales』(Ibrahim Muhawi and Sharif Kananah, University of California Press, 1989)에서 「Bear—Cub of the Kitchen」 편 발췌 인용.

3) 2004년 4월, '국립 경주박물관 부지 내 발굴 조사 보고서' 보도.

4) Zakaria Mohammed, 「The Thorn and the Flower in the Prickly Pear Cacti of 'Asim Abu Shaqra'」 www. faisal. ps 2009년 10월 9일 발췌 인용.

5) 2009년 6월 민간 문화단체 '팔레스타인을 잇는 다리'가 여러 전문가들의 도움과 '한국-아랍 소사이어티'의 후원을 받아 '제1회 팔레스타인-한국 작가 합동전'을 연 바 있다.

6) 주재환, 『이 유쾌한 씨를 보라—1980~2000 주재환 작품집』, 미술문화, 2001.

7) '육'과 '칠'은 일연 『삼국유사』에 나오는 신라시대 사복과 혜통의 일화.

작가의 말

전철이나 버스를 타면, 그 많은 승객 중에 시쳇말로 '없어 보이는' 사람이 거의 없다. 요즘 이 표현에는 농담조를 넘어 무시와 혐오의 감정이 실려 있다. 이제 가난은 궁상도 아닌 장애, 혹은 어느 모로 보나 용서받을 수 없는 죄악이다. 적어도 그렇게는 보이지 않으려는 노력들이 눈에 띈다. 젊은이들일수록 옷차림이 세련되고, 심심찮게 꺼내드는 휴대전화들은 대개 최신 기종이다. 나 또한 효과적이지는 못해도 자못 노력한다. 한편으로는 실업 증가, 고용 불안, 복지 체제 미비로 사회가 소수의 상층과 다수의 하층으로 점점 더 양극화되리라는 사실을, 대다수의 승객들도 알고 있을 것이다. 대중교통을 이용하는 서민으로서 장차 후자에 속할 가능성이 더 많은 이 승객들이, 바로 자기가 실제로 그렇게 되리라고 생각할까? 속마음이야 일일이 알 수 없되, 겉으로는 다들 안 그런 것처럼 보인다. 자기는 대책이 있다는 표정들이다. 유리창에 비친 내 표정처럼.

버젓한 회사원이나 안정된 자영업자 같은, 이 사회가 상정하는 보통 사람 되기가 많은 이들에게는 너무 어렵다. 실은 기적을 일으켜야 하는 것이나 다름없다. 다른 수가 없기 때문에 각자 그 기적 같은 목표를 향해 죽어라 달려가지만 낙오의 가능성은 점점 짙어진다. 그 몸서리쳐지는 불안과 공포를 말로 내뱉지도 못한다. 말해봤자 하는 사람 창피하고 듣는 사람 짜증만 난다. 아니, 자기가 불안과 공포에 질려 있음을 스스로 인정하기마저 겁난다.

손가락을 뻗어 비난할 가해자도 따로 없으니, 다들 많게건 적게건 책임이 있기 때문이다. 그런 의미에서 나를 비롯해 모두 공모자들이다. 성공과 발전의 신화를 막지 않았거나 못했을 때, 도태의 원칙도 막지 않았거나 못한 셈이다. 전자가 내 이야기가 되고 후자는 남 이야기가 되기만을 강렬히 바라지 않을 수 없다. 그리고 바라다 못해 착각에 이른다. 자기 이야기를 하건만 남 이야기를 하고 있거나, 마치 남의 이야기처럼 자기 이야기도 안 하거나. 저마다 장기자랑이요 개인 블로그가 넘치는 자기 표현의 시대에, 표현의 억압자는 모종의 기관 아닌 자신이다. 자기가 제 비명을 억누른다. 날마다 명절처럼 즐겁다.

말의 무화, 말의 진공. 이 소설은 이로 인한 갑갑증에서 출발한다.

나는 다른 신화, 신의 말을 생각해보았다. 신의 말이란 미래에 대한 예언이다. 동양식 점복에서 미래를 묻는 '하늘'은 신이 아니지만, 점복의 다른 축이며 우리에게는 하늘만큼이나 비중이 큰 무속의 많은 신들을 포함하기 위해 신이라 하겠다. 무속 신들의 존재 유무나 그 신들이 하는 말의 신빙성 여부는 내가 알 수가 없다. 사람이 어떤 방식으로든 그런 말을 들었다고 믿고 현실적으로는 아무런 변화가 없는데도 고양되는, 자가 발전의 측면에 나는 관심이 있다. 내게 신의 말은 신이 하는 말이라기보다는, 사람이 자신을 스스로 들어올리는 말이다. 미래에 대한 상상력이다.

조선 말의 예언을 뒤져본 적 있다. 점괘가 그렇듯이 예언도 알쏭달쏭 모호하기 마련이라서 해석이 관건이며, 스스로 해석할 능력이 없는 나로서는 누군가 해놓은 해석에 의지해야 했다. 그러다 착잡해졌다. 도저히 수긍할 수 없는 해석들이 있었다. 이를테면 조선 말에 장차 출현하리라고 예언되었던, '남조선이라는 가라앉지 않는 배를 몰아줄 도사공'이 오늘날에 와서 알고 보니 11, 12대를 연임한 전두환 대통령이었다든가.

아직 오지 않은 미래에 대한 예언도 종종 대단히 기계적인 결정론인 것으로 해석되어 있었다. 인간은 과거와 미래를 연결 짓고 어느 중간에 자신을 위치 지음으로써 삶에 의미를 부여한다고 한다. 하지만 이런 식의 해석이 이어놓는 과거와 미래 사이에는 의미에 대한 질문이 빠져 있다.

조선 말에는 그 예언들에 미래에 대한 소망이 담겨 있었을 것이다. 그 소망을 현재의 해석이 소급해가서 꺼뜨린다. 숨 막히는 현실에 숨통을 틔워줄 신비의 영역조차 이젠 현실이 장악해버렸다. 내 보기에 이 현실의 비대는 우리의 뿌리 깊은 열패감과 관계가 있다. 조선 말의 사람들이 아니라 오늘날의 우리가 참 가난한 듯싶다.

잘은 모르겠지만 복희씨와 문왕의 팔괘도, 조선 말 김일부의 팔

궤도에서도 시간은 북에서 시작하여 동, 남, 서를 거쳐 다시 북으로 순환한다는 것이다. 나는 시간의 흐름과 공간을 겹쳐서 떠올려보게 되었다. 그렇다. 우리에게 시간은 땅 위에서 흘러간다. 『정감록』 등의 예언서에서도 '어느 땅은 어떻게 생겼으므로 어떻게 될 것이며 무슨 성씨에게 유리하다'는 구절이 한없이 나열된다. 시간의 흐름과 땅의 기운, 인간의 운명은 같이 변해갔으며, 변화의 세 요소였던 듯하다. 전국토의 공사판, 이제 어디 가나 벌겋게 파뒤집혀진 땅이 내게는 자기 부정의 현장으로 보인다. 과거는 수치스럽고 미래는 무서워서 미친 듯이 땅을 파들어갈 수밖에 없는 절망이 느껴진다. 동양의 산수화를 그리기 위해 화가는 멀리서 산을 바라보지 않고, 산에 들어가 살면서 여기서 본 이런 부분, 또 저기서 본 저런 부분들을 한 화면에 다 담았다고 한다. 그러므로 화면의 여기저기에 화가의 시점이 다 있고, 화가는 편재한다. 공간과 일체가 되면 시간의 흐름을 추월한다. 그런 식도 있었다.

이 소설의 인물들은 현실에서 신비의 영역으로 탈출 혹은 도피를 시도하다 도로 현실로 처박히기를 반복한다. 폴짝폴짝 뛰듯이. 나는 신의 말과 인간의 말 사이의 간극에 포착했다. 이 우스꽝스러운 반복을 그들이 고장 난 말로 제 말을 찾아가는 과정으로 그리고자 했다. 개인적으로는 마늘 냄새처럼 어느새 내게 배어 있는 한국 문화를 해석해보는 과정이었다. 어느 한곳이라도 접점이 있어, 독자들이 함께해줬으면 좋겠다.

내 눈을 뜨이게 하고 많은 미술 작품을 볼 기회를 주신 미학자 최민 선생님, 현금원 조각가께 감사드린다. 최민화, 황세준, 김윤기 화가는 긴요한 조언을 해주셨다. 만약 이 책에 미술에 대한 잘못된 이해가 있다면 순전히 내가 우매한 탓이다. 초상화를 그려준 젊은 이제 화가, 진심으로 고맙다. 이라크 전쟁터에서 만난 후배들이 지금은 친구로서 나를 버티게 해주고 있다. 막내가 언제 철들려나 기다리다 같이 늙어버리게 된 형제들한테 미안하다. 사랑하는 어머니와 경민이에게는 또 사랑을 드릴 수 있을 뿐. 내가 오래 헤매는 동안 묵묵히 옆에 있어준 강영희 선배께 감사드린다. 그 세월이 이 책을 낳았다.

2011년 겨울,

오수연

문학동네 장편소설
돌의 말

초판 인쇄 | 2012년 2월 1일
초판 발행 | 2012년 2월 10일

지은이 오수연
펴낸이 강병선
책임편집 김민정 | 디자인 윤종윤 유현아
마케팅 신정민 서유경 정소영 강병주
온라인 마케팅 이상혁 한민아 장선아
제작 안정숙 서동관 김애진 | 제작처 영신사

펴낸곳 (주)문학동네
출판등록 1993년 10월 22일 제406-2003-000045호
주소 413-756 경기도 파주시 문발동 파주출판도시 513-8
전자우편 editor@munhak.com | 대표전화 031)955-8888 | 팩스 031)955-8855
문의전화 031) 955-8890(마케팅) 031) 955-8864(편집)
문학동네카페 http://cafe.naver.com/mhdn

ISBN 978-89-546-1656-0 03810

* 이 도서의 국립중앙도서관 출판시도서목록(CIP)은 e-CIP 홈페이지(http://www.nl.go.kr/ecip)에서 이용하실 수 있습니다.(CIP제어번호: CIP2012000264)
* 이 책은 2011년도 한국문화예술위원회 문예진흥기금을 수혜하였습니다.

www.munhak.com